U0527725

看云起

中国『菜篮子』的共富样本

李桂华 ◎ 著

山东友谊出版社·济南

图书在版编目（CIP）数据

看云起：中国"菜篮子"的共富样本 / 李桂华著. -- 济南：山东友谊出版社，2023.1

ISBN 978-7-5516-2730-6

Ⅰ. ①看… Ⅱ. ①李… Ⅲ. ①报告文学—中国—当代 Ⅳ. ① I25

中国国家版本馆 CIP 数据核字 (2023) 第 005375 号

看云起——中国"菜篮子"的共富样本
KAN YUN QI——ZHONGGUO CAILANZI DE GONGFU YANGBEN

责任编辑：王亚太　王　洋
装帧设计：刘洪强

主管单位：山东出版传媒股份有限公司
出版发行：山东友谊出版社
　　　　　地址：济南市英雄山路 189 号　邮政编码：250002
　　　　　电话：出版管理部（0531）82098756
　　　　　　　　发行综合部（0531）82705187
　　　　　网址：www.sdyouyi.com.cn
印　　刷：济南乾丰云印刷科技有限公司

开本：787 mm×1 092 mm　1/16
印张：17.25　　　　　　　字数：260 千字
版次：2023 年 1 月第 1 版　印次：2023 年 1 月第 1 次印刷
定价：60.00 元

目录

001 　＊第一卷　此地本无竹

003 　　第一章　寿光本无竹

006 　　　　春融万物
010 　　　　要命的"肠梗阻"
012 　　　　走出"斜里沟"
014 　　　　抓住"市场之手"
016 　　　　通了，通了！
020 　　　　寿光之光
023 　　　　无中生有

025 　　第二章　一颗绿色的火种

027 　　　　县委书记给黄瓜"定价"
031 　　　　瞧，这俩王书记
033 　　　　致敬历史

036　　第三章　危中寻"机"

038　　　　教授的成果，被一个农民转化了
041　　　　自己培养的全国"对手"
043　　　　一枚"耻辱"的钉子
045　　　　谁砸寿光的牌子，就砸谁的饭碗

047　　第四章　做给农民看　领着农民干

050　　　　笔杆子和菜铲子
053　　　　李保先的账本
057　　　　千禧之喜
061　　　　"赶考"新世纪经济的启示

066　　第五章　向蔬菜"芯片"进军

068　　　　狼来了？
071　　　　真正的"评委"是农民
075　　　　激活一池春水
079　　　　金童玉女

081　　第六章　支部建在"链"上好

082　　　　党建也讲"产出"
084　　　　绿色田野生长"初心"

088　　第七章　微笑曲线

090　　　　未来已来
094　　　　院士育种　市长掌勺
097　　　　有个梦想叫"标准"
103　　　　抱团融入国家战略
106　　　　微笑吧，乡村

109　　*第二卷　花都开好了

111　　第一章　静静的寿北

113　　　　"均衡"二字，落笔历史
117　　　　凡事让群众早知道
119　　　　洪荒之地的回响
121　　　　县政协主席当养虾场的"头儿"

124	**第二章**	**最忆"小江南"**

125 　　盐窝子和盐圣人
127 　　长跑 7 年，"跑"来一座水库
130 　　生态"处女地"
134 　　这里也有个"塞罕坝"
140 　　万亩碧水生锦绣

142	**第三章**	**县办大学**

143 　　一头"拓荒牛"
147 　　教育"疯子"和教育"骄子"
152 　　高水平 + 应用型
155 　　"地方性"里的胸襟

157	**第四章**	**"倒数第三"激出个全国百强县**

158 　　工业和农业的"最大公约数"
160 　　"挖"出一批能人
162 　　国之"宝"：谷米与贤才
167 　　逆势而袭的两个关键词

170　第五章　青年回乡

172　折腾出来的"电商大王"
178　子承父业的"新农人"
182　乡村好青年联盟

185　第六章　花都开好了

185　古村落的"新生"
191　屯田西模式

203　＊第三卷　"玩"一个绿满天涯

205　第一章　播"绿"五湖四海

206　第一站：河北
209　火焰山上也能种大棚
213　延安的事就是咱的"家事"

215　第二章　借"王婆"一双大脚

216　种到"天涯海角"去
223　"蓝眼泪"的神奇南国

228　　第三章　花繁叶茂

231　　　　世界屋脊上的"寿光绿"
236　　　　坐标：北川
238　　　　花茂村飘出蔬果香

241　＊第四卷　寿光模式

243　　第一章　走出中国乡村
247　　第二章　一个复合体
253　　第三章　几种精神
262　　第四章　"接力棒"的温度

265　　后　记

第一卷

此地本无竹

第一章

寿光本无竹

暮春的寿北。刮过田野的风,一点儿也不像华北平原的风,倒像西北大漠的风,扎愣愣的,肆无忌惮。地上的碱土面子,随着风,扫到人脸上,让人觉得麻麻的,辣辣的,生疼。夕阳西沉,旷野荒寂,视线之内连棵像样的树也看不见,只有脚下的碱场地在延伸。16岁的王伯祥推着木架子车,载着割了一天的黄须菜,走在土路上。饥饿就像迎面而来的夜色,塞满了他瘦小的身体。不敢歇脚,甚至不敢害怕,他的村子还远在20千米外,他必须在天亮前赶回家,一家人等着这车黄须菜续命。

20世纪50年代末,寿光——渤海湾畔这块水草丰美的土地,占据着黄河入海口冲积平原的天然优势,几十万民众却依然挣扎在贫困线上。十几岁的少男少女,推着木架子车去百里外割野菜给一家人当口粮,是常见的景象。甚至还有的人家撂荒土地,放下人性最后的尊严,拄一根木棍要饭去,更有的背井离乡,闯关东、闯关西……

少年王伯祥的家没有逃出苦难的魔咒：外祖父和小妹因饥饿先后离世。他怀着接连失去亲人的锥心之痛，追问着自己和天地：一车黄须菜救不了一家人，到底什么才能救活一家人？

据1992年版《寿光县志》记载，1959年，寿光县（今寿光市，下同）自由外流人口5393人，其中，去东北3156人，去西北450人，去本省各地1529人，去其他省区258人。为何背井离乡？从人口流向上看，答案不言而喻。1962年的寿光人均所得为24元，人均口粮233斤，平均每人每天6两口粮。难道这真是一块养活不了人的土地吗？

寿光，"弥望皆平田息壤，无绝崖倒壑之观"，自南向北缓慢降低的平原区，南北只有48米的落差，几近一马平川，气候温润，祖先们聚落成村，世代栖息，至今尚有150多处古文化遗址散布在这片古老的土地上。

少年王伯祥割黄须菜走过的寿北，自古就是渔盐重地，传说中的盐圣夙沙氏就是在这里煮海为盐，商周时期这里已经商贾云集。因修建南水北调东线调蓄水库，2003年开始在寿北进行遗址发掘，无数制盐所用的盔形器从沉睡几千年的商周文化层"走"进人们的视野，引起全国考古界的关注。考古成果以"双王城盐业遗址"命名，为2008年中国十大考古发现之一。

而在寿光南部的边线王遗址，发现了龙山文化时期的城堡遗迹。这座龙山文化城堡，大小城相套，规模大，城制先进，令人称奇。截至1984年，全国已发现的5座龙山文化时期的城堡中，边线王城堡在面积规模、构筑形式、布局安排等方面都是首屈一指的。考古界评价："边线王龙山文化城堡的出现，表明当时我国东方地区的社会生产力，以及社会的进步都居全国领先地位，是中国早期文明的中心之一。边线王龙山文化城堡的出现，证明黄河下游社会发展进入了一个新阶段，意味着中国东方文明的开端，是中华远古文化的曙光。"

历史的文明延续到了公元6世纪，南北朝时期，战乱频仍，黄河中下游农业经历着繁盛后的一次大浩劫。自古既得渔盐之利又兼粮蔬之丰的寿光，出现了一位心怀天下、忧国忧民的地方官吏贾思勰。

贾氏时任高阳太守，行走于黄河中下游农耕地区，采集农业谚语，寻访老农经验，亲自验证农事，同时又搜集传世农书，挑灯秉笔，完成了中国历史上第一部农业百科全书《齐民要术》。这部农学巨著，也被称为目前为止世界上内容最丰富、门类最齐全的农业历史百科全书。据贾效孔老人生前回忆，他任寿光博物馆馆长时，每年都接待许多前来寿光考察贾思勰轶事的国内外专家、学者，"他们把《齐民要术》视为中华民族的骄傲，并以崇敬的心情畅述作者的丰功伟绩"。《齐民要术》流传海外，在日本甚至形成了研究门类，名曰"贾学"。此书在国内历代都有刻本。

翻开这部92篇的鸿篇巨制，贾氏开宗明义，点出书名《齐民要术》的由来。《史记》曰："齐民无盖藏。"如淳注曰："齐，无贵贱，故谓之齐民者，若今言平民也。"

"盖神农为耒耜，以利天下；尧命四子，敬授民时；舜命后稷，食为政首；禹制土田，万国作刈（原文无立刀旁——作者注）；殷周之盛，《诗》《书》所述，要在安民，富而教之。"

"齐民"即平民，"要术"即教人们生存之术。

春融万物

没有人能阻挡历史车轮的前进。1978年，改革开放的春风吹遍中华大地，《实践是检验真理的唯一标准》一文像一枚刺透重症者穴位的银针，刺破了人们头脑中的坚冰，寿光这个偏居中国一隅的县域也感受到了春融万物的讯息。一经浩荡春风的洗礼，首先在这块土地上被激活的，是老祖宗贾思勰给寿光人留下的农业基因。

出寿光城，往西不到5千米，有个先锋营村。这个村原属马店乡，后乡镇撤并归属文家街道，村里有个种韭菜的能手叫张月亭。改革开放的时候，张月亭任生产队的大队长。

他打记事起，就跟着长辈们种韭菜。收韭菜的客商经常问他，这个村到底是哪朝哪代开始种韭菜的，他说："没研究过，只记得俺爷爷的爷爷就是种韭菜的。"

张月亭闲来无事，还经常给客商们讲一个关于韭菜的故事：有一条阳河大道，就在先锋营村的后面，"现在不见了，当年是在的，正好从俺家的韭菜地中间穿过。阳河是个地名，出了个刘阁老，官至宰相。原先阳河是寿光的地方，后来隶属青州何官镇了。都说这条阳河大道是刘阁老出钱修的，他回家都走这条道。这也是进京官道中的一段。"当然，这个故事里最精彩的桥段，是说当年乾隆皇帝下江南，正值隆冬，经过寿光城西，看到农民扎风障种韭菜，甚觉惊奇，当地官员又安排了一顿韭菜宴，乾隆吃后大为赞赏，并御批为贡韭。这就是寿光"独根红"韭菜成为贡品的来历。

寿光韭菜的栽培历史悠久，早在1400多年前，贾思勰著《齐民要术》时，就详细记载了韭菜的种植方法，从留种、浸种，到育苗、移栽、管理，现在的寿光农民几乎"原封不动"地传承下来了。世代一技艺，千年一味鲜，清代《寿光县志》中更是有"诸菜中唯韭为绝品"的记载，称寿光贡韭的独特之处在于"寒腊冰雪，便已登盘，甘脆鲜碧，远压粱肉"。

20世纪六七十年代，人人忙着填饱肚子，村里人家种韭菜少了，一户两三个韭菜畦子，冬天割下鲜韭菜，肩挑着，架子车推着，自行车驮着，到处去卖。张月亭经常去淄博卖韭菜，远是远了些，可多跑出百十里路，一斤能多卖5分钱，那时农人的工夫不值钱。

说起种韭菜的事，张月亭总要绕到"割资本主义尾巴"这一段上。先锋营村这韭菜"种"是怎么留下来的？20世纪70年代末，韭菜种植在寿光城西的先锋营、九巷、杨家等村发展势头很好，可一"割尾巴"，别的村都不种了。先锋营村的党支部书记张文龙说："怎么眼见着这样了啊？不行，俺得留下老辈传下来的这个种。"村里给每户划一块自留地，条件就是种韭菜，收益四六分成，户里留六成，集体要四成。就这样，"独根红"的"种"留下来了。

生产队长张月亭有了新"差事"，天天扛着大秤在地里、户里跑，谁家割韭菜了，就去地头、去户里过秤，把集体的四成拿回来。

1982年正月里的一天，张月亭一大早刚把大秤上了肩，还没出门，村支书张文龙把他截住了："月亭，俺去县上开三级干部会，你在家张罗着吧，有啥事等俺回来再说。"

"二叔，你去，放心去，家里有俺呢。"张月亭忙不迭地点头应着。目送张文龙走远了，他回头把大秤卸在天井里，空手出了门。

撂下过秤的差事，张月亭甩着手到了村外。他绕着村四围转悠，脑子也没闲着，他在琢磨一个事儿：怎么把村边的那些围庄地用起来。

这些地，东一条，西一块，零零碎碎的，种麦子打不出粮食，种棒子（指玉米）水浇条件达不到。如果把地分给每家每户，种上韭菜，就能解决这些问题，因为种韭菜是精细化管理，适合单户种、小块种，收益又很高。

这个念头已经在张月亭脑子里转了大半年了，每次扛着大秤"出差"，经过这些围庄地，他都要琢磨一番。但他知道，全县都在"割资本主义尾巴"，张文龙能"斗胆"给每户分自留地种韭菜，已经"越界"了，再把围庄地分包到户，还不得把二叔头上这苍蝇翅大的"乌纱帽"给弄丢了？

"干脆，趁支书去县上开'三干会'，俺把这事办了。要负责，也是俺的责任，大不了，这生产队长俺不干了。"张月亭拿定了主意。眼看着天就下半晌了，卖韭菜的陆陆续续回村，席包子、草圆斗收进天井里，张月亭让小组长招呼人，都到大队办公室集合。

"俺二叔去开'三干会'了，俺要在庄里办件大事。"大家伙儿支棱着耳朵，都想听听张月亭要办件啥大事。

"把咱围庄地包给户里，种韭菜，咋样？"

这个主意把大家吓住了，满屋鸦雀无声。

"8分钱一个平方面，割得一块一块的，按平方交钱，一年一交。"

张月亭把想了无数遍的办法一说出来，屋里忽然像炸了锅，有的喊："好，好。"有的说："上面能让咱搞？"

当场举手表决，数人头，70%愿意，30%不愿意。

张月亭看出来了，这30%不愿意的，也不是真心不愿意，无非担心交了钱，上头不让种，白瞎。

"你们算计算计，就是不种韭菜，长上草，割了，卖了，喂牲口，也比这个承包费高啊。"

张月亭这么一说，大家都认同。

当天签字认领地块，按8分钱一平方米的办法，先锋营村的围庄地承包到户，最多的一户人家交了40多块钱的承包费。

张文龙从县里回来，看着分到户的围庄地，看着家家户户忙忙活活新栽韭菜，他冲着张月亭喜怒参半地说:"你这胆儿,真是不小啊。俺出门几天开了个'三干会',你在家办了这么大一件事儿。"

老百姓拥护的事就是正确的事。能给老百姓带来利益、让他们过上好日子的事,就是正确的事。在这叔侄俩心里,这是一把尺子,是一个简单、朴素的庄户理儿。

当年春天,分到户的围庄地就种上了韭菜。有人说:"种上这么多韭菜,卖给谁?"张月亭胸有成竹:"不愁卖。"秋后,开始卖韭菜,卖得最多的一户收入800元,比承包费多出了20倍。这一回了不得,没包到地的也要求包地,围庄地一下子"消化"没了。

过了一年,先锋营村又给每户分了一块自留地。当全国还在推行家庭联产承包责任制的时候,先锋营村的人们已经跨越了这一阶段,早早尝到了承包的甜头。

不"割资本主义尾巴"了,还承包到户了,是不是就在承包地上想种啥种啥,想咋种咋种?先锋营村没这么干。"承包制我们先行了一步,大家都搞承包了,咱反而不能散了摊子,自由地干。"村里出面,定了一个更高的韭菜种植标准:"种齐腰"。

啥叫"种齐腰"?就是全村划出一整片的地块种韭菜。1992年,先锋营村的土地,全部成了韭菜地,成方连片,统一种植,统一管理,标准化催生了"文家坡"韭菜品牌,也带起了文家街道万亩韭菜方。千年"独根红"焕发青春,因特而贵,坐飞机越山海进入了韩国等国际市场。

要命的"肠梗阻"

素有种菜传统的寿光农民,牢记着老祖宗传下来的话"一亩园,十亩田",即使在"割资本主义尾巴"的特殊时期,也没有放弃种菜。这块土地上的商品经济意识也从未被"割"尽过。

改革开放的春风更吹出了人们史无前例的种植热情,他们种传统菜,也善于创新,种起了反季节蔬菜。地处县城核心地段的城关镇(现在的圣城街道)小东关村,就利用一种小型玻璃温室种菜,冬天在里面生上煤炉子,就能生产出鲜嫩嫩的蔬菜。

当肚子饱起来的时候,人们就想着让钱包鼓起来。怎么鼓起来呢,还是得种菜。地里的菜越种越多,市场上的菜越来越多,种菜的人和吃菜的人都没有意识到,一个巨大的危机,悄悄逼近着这看似平静的日子。

1983年,王伯祥当时担任寿光县委副书记。这年深冬的一天,天上飘着小雪,地上也薄薄积了一层,王伯祥下班往家赶,看到路边有一位老农民,身边放着一辆地排车,车上堆着大白菜,老人肩头落雪,神情更是落寞,他不停地跺着脚,四下张望着。王伯祥停下了脚步。他看着卖菜的老人,轻声叹了口气,翻光了身上所有口袋,一共凑出20多块钱,递到了老农民的手里,买下了那车大白菜。

之后，王伯祥一家人顿顿吃大白菜，吃了一个冬天。妻子侯爱英把这事挂在嘴上，念叨了好多年。后来王伯祥担任了寿光县委书记，每次听他提起发展蔬菜的事时，侯爱英总是提醒："发展种菜是好事，可得防着1983年那一出儿，俺和孩子们再不想整冬吃白菜了。"

种菜的管种菜，种出来就挎筐提篮进城卖菜，他们不思量这吃菜的有多大胃口。这里面就有个市场的问题了。

土地分到一家一户，农民种菜的积极性上来了。1983年，寿光县蔬菜总产量达8亿多斤，除去本县消费加上外运到周边城市，依然有不少菜烂在了农民手里。这可都是农民的心血啊。

市场的"肠梗阻"太可怕了，这是病，一旦发作起来，真能要命，要了一个县域经济的"命"。

放眼全国，虽然改革开放好几年了，可人们的思维还是跟着计划经济的车轮转。发展商品经济到底是应该鼓励还是抑制，拿捏个什么分寸，特别是在寿光这样一个商品意识强烈、商品经营活跃的县域，放开手脚抓蔬菜流通和市场培育，是姓"社"还是姓"资"，身边没有先例，也没打听到全国有这样的先例。寿光该怎么选择？

走出"斜里沟"

晨光微露。王伯祥出了县委宿舍院,穿过中心大街,去了县城西南角的"斜里沟",这是一处自发形成的小菜市场。潍坊到淄博的潍博公路呈东西向穿过这里,交通很便利。1983年大白菜事件发生之前,这也是寿光县城唯一的一处蔬菜交易市场。

王伯祥走到菜市场的时候,正是农民提篮架车、摆摊卖菜的高峰,水灵灵的"独根红"韭菜、高大的"八叶齐"大葱、黄杆脆甜的桂河芹菜……除了这些寿光当地优势品种蔬菜,还有玻璃温室里生产的一些叶菜。不大的菜市场上,买的欢喜,卖的高兴,好一幅"晨露菜香图"。

这处路边菜市场的形成,依赖的是寿光北邻的胜利油田。这家企业有大量职工,可油田所在地属盐碱地,难以生产大批量蔬菜,油田采购蔬菜就到寿光来,于是,"斜里沟"的人气越来越旺。

1984年春天,潍博公路拓宽,菜市场被挤占了。交易的惯性被打破,买菜的找不着卖菜的,卖菜的寻不着买菜的。工商所想在附近另找一块地,把菜市场引过去,可周边群众说啥也不乐意。

分管农业的县委副书记王伯祥情急之下,给工商所"点题":在县城附近另找一处地方建市场。

是啊，为啥非在"斜里沟"周围呢？只要在县城周边，能容纳四围的农民群众来卖菜，又方便外地拉菜的车进出，不就行了吗？他们来到了九巷村。九巷村也是在潍博路的旁边，只不过和"斜里沟"相比，一个居县城西入口，一个守县城东入口，东西相对，位置同样有优势。

一提建市场的事，九巷村党支部书记夏洪升答应得很痛快。他曾经像先锋营村的张月亭一样，卖筐韭菜跑出百多里地，吃够了没市场卖菜的苦。这下好了，"市场"主动找上门来了。

1984年正月，寿光菜市场就在600平方米的九巷村场院里正式开张了。这就是后来闻名全国、江北最大蔬菜批发市场——寿光蔬菜批发市场的雏形。

人们评价事物的应运而生，总是用"天时、地利、人和"六字。"天时"和"地利"是客观，"人和"作为主观要素，其作用存在着更多变数，更值得深入探究，更值得铭记。

寿光九巷蔬菜批发市场的建立，市场规律推动，天然地理位置，这都是其他村不能"攀比"的客观要素，可面对市场搬迁的机遇，"斜里沟"旁边的老百姓不认，九巷村却抓住了这机遇。从20世纪80年代末开始，因为这个蔬菜批发市场的存在，九巷村已经不是寿光县寿光镇的九巷村了，这个名字频频出现在全国各级政要的报告里，出现在全国各大媒体的报道里。从最初600平方米的村场院，到20亩、100亩、几百亩，再到上千亩的现代化大型蔬菜批发市场；从提篮叫卖，到网上拍卖；从种菜现看天、卖菜现定价，到全国蔬菜价格看"寿光蔬菜价格指数"；从买寿光、卖寿光，到买全国、卖全国的江北最大物流中心。在很长一段时间里，九巷村已不是九巷村，菜市场已不是菜市场，这里已成为全国蔬菜产业的"晴雨表"，成为全国城市居民冬季菜篮子的"保险柜"。因为一个菜市场，寿光也不仅仅是寿光人的寿光了，寿光的"菜园子"关系着全国的"菜篮子"，寿光的菜市场关系着全国的蔬菜供应和市场稳定，乃至亿万民生。

抓住"市场之手"

比起寿光县城最早形成的"斜里沟"市场，九巷菜市场的地理位置更特殊。它东西处在潍博路上，南北处在羊益路上，两条省道在九巷交叉，按说交通更是四通八达，可偏偏南来的挡住了北往的，北往的挡住了南去的。交易高峰期，市场内外经常出现这样的场景：买菜的、卖菜的，推车的、开车的，哪儿都是人，大街上、胡同里，到处都是车。

是啊，初期的九巷蔬菜批发市场实在是太小了，只有一个场院大小，每天却有近万人前来买菜、卖菜。这些买卖交易都是自由进行，有的在市场内，有的在市场外，哪里方便就在哪里。这一时期还没有专门的市场管理和服务机构，市场周边经常出现交通堵塞，影响蔬菜交易和道路通行。

面对这种现状，寿光县委开始考虑解决的办法。既不能因为交通堵塞就不让群众到这里卖菜了，没有卖菜的，还叫什么菜市场，同时，也不能再这样"放任"下去了，要有更大的交易场地，要有专门的管理服务机构，要有更加便捷的交通网络……这才是市场发展的长远之计。

在一个寒冰消融、春芽尽绽的时节，一个占地20亩的蔬菜批发市场建成了，市场上还专门建起了7000平方米的交易棚，有了专门的服务公司，规范化带动了交易量，当年九巷蔬菜批发市场的蔬菜交易量就达到了3亿斤。从"自由人"到"正规军"，九巷蔬菜批发市场总算顺顺利利地渡过了它的第一次命运抉择。

市场之手就像命运之手，抓住了、抓准了，命运也会随之改变。可这只"市场之手"该怎么抓住，才会对一方地域的发展长期行之有效呢？1986年6月，已经担任寿光县委书记的王伯祥，像一位悬壶济世的中医，他想给培育两年多的九巷蔬菜批发市场把把脉，看看用什么"药方"能让市场"强身健体"。

1982年至1986年，党中央、国务院连续出台了5个一号文件，推进农村以家庭联产承包责任制为基础的统分结合双层经营体制，改善农业生产关系，激发农民的生产积极性，解放农业生产力，推动农村商品经济的发展。据统计，这一时期我国农业生产年均增长速度为7.3%，粮食总量年均增长速度为4.9%，农民收入增长迅速。

王伯祥从这连续性的5个一号文件里，理出了一条主线：中央在坚定不移地推进农村改革，只要符合农村改革的方向，坚持中央推进农村改革的路子，就是正确的，就要放开步伐走下去。这给他正在思虑的"如何培育壮大寿光蔬菜批发市场"指明了出路。

各种难题要靠深入改革来解决，后退是没有出路的。王伯祥读出了中央推进农村经济改革的决心，越读心里越清明，越读思路越开阔，千丝万缕串成了一条线，一套大"谱气"在王伯祥心里成形了。

通了，通了！

王伯祥心里的大"谱气"就是培育物流市场，做大做强寿光蔬菜产业。1986年年底，寿光县委出台了《关于培育和完善九巷蔬菜批发市场的意见》并印发全县。

几页薄薄的纸片，今天拿在手里丝毫不觉它的分量，可对当年的寿光经济，特别是对九巷蔬菜批发市场起到了决定命运的作用。

这既是一份宏观的市场发展意见书，又是一份微观的市场建设手册。宏观上，是确立县委县政府对市场的协调、管理权，一个最有力的措施就是成立市场管理委员会，一名副县长担任管委会主任，工商局、公安局等单位的主要负责人担任委员，管委会全面负责市场的建设和管理。在计划经济未完全失去约束力，市场经济仍需创造条件挣脱身上的绳索时，一个由政府主导的管委会，比任何一个实力强大的企业更具协调能力和影响力。

微观上的措施就更多了。首要的就是再次扩大了九巷蔬菜批发市场的面积，这次达到了150亩，比前期扩大了7倍多。建起了办公楼，设置了工商管理所等，把"为市场服务"这句话直接落实在了"最前线"。市场繁荣了，越来越多的需求产生了，市场周边又建起了饭店、娱乐场所等，配套越来越完善。按文件规定，市场的工商管理行政费，按照国家规定的最低标准进行收取，这对市场又是一大利好消息。市场周边的交通问题一直让人头疼，这次文件明确规定：把羊益路和潍博路修成一级路面，规划修南环路……文件一出，引起全县轰动，上下一片叫好声。

修南环路需要拆迁，沿途200多户村民跑到省城上访，一封人民来信一直写到了中纪委。县委信访办的同志拿着中纪委转来的这封人民来信来找王伯祥。

这封人民来信分量可够重的，签着中纪委、省委、市委三级领导的批示。面对这封人民来信，王伯祥和寿光县委态度很明确：修南环路是为了完善市场，这是有利于全县群众的事，现在群众有意见，说明工作没做到家，群众的思想工作必须做好，南环路也一定要修。

几天后，200多户群众的思想工作做通了。一年后，南环路也修通了。曾经上访的拆迁户们，高高兴兴地在新修的南环路旁边开起了旅馆、饭店、理发馆、百货店，来自第三产业的收入远远超过了他们以前种菜的收入。

路通了，车跑得快，菜卖得欢，可市场培育得越大，它的"腿"就越长，菜卖得远了，信息沟通交流就是个麻烦事。20世纪80年代末，县级的通信方式很落后，用的还是老式摇把子电话，打一个长途需要一遍遍转接，有时接通一个长途电话甚至需要几天。这对一个需要随时和全国各地沟通交易信息的蔬菜批发市场来说，是致命的"短板"。

老百姓有句俗话，叫"要想富，先修路"，对一家蔬菜批发市场来说，信息也是路，信息就是看不见的财富。寿光想在九巷蔬菜批发市场装一部程控电话，一打听，指标需要提前一年向省里申请，可听说当年的指标已经满了，只能等下一年了。市场的事怎么能等？这班人干事的倔劲上来了，软磨硬泡，终于通过省里向上级申请到了一个指标。几乎同时，县委筹集资金到位。1991年，寿光邮电大楼完工，全县的第一部程控电话装在了九巷蔬菜批发市场。这部程控电话，开启了寿光蔬菜批发市场的信息化之路。

多年来，多少学者专家盯着研究这个市场，多少党政官员想从市场发展中找到一些启示、一个模式，多少市场运营商想从这里寻得几个长盛不衰的秘诀。时任县委办公室副主任的武恒祥,见证了九巷蔬菜批发市场的建设发展,他曾用两句话描述市场:五衢通天下,四海集一市。王伯祥安排人把这两句话作为一副对联,雕刻在了批发市场大门的两侧。

两句话,一副对联,是九巷蔬菜批发市场的点睛之笔。懂行的人,也能从中寻到市场成功的秘诀,关键词无非就是两个字:流通。

从"斜里沟"小市场搬迁,到九巷蔬菜批发市场不断扩建、不断完善,无不是顺着"流通"这条路在走。从专业角度讲,市场经济的本质是流通经济性,过多的行政参与,甚至直接干预,并不是一件好事。可在那个计划经济向市场经济过渡,市场调节功能还极度不敏感的特殊时期,行政的力量有时就成了市场的"救命稻草"。九巷蔬菜批发市场的发展历程中,"县委救市"的事屡屡发生,也正是这样一场场行政参与"流通"的戏份,才健全完善了当年的九巷蔬菜批发市场,才有了今天的寿光农产品物流园。

寿光至今依然流传着很多当年"县委救市""县委书记卖菜""全县人民搞流通"的故事。

1986年冬天,几亿斤新菜上市,价格下滑。县委发动全县100多个副科级以上单位,动用非常手段,把卖菜作为最大的政治,齐心协力把蔬菜卖了出去。1988年,寿光蔬菜种植区域已经覆盖到25个乡镇,全县已经有64%的农户在种菜,蔬菜收入占到了农村经济总收入的60%以上。又到蔬菜大量上市的深冬时节,寿光县委召开了蔬菜流通专题大会,县委书记王伯祥作了大会报告。

就是在这次大会上,王伯祥提出了那句在寿光深入人心的口号——要像爱护我们的眼睛一样爱护我们的市场。也是在这次大会上,留下了一段三个"百分之七十"卖菜的故事:寿光从县委书记开始,所有部门单位,拿出70%的人力、70%的时间、70%的精力参与到蔬菜大流通上来。

这次蔬菜大营销,不但搞活了寿光的蔬菜流通,更营销了寿光品牌和寿光人的精气神。寿光也从全国普遍认知的"菜园子",转变成了一个综合性产业形象。从此,九巷蔬菜批发市场不再专属寿光自己经营管理,北京蔬菜公司投资在寿光建设了恒温库、绿苑宾馆等基础设施,从此打开了寿光到北京的绿色通道,寿光蔬菜源源不断地卖往北京。那段日子，新闻记者的报道总是有这样一句话："寿光菜晚上还在菜园子里，第二天早上就进了北京人的菜篮子里，中午就上了北京人的菜盘子里。"

一次全民性的蔬菜大流通，拓宽了寿光菜的外销市场，使得寿光菜真正卖到了全国，更深的意义是它开阔了人们的视野，训练了寿光人的产业思维。在这个过程中，寿光农民的商品意识也被充分激活了。寿光县委因势利导，召开专门大会表彰个体经济先进典型，王伯祥在大会上说："县委支持你们发展，支持你们参与蔬菜流通，国有企业享受什么政策，你们就享受什么政策。"

县委的支持，让寿光的蔬菜个体经营户迅速增多，不到一年时间数量就增长了近3倍，达到3万多户。多种经济形式的火苗早早地在寿光大地被点燃了。

正像寿光县委县政府设想的那样，这里没有卖不出去的菜，没有买不到的菜。人们经常当笑话一样说起许许多多卖菜买菜的故事：内蒙古种植的土豆，拉到寿光，又从寿光运回内蒙古，当地人买的还是自己种的土豆。海南人把辣椒运到青岛没卖出去，拉到寿光，立马脱手，买走辣椒的还是一位青岛客商。这些故事没有虚构成分，都是真实发生在寿光市场的故事。

寿光之光

寿光搞计划经济与市场相结合的实践，引起了省委和中央的关注。1989年，寿光县委拿出了一份《计划经济与市场调节相结合》的材料，经省里上报后，中央要求，"寿光经验"有很多可供借鉴之处，尽快在寿光召开一次全国范围的农村经济理论研讨会，给全国的改革提供一个现场教学式的案例。

1989年12月23日，瑞雪纷纷，天地清明。由寿光组织的农村市场发展商品经济理论研讨会在寿光召开，全国农业农村理论界的权威、中央媒体记者、全国各地方的党政官员们，都冒雪赶到寿光参加会议。

省领导的欢迎辞很"实在"："寿光县搞好市场流通，发展农村商品经济这台戏，正在唱，还是折子戏，尽管脚本还没有通篇形成，但这个脚本我们找到了。它对全省乃至全国农村经济发展有着普遍的指导意义。"

王伯祥代表寿光县委、县政府做了《组织农村市场，发展商品经济》的报告。他把改革开放以来寿光经济发展经历的3个阶段性过程做了介绍。

第一个阶段，建立完善以家庭承包为主体的双层经营体制，为利用市场法则指导农村商品生产提供基础条件。也就是1979年至1984年，寿光县农村改革从联产计酬开始，到形成大包干为主体的家庭经营形式，农村生产力得到了大解放。

第二个阶段，以蔬菜为重点的农副产品市场起步，促进整个农村市场体系的发育和完善，建立计划指导下的市场体系。寿光除培育壮大了一个蔬菜批发市场，还发展了生产资料等10多个专业市场，促进了生产要素的最佳组合。这是寿光初期市场体系的显著特征，而这一特征的呈现，离不开强有力的县级领导班子和计划指导。计划与市场的关系，在这里体现得尤为清晰。

第三个阶段，即充分发挥和利用计划指导下的市场调节作用，为全县农村商品经济的发展催发一个新的生长点。从1984年开始，全县重农、强工、抓流通、搞联合，哪一样也不落下，种菜面积年年扩大，可粮食与菜6∶4的比例始终保持着。

均衡发展才能长远发展，这也是寿光多年实践积累的典型经验之一。寿光的实践成果，王伯祥实实在在、带着基层温度和赤诚热度的话语，深深打动了在场的每个人，会场上不时响起热烈的掌声。

轮到中国经济体制改革研究会常务干事詹武发言了。他开宗明义："寿光的经验很丰富，里面有不少新的东西。计划与市场结合这个问题，在寿光县实践的成果是肯定的，我投赞成票。"

詹武的发言简洁、朴实，给在场者留下很深的印象。他对寿光持续、稳定、协调发展的实践，对寿光粮菜比例稳定、均衡发展大加赞扬："寿光的粮食产量稳步上升，这个很不简单。这里有个在全国大气候下的良好小气候。这个应该大大宣扬。寿光县基本做到了持续、稳定、协调发展，我觉得这个县在经济发展指导上很善于寻找突破口，找一个环节突破，然后再把其他带动起来，就像毛主席指挥打仗一样，集中优势兵力打歼灭战。搞经济同样如此，要集中精力突破一点，这一点突破后，把其他带动起来。我看寿光县就是很好地体现了这一指导方法原则。"詹武说，寿光从蔬菜批发市场开始发展蔬菜产业，蔬菜产业作为发端产业，带动了粮食产量的增加，粮菜增产增收又为开发性农业生产奠定了基础，又带动了加工体系、服务体系的发展。

时隔几十年，回头再看詹武的观点，更觉其具有价值和意义。特别是在对寿光后期发展上,他当时提到的"发展社会化服务与壮大集体经济的辩证关系"问题,以及"服务不仅仅是个经济问题,也是干部不忘群众和为人民服务的世界观的建立问题"等,都很有见地。

这次带着中央指示开到县级的理论研讨会,引起了多家中央级媒体的关注。会议结束后,1990年5月,经济日报社副总编辑王昭栋带着多名记者到寿光蹲点,进行调研采访,并于1990年6月1日—6日,在《经济日报》头版重要位置连续刊发了6篇报道。

"寿光经验"一炮打响。

这是寿光顶着产业光环,走进全国视野的关键一步。

无中生有

随着城市建设的发展，九巷蔬菜批发市场已不适应日益扩容的交易和服务需求，2008年6月，新规划的中国寿光农产品物流园项目正式动工，2009年11月5日投入使用。占地3000亩的新市场有6个交易大厅，交易大厅面积达14万平方米。新市场与老市场离得不远，从老市场沿菜都路北行2千米就是新市场了。

市场的一天是从凌晨开始的。南来北往的车辆，北来南去的农产品，在这里稍稍"落脚"后，被重新集结，发运到全国各地。2011年，国家正式批准设立"寿光蔬菜价格指数"。大数据时代，市场每天为全国提供"寿光蔬菜价格指数""寿光蔬菜信息指数"。28年前，北京菜价暴涨，新华社记者苏会志、王进业第一时间跑到寿光，看看九巷蔬菜批发市场上的菜价是多少，一篇《菜价追踪》的报道，成了寿光蔬菜进京"绿色通道"设立的源起。新冠肺炎疫情发生之后，各级新闻记者采写保供新闻，第一关注点总是寿光蔬菜批发市场，市场供应充足，菜价稳定，全国城市"菜篮子"就稳当。这里已不仅仅是市场的"调节器"，更是民生的"稳压器"。

外地人评价说："寿光人，擅长干无中生有的事。"当然，这里的"无中生有"并不是贬义词。就像九巷蔬菜批发市场，不正是一个"无中生有"的市场吗？

20世纪90年代初的一天，当地党报《寿光报》副总编辑魏行明来到寿光城西的竹竿竹器市场，他一下子被"刺激"到了。对新闻点高度敏感的他，抑制不住内心的冲动，还没回报社，就在竹器市场边上的工商所办公室展开采访本，写了起来：

"竹子大抵产于岭南，几近黄河入海口的我市并不产竹，然而不产竹的我市却冒出个全国最大的竹竿竹器市场……"魏行明看到的这个竹竿竹器市场始建于1988年，紧邻着寿光九巷蔬菜批发市场，在蔬菜市场的辐射带动下，得天时、聚地利，又加上当时的寿光县委、县政府坚持以市场为导向，创造条件激活市场经济这个"人和"因素，其市场规模迅速扩大，在全国的知名度越来越高。交易高峰期的时候，每年能有七八百车皮的竹竿竹器运进这个市场，再从这里"走"向全国各地。

寿光本无竹，何以能形成如此规模的竹竿竹器市场？这是一个耐人寻味的话题，它惹得许多记者、学者都来追根问底，有的甚至建议业界应该组织一场专题研讨会，剖析一下这个市场的诞生和成长到底有啥秘籍。是行政干预的结果？还是市场经济的产物？抑或是偶然性与必然性的统一？还有的说，中国这么大，别的地方就不行政干预、就不搞市场经济、就没有偶然与必然的统一？为啥偏偏在寿光这个不产竹子的地方诞生这么个大市场？魏行明抓住这个新闻点，以《寿光本无竹》为题，写了一篇经济评论。这篇评论被多家报刊转载，当年还获得了山东新闻奖。

相比九巷蔬菜批发市场的高光时刻，竹竿竹器市场也只是一个衍生市场，但样本的价值和意义往往是一致的，都可归入寿光市场经济的可贵实践。

四十年前，这一场场"无中生有"的市场洗礼，注定要成就一个不同凡响的寿光。

第二章

一颗绿色的火种

王乐义82岁时,还是每天上午九点准时到达三元朱村委办公室。他有时也会到村里转转。雨水早过了,阳光是暖的,一排排别墅民居整齐排列,每家每户的铁艺大门上,那些属于春天的花正在次第开放,有的热烈绚烂,有的羞涩含苞。走着走着,脚总是不听话地朝村西头去了。1989年村里17名党员建起的第一代蔬菜大棚,还在村西头保留着一座,但也已经被村里新建的第七代大棚包围了。如今的土地寸土寸金,留一座老棚是为了留住一份记忆。

从大棚出来,一抬脚就进了村史馆。脚步慢慢往前挪,好像那些历史在他脚下一帧一帧展开着。有多少时刻,当年看似淡然,回望却心潮起伏。这些时刻,很多就定格在墙上的一张张图片里,他是难以忘记的。

这一张,他刚当上村党支部书记,蹲在村外埠岭上看着贫瘠的土地,想着穷苦的日子,脸色像身上的衣裳一样没有一点鲜亮。

这一张,镇干部弯腰砍下第一棵正在灌浆的玉米,链轨车轰隆隆开进了即将引发一场"绿色革命"的土地。谁也不会想到，这会是一场席卷全国且对全国城乡都产生世纪性影响的产业革命。

这一张，县委书记王伯祥找上门来，让三元朱村把这致富秘方向全县推广，让全县人民都富起来。

这几张，是建棚党员的借款单据，每一张单据上都盖着好几个大红章，按着红手印。"借款人：王福民；用途：温室；金额：捌佰元正；借款时间：1989年6月2日至1989年12月20日。"还有王乐义、徐少华、王永祥等人的借据。当年，为了带头试验冬暖式蔬菜大棚，让老百姓信服，村里17名党员借款建棚。这些红手印，很容易让人联想到1979年安徽凤阳小岗村的18名农民按下的红手印，小岗村农民的红手印按出了一个"包干到户"，揭开了中国农村经济改革的序幕；1989年三元朱村17名党员的红手印，按出了一条富农大道，掀起了一场载入中国史册的"绿色革命"。

……

这些历史时刻，是属于三元朱村的，也雕刻着寿光的发展足迹。

县委书记给黄瓜"定价"

很多波澜壮阔的历史是发端于苦难的。三元朱村位于寿光西南部，与周围别的农村没有什么区别，如果说有一点不同区别，那就是这里海拔49.5米，为寿光境内的制高点。这里埠岭也多，人们只能靠天吃饭。20世纪六七十年代，贫困和艰辛在这里上演，为吃一顿饱饭，老百姓想尽了办法。1978年，穷怕了的群众想找个能人，来给三元朱村"当家"。党员们推出了王乐义。可王乐义刚动完直肠癌手术，腰上的排便孔、挂在外面的便袋随时都提醒着人们，这是一个病人。妻子心疼他，让他先顾自己的身体。可王乐义的内心却很坚定，接下了这副承载着老少爷们期盼的担子。

王乐义是土生土长的三元朱村人，这块土地的"脾性"他最清楚，围村的几个埠岭，占了全村土地的近一半，土质差，菜难长，粮难收。这时候，县里号召各乡、各村各显其能，找自己的致富门路，王乐义想来想去，打起了种菜的谱儿。

三元朱村有种菜传统，村民学来县城小东关的玻璃小温室种植技术，冬天靠烧煤炉子也能生产一些叶菜，可叶菜不值钱，家家户户难发财。什么菜更值钱？当然是冬天下来的果菜，它们是市场上的稀罕物。可果菜冬季生长需要的温度高，就是烧煤炉子也达不到生长条件。连着三年，王乐义带人四处学习能发家致富的种菜技术，可一无所获。

1988年腊月二十八，往东北贩菜的堂弟王新民，给王乐义带回来几根鲜黄瓜。这几根顶花带刺的黄瓜让王乐义觉得稀罕，也让他寻思得一夜难眠。他带着黄瓜去了县里，送给王伯祥看。听说这黄瓜是辽宁瓦房店出产的，王伯祥好像看到了希望："乐义啊，不如到东北亲眼看看，兴许能把这技术学来。要是在咱这种成了，可是一条致富的好门路啊！"

要论发端于三元朱村的这场"绿色革命"，这根绿色的黄瓜可是"导火索"。黄瓜是瓦房店农民韩永山种出来的。据韩永山的妻子后来讲，当年几个山东人找到她家，非要跟着学种菜，韩永山答复得很干脆："不教。"本以为回得绝，这帮山东人失望地走了，可第二天他们又来了，7个人一个不少，个个衣衫不整的，原来是当晚住在火车站，根本没回山东。

东北汉子韩永山也是性情中人，他被感动了。一帮素昧平生的山东人，就这样走进了他的大棚。过了俩月，三元朱人再次登门，这次韩永山把自己试验成功的大棚种植技术明明白白地"倒"了出来。1989年5月，三元朱人三进瓦房店，把韩永山请到了寿光。

"三顾茅庐"请韩永山，传为一时佳话。

按照韩永山的种植经验，冬季黄瓜上市，必须8月就建棚，10月下苗。可8月玉米棒子正灌浆，砍青苗可是党员干部违法违纪中的一条，这责任谁负？

县委答复："我们负！"

镇党委答复："我们负！"

剩下王乐义要负责的，就是动员全村建大棚了。可谁敢建？刚解决温饱问题，手里有几张钞票算是有了存款。建一个大棚最少一次性投资5000元，要是打了水漂，算谁的？

大家穷怕了，苦怕了，稍安顿些，不想再折腾了。

尽管韩永山一再"打保票"说："气候环境我了解了，这技术在这里没问题。"可没有一个村民报名。

最后县委拿出意见，王乐义作动员，让全村党员报名，第一批建棚，第一批担风险，领着村民把这事干起来。县委意见里还附带着优惠政策：从银行贷款到物资提供，全力支持三元朱村搞大棚蔬菜。

王乐义又代表村委表态："村里账上有7万块钱，拿出4万补贴建棚，赚了还给村里，亏了，算到我王乐义头上，我这村支书也就不干了，挣钱还账。"

全村17名党员报了名，准备建棚。

这张时间表，永远印在第一批建棚的17名党员的脑海里：1989年8月10日，砍掉青苗；8月13日，开始建棚；10月18日，栽种了嫁接黄瓜。

幼苗长高了，大棚地里一片春天般的柔嫩。人们欣喜地笑了。辽河北岸的青翠，终于在黄河南岸绽放出新的希望。

当时的人们哪能想到，这一抹青翠会在几十年的时间里，给中国大地带来那么深刻而浩大的影响。

时光久远，很多细节从王乐义的脑海中淡去了。但他清晰地记得1989年12月24日三元朱村第一茬黄瓜上市的场景。

听说三元朱村的大棚黄瓜开园，王伯祥放下公务，从县城赶到三元朱村，见面直感叹："哎呀，我这才几天没来，就上市了！"

看着眼前顶花带刺的黄瓜，王伯祥问："准备定个什么价？"

王乐义说："我还没问大家伙呢。"

大队长说："定2块钱一斤吧？"

大家嚷嚷起来："费这么大劲，才2块，不行不行。"

王乐义试探着转向王伯祥："按5块一斤？"

旁边有个论辈分叫王乐义"爷"（方言，即"伯伯"）的党员，急得不行："爷，定这么高，谁吃得起啊，卖不了咋办？咱可都借着款呢。"

王伯祥想了想，说："我觉着，你们定的价还低。"

王乐义心里没底了："你当县委书记，你说值多少钱一斤？"

王伯祥说："你看看，江北不就你这17个大棚吗？现在是市场经济，人无我有，人有我优，咱有定价权。"

他顿了顿，没了下文。真急人。到底多少钱一斤，快说吧。大家瞪眼侧耳。

"叫我看，少于10块钱一斤，咱不卖！"

县委书记一锤定音！这"锤"给三元朱村的17个大棚敲开了致富门，还敲活了他们的头脑：市场经济，就得按市场规律办事。

王乐义看着王伯祥，啥也没说，可心里想："我这村支书狠，你这县委书记，比我这村支书还狠！"

1990年5月1日，三元朱村17个大棚产量大验收。最多的一个棚产出1120千克，收入3.6万元，平均每户收入2.6万元。还了本钱，每户净赚2万元。跨了个年，几个月时间，三元朱村冒出17个双万元户。

再开村民大会时，想建棚的多了，为降低风险，有了种植经验的17名党员，每人包靠10名左右的种植户。白天各人种各人的棚，晚上的时候，党员帮扶包靠户。转过年来，全村又出了120多个万元户。

有一年，笔者陪同一位作家去三元朱村采访，来到第一批参与建棚的王友德家，他和老伴住在村里专门建设的老年公寓里，独门独院，安静地享受着晚年生活。提起当年建棚的事，他的脸上有了光泽，嗓门也高了。

"当年收入真有那么高？"作家总是喜欢求证。

王友德的老伴用一句话回答了作家的求证："俺这个双万元户回娘家，村里人多眼热？那眼珠子从街南到街北，能铺一地，哈哈……"

时光并不久远。有17个名字，应该刻进历史的时光里，并请人们记住：王乐义、韩永山、徐德欣、徐少华、王同利、王友德、王伟功、王新民、王建民、王福民、朱文庆、朱明昌、王光新、王福祥、王光兴、王继文、王文瑛。这是三元朱村17位党员的名字，是第一批建设冬暖式蔬菜大棚的人，是他们点燃了全国"绿色革命"的火种。

瞧，这俩王书记

在冬暖式蔬菜大棚发展初期，三元朱村的发展模式是村委带党员，党员带群众，手把手、面对面教技术、帮种菜。这使三元朱村在探索全新事物时没有走弯路，为农民树立了信心，更快地积累了财富。

王乐义领着三元朱村富了，王伯祥这个县委书记考虑的是：三元朱村领着全县富起来。

"教会徒弟，饿死师傅"这古话，谁人不知，谁人不晓？三元朱村的人们也是这想法，这技术是三元朱村冒着风险搞成功的，不许传外人。

王乐义默认村民们的想法。村民富了，他尽到了一个村党支部书记的责任，这话没毛病。可在县委书记王伯祥这里，全县还穷着呢，他这个县委书记要尽责，三元朱村要把这种菜"秘方"交出来，传到全县去。

这难题出得比当初替村里背那4万块钱的建棚款难上百倍，不，几乎是无法实现的难。

县委书记又跑到村里，上门要"秘方"来了。

"三元朱村富了，咱再加把劲儿，向全县推广推广？"

"量大了，不好卖吧？"

"咱有大市场,还怕卖不了?"

……

这俩王书记,你一言,我一语,心里藏半截话,嘴上说半截话。都是为了各尽其责,都是为了老百姓的好日子。

没几天,王乐义接到寿光县委电话通知,让他去县里参加县委常委会。

"县委开常委会,我一个村支书,开的哪门子会?"

王乐义一参会,才知道"上当了"。县委常委会决定在全县推广冬暖式蔬菜大棚,达到建棚条件的乡镇都要参与,县委书记亲自挂帅当领导小组的组长。王伯祥还在会上提出,聘请王乐义和韩永山这两个"大技术员"担任蔬菜顾问。

常委会还在开,王乐义早坐不住了,他心想,看王书记和常委们的决心,这事必须要办,可是回村怎么向老少爷们交代?

王乐义回到村里,动之以情,晓之以理,经过大会说小会讲的一番周折,村民们的思想好不容易通了。

1990年,经过全县动员,各乡镇共报名建设5130个大棚。为了保证建设质量,不走弯路,王伯祥领着县、乡、村三级干部,到三元朱村开了5次现场会。王乐义和韩永山坐着县里给配的吉普车,天天跑乡镇,进行技术指导。

三元朱村不让外传的技术,还是传给了全县。让人感到欣慰的是,当年寿光建设的5130个大棚都种植成功了,收获的喜悦挂在人们的脸上。遍及全县的"绿色反应"仿佛来得太快了些,1995年寿光就拥有了30万亩的冬暖式蔬菜大棚。

一座座大棚像白色的海洋,在寒冬腊月生产着绿色的希望。一家一座"绿色银行",一家一个"绿色工厂",成为寿光农民的现实写照。

致敬历史

2021年,著名散文作家、滨州市作协原主席李登建老师到寿光讲学,向笔者回忆起他和寿光的一段缘分。

2007年,他曾与作家王良瑛、展恩华一起来到寿光,采写寿光原县委书记王伯祥的事迹。行走寿光大地,采撷历史印记,聆听民众心声,作家们一次次被王伯祥的事迹感染,一次次被这块土地上创业者的百折不挠和人民的乐观、智慧感动。

在与王伯祥工作期间联系紧密的几个关键人物中,韩永山是其中一个。1989年春天,三元朱村人"三顾茅庐"从辽宁瓦房店请来农民韩永山,他手把手地教三元朱村建起第一代冬暖式蔬菜大棚,1993年于寿光病逝,年仅42岁。李登建他们在采访中,听到寿光上上下下都对韩永山表达出了感激之情。他们在《大地为鉴》一书中,专列一章《一座永远不倒的山》,对韩永山的事迹做了记录。

一个东北农民,却成为异乡人心目中一座永远不倒的山,在寿光人的内心立下了一座碑。凡了解他的人都说,应该给他立一座碑。

1989年,三元朱村的冬暖式大棚种植大获丰收,县委书记王伯祥决定向全县推广这项技术。与这项决定同时出台的,还有一条:重奖韩永山。

怎么个奖法？在县委常委会的文件档案里清清楚楚列着这么几条：聘韩永山为县蔬菜办公室顾问，晋升为农艺师，推荐为潍坊市劳动模范人选，奖8万元现金和一套120平方米的住房，一家四口农转非，配一辆北京吉普车。

给韩永山的这种高规格待遇，引起轩然大波。1990年的寿光，哪个干部能住上120平方米的楼房？8万元现金更是让月工资几十元的人们眼热。还有这全家农转非，王伯祥是县委书记，他的妻子侯爱英一直是临时工，也没拿到农转非名额……

不管人们如何议论，给韩永山的待遇一样不少，都在最短时间内得到了落实。当我们今天再回首这段历史时，人们还会认为给韩永山的待遇太高了吗？2021年，寿光银行储蓄存款过千亿元，绝大多数是寿光农民的存款，农民的存款来自哪里？是蔬菜产业。不需要用今天的成绩当卡尺，来"测量"给有功之臣的待遇的高低。仅说当年——王乐义、韩永山受命在全县推广5130个蔬菜大棚之后的1991年，寿光20万户种菜农民，户均收入2万多元，这里面就有韩永山的功劳。

寿光县委的重用，寿光人民的重托，把这个刚直的东北汉子感动了，把他的心暖热了。他几乎每天都是天不亮就出门，不是进村就是钻大棚，精心指导每一户有需求的菜农。寿光所有种蔬菜大棚的乡镇和村庄，没有他跑不到的，有的地方他一年要跑多遍。

寿光的大棚越种越多，寿光的农民越来越富，寿光的蔬菜产业越来越有名，对全国的贡献越来越大……韩师傅却病了，倒下了。已调任潍坊的王伯祥赶到医院看望他，四目相对，泪如雨下。

1993年11月28日，韩永山走了。

王伯祥来送他了。许多认识的、不认识的人来送他了。

作家李登建写道："寿光没有山，但从此，寿光大地上就有了一座永远不倒的山。"

致敬韩永山，致敬韩师傅。

也要致敬王伯祥。千里马常有，而伯乐不常有。王伯祥视韩永山为人才，重奖人才是对其价值的衡量，这是待遇。王伯祥又视韩永山为侠士，重奖他，是对他人性深处那些闪烁如星辰、恒阔如大海的无私品行的回馈,这是礼遇。

也要致敬寿光。致敬寿光发展历史上那些在苦难中奋进、在奋进中创造绿色奇迹的人们:三元朱村的当家人王乐义,17名担着风险带头建棚的党员,殚精竭虑想让农民富起来的县镇干部,百挫不折的寿光农民……这是一幅创业画卷,这是一尊英雄群雕,这是一座精神家园。

在这里,缺了谁都不行。

当绿色火种在全国熊熊燃起时,我们不能忘记:人民是历史的创造者。

第三章

危中寻"机"

1990年正月初四,时任国家科委主任宋健到三元朱村考察,走进大棚就不走了,看了两个多小时,问题一个接一个。

宋健问:"靠什么取暖?"

王乐义说:"靠太阳。"

他紧接着问:"一个大棚需投多少钱?"

王乐义说:"5000元。"

宋健说:"太省了!"

他说,在日本考察时,看到一间棚要投30多万呢,可管理还不如三元朱村。

他又转到大棚后面,看看到底有没有生煤炉子,确认只靠大棚保暖就能在深冬生长出黄瓜,他很高兴,对王乐义说:"乐义啊,你要把这技术向全国推广,让全国人民冬天都能吃上新鲜菜。"

向全县传技术,王乐义觉得还是分内之事,可向全国传技术,这个又该怎么向老少爷们交代呢?

1991年，全国农村经济工作经验交流会在山东召开，各地参会领导、专家到三元朱村参观。走进绿油油的蔬菜大棚，看着眼前的景象，大家都说"好"，各地领导当场就向王乐义要技术员。这场会议结束，全国到三元朱村参观学习的络绎不绝，临走时总要问："能派技术员不？"

事儿"闹"大了，捂是捂不住了。

1991年，王福民到河北传授冬暖式大棚蔬菜种植技术，这是三元朱村也是寿光向省外派出的第一个技术员。紧接着，第二批、第三批、第四批……到了1993年，全国对技术员的需求越来越多，寿光只好从全县选派技术员"支援"全国。每年都有三四千名寿光技术员奔波于全国各地，他们就像一粒粒绿色的"火种"，有的担任科技副县长、副乡长，有的被聘为技术顾问。这场全国"播绿"行动，在"寿光技术"的强力支撑下，在最短时间内完成了。

王乐义更是长年奔波在全国各地，传播种菜技术。"在中国大陆，除了西藏，别的省区市我都去过。我这身体，动过大手术，医生不让我去西藏。"

寿光人兑现了当初的承诺，为全国"菜篮子"贡献了蔬菜，贡献了种菜技术，贡献了致富经验，设施蔬菜产业在全国掀起绿色浪潮。

但是，历史的转折也由此而至。

大幕拉开之时，中国最大的"菜园子"——寿光，迎头而来的，是供过于求的巨大危机。

教授的成果，被一个农民转化了

善谋略者善远虑。1990年初，三元朱村第一代大棚刚刚种植成功，王乐义就意识到了一点：这技术，就是一层窗户纸，一捅就破，藏不住。

不求变，就会坐吃山空，再变回穷村穷样子。

当全国人民在为冬季能吃上鲜菜而高兴的时候，三元朱人开始琢磨蔬菜品质的事儿了。

全国学咱，咱学国外，搞精细菜；全国种普通菜，咱种无公害菜。人不都是这样嘛，吃饱饭了，就想吃好饭。

王乐义找到了堂弟王新民。当年往东北贩菜的王新民，已经不当菜贩了，作为带头建棚的17名党员之一，他成了村里第一批大棚户。

王乐义和他商量："新民啊，你走南闯北见识多，派你出去学些新技术，给咱村寻条新路。"

1991年春节刚过，王新民被村里派去日本，学习蔬菜的分级包装。

王乐义自己也出门了，他去取经，学学咋种无公害蔬菜。

要说"无公害蔬菜"这个词儿，王乐义的启蒙者还是当时到村里考察的中央领导，他们嘱咐王乐义："要靠科技种菜，种无公害蔬菜。"

这句话，王乐义没忘。

可啥是无公害蔬菜，当时的他真不知道。他问17个党员里学历最高的徐少华，高中毕业的徐少华说，他也搞不明白。

他托熟人打听，得知北京农林科学院植保环保所有个课题，叫作"无公害菜果生产技术研究"，是"七五"国家科技攻关项目，还获得了北京市科技进步一等奖，是一个叫王宪彬的教授搞出来的。

"把王教授请到寿光，帮着搞无公害蔬菜。"

正月的北京，天寒地冻，一大早，一个脸色黝黑、穿着土气的农民敲开了王宪彬的家门。

"我拉开门一看，站着的这个人像个农民，开口就叫我'教授'，态度很谦逊，怎么也想不到他就是王乐义。"后来和王乐义成为好友的王宪彬，对俩人的初见印象深刻。

王宪彬赶紧拉客人进屋，倒上杯水，就讲起了他的研究成果。

王宪彬和别的农业科研专家不同，他特别注重科技成果向基层的应用推广。1985年项目通过验收后，他向全国多个地区推荐"无公害菜果生产技术"的研究成果，但无人回应。

真没想到，研究成果搞出来6年了，一直没转化，第一个找上门来的，竟然是一个农民。

这让王宪彬很意外，也很高兴。他几乎不假思索就答应了："这个忙，我一定帮。"

王乐义邀请教授去寿光考察。王宪彬到了寿光，王乐义带车拉上王宪彬，从三元朱村的土地开始，把全镇土地转了一遍。

王宪彬告诉王乐义："直观看，寿光的生产环境很好，适合种无公害蔬菜，我再带着土壤、空气和水的样品回去检测。"

在全镇选了16个取样点，按检测要求提取了样品，王宪彬带着回了北京。很快，王乐义得到好消息：寿光的环境完全适合种植无公害蔬菜。

1992年，无公害蔬菜在三元朱村种植成功。随后，这一技术在全县推广。

有一年，王宪彬教授携老伴到寿光参观菜博会，再次来到三元朱村，看望他的老朋友王乐义。

这老哥俩一见面，又拉起王宪彬第一次在寿光考察的场景。

"第一次来，还不知道能不能种无公害蔬菜呢，镇长就安排我讲一堂无公害技术课。"

"原计划镇干部和科技骨干参加，30个人，我就在镇政府会议室讲一讲，可讲课时间还没到，就来了300多人。我这讲课的人，连课堂都进不去啦。哈哈哈。"

最后，授课地点改到镇电影院礼堂，来听课的都听上了课，满意而归。

王宪彬在全国很多地方讲过课，与基层农民打交道也多，他的感受是："像寿光人这样热爱科技、学习科技的劲头，全国很少见。像寿光干部这样接受新事物、敢于承担风险、负责干事的，更少见。"

笔者在与王宪彬见面时，儒雅的老教授一路上谈的，就是一个主题："我的科研成果在全国不少地方推广过，但成功的极少，归其原因，就是那些地方的人缺少寿光人这样的品质。有一群干事的人，有一个领着干事的人，才有寿光菜今天的地位。"

自己培养的全国"对手"

寿光抢占了无公害蔬菜发展的先机，在全国再次领先。1994年，寿光市仅蔬菜一项收入就占了年度农民平均所得的2/3。可是，蔬菜产业占据的份额越大，压在寿光人心头的那块巨石就越发沉重。

因为全国蔬菜产量上来了。周边的淄博、聊城、临沂等地都在大干快追，更值得关注的一个现象是：帮着这些地方建大棚的都是寿光人。从全国范围看，很多县市区，种植面积动不动就是几十万亩，等于种出了一个"寿光菜园子"。曾经的规模、产量、品种等"寿光优势"，不再那么耀眼夺目了。

寿光这个"全国最大菜园子"的地位保不保得住，这不重要，最重要的是全国菜量大了，菜价就低，这就是市场经济。菜价低了，菜农收入就低，这才是关系寿光国计民生的大事。

全县推广蔬菜大棚刚刚三年，寿光就"坐"不住了。1993年冬菜旺季到来之前，寿光派出了4个蔬菜考察团，4个市级领导带队，每人带一个组，到全国考察蔬菜种植和流通。

自1989年寿光试验成功冬暖式蔬菜大棚，生产的蔬菜从来都是"皇帝的女儿不愁嫁"。"等客上门"的日子虽然才过了几年，可高高在上的优越感已经有了。

走出去一看，寿光人吓了一大跳。寿光种的大路菜好，人家种的特菜好，什么玻璃西芹、荷兰豆，看着稀罕，价更高；大城市的人还在吃寿光菜，这个不假，可仔细看看，人家郊区基地发展势头猛，过不了几年，寿光菜进大城市将遭遇"高门槛"；市场发育程度高了，国有公司流通优势不再，寿光的个体、联合体怎么应对……考察组拿出了四份考察报告，这刺痛了中国最大"菜园子"。

第二年，第二批考察团又出发了，这次去的是北京，寿光市委书记、市长亲自带队。

这次进京考察，收获颇丰：参加了北京市政府召集的菜篮子工程座谈会，北京市政府在会上表态：非常欢迎、支持寿光无公害蔬菜直供直销北京。

接下来，又在北京人民大会堂召开了寿光无公害蔬菜进京直供直销座谈会。在北京方庄市场设立了寿光市人民政府驻京蔬菜经销办事处。

与此同时，寿光向北京发出了首批20万箱无公害精装套菜。

……

寿光菜打开了北京市场，沿途运输却出现了问题，乱收费、乱检查，本来的"直供直销"，变得阻隔重重。

1995年5月，根据上级意见，设立寿光—北京送菜车队"绿色通道"。"绿色通道"通不通？于是有了一场特别的运菜行动。

1995年6月的一个凌晨，16辆运菜车从寿光出发，运菜车上除了送菜的司机外，还有一群特殊的乘客：山东省交通厅、公安厅的人员，潍坊市、寿光市等部门领导，一共十几人，组成了一支"押车"队伍，要沿途考察"三乱"治理情况。

一路顺行，只有河北一处建桥筹款收费站提出收费，但一看有上级部门的特别指示件，马上放行。当天下午运菜车顺利开进了北京岳各庄蔬菜市场。

省市县三级"押车"送菜，这算不算中国物流史上值得记录的事件？不管怎么说，寿光—北京"绿色通道"在那个特定时期，为寿光蔬菜流通做出了贡献。不久，寿光—哈尔滨、寿光—海南、寿光—沈阳等"绿色通道"相继开通。

自1995年起，寿光菜在北京市场独领风骚，"早上寿光人的菜园子，下午北京人的菜篮子，晚上北京人的菜盘子"就是真实写照。直到今天，寿光依然是北京冬菜市场的最大供应地，占到1/3左右份额。

一枚"耻辱"的钉子

"货畅其流"曾经是寿光人最引以为豪的优势,这里有全国最大的蔬菜批发市场,没有卖不了的菜,没有买不到的菜。可祸起萧墙,也是因了这座蔬菜批发市场。

有一个词儿,像一枚钉子,多年来狠狠地刺在寿光人的心上,拔出了,血还淌,痛还在,这个词儿叫"注水茄子"。

2000年2月18日,寿光当地的党报《寿光日报》,推出了一篇新闻报道《注水茄子　敲响菜乡警钟》:

1月22日,吉林省长春市《新文化报》发表了一篇题为《谨防注水茄子》的报道。本来,这与我们寿光毫不相干,但接下来的,却是另一码事了。

时隔3天,1月25日,《新文化报》又在头版头条,以醒目标题发表了一篇题为《注水茄子来自山东寿光》的连续报道,并配发了两位拿着注水茄子、一脸愁容的业主的照片。

报道没有华丽的辞藻,但开门见山——"注水茄子来自山东省寿光市"。

《寿光日报》的这篇新闻报道,引用了长春市《新文化报》的报道原文。寿光蔬菜成名日久,在全国享有很高的美誉度,可《新文化报》这样一报道,不管事实是否如此,还真让人有些坐不住了。

通过一位在东北工作的老乡得知此事后,寿光上下高度重视。市委当即部署市场管理单位——寿光市蔬菜产业集团，第一时间与长春新文化报社取得联系，根据他们提供的线索追踪彻查，同时举一反三，在全市进行最严厉的市场和蔬菜质量大排查。

事实很快查清：长春出现的"注水茄子"，是外地菜贩从寿光的村头地边市场收购的。可是，这批茄子到底是寿光菜农种出来的，还是外地人运到寿光村头地边市场销售的，已经无法考证了。

寿光还没有从"注水茄子"事件的"耻辱"中回过神来，"加重纸箱"又砸到头上。

这次是江苏常熟电视台的曝光新闻，解说词是这样的——

"寿光是在卖菜还是卖箱子？我们是在吃菜还是吃箱子……"句句如针，针针见血。

"加重纸箱"是蔬菜批发商的不法手段。打开一个市场管理人员查获的"加重纸箱"，拿起一块纸箱夹层的纸板掂一掂，可以感觉到这块纸板有点沉，工作人员介绍说，这是在粘纸板的胶里面加了滑石粉。

用这样的"加重纸箱"收菜卖菜，蔬菜批发商从中获利，和寿光没什么关系。可最终却给"寿光蔬菜"这块金字招牌抹了黑。人家不管你这纸箱哪来的，只认装的是"寿光菜"。

只有寿光人有口难辩，有苦难言。

从寿光市场上拉走的菜，都是寿光自己产的菜吗？没有人敢保证！

用加重纸箱在寿光装菜，这不讲良心的一桩买卖，就该算在寿光人头上吗？

可人家不管，就怀疑你寿光菜！

寿光人委屈，自己无辜受牵连，也是受害者。委屈有用吗？没用！人家怀疑你有道理吗？有道理！

你有大市场，号称买全国、卖全国，哪里的菜都运到这里，哪里的菜都从这里运出去。包括寿光自己生产的菜，也混在一起，装车发走。

出了事，你怎么证明这菜就不是你寿光人种的？

你的菜，是打着你的商标，还是挂着你的身份证？

市场，曾经是寿光蔬菜产业最大的靠山，忽然变成了一块烫手的山芋。

谁砸寿光的牌子，就砸谁的饭碗

市场孕育生机，也早已潜藏着危机。外地市场的不正当竞争也给寿光市场带来了压力。好不容易开通了寿光至北京直供直销绿色通道，可20万箱精装套菜刚进入北京市场不久，就出现了假冒的"寿光菜"，纸箱上印着"寿光精品套菜"，菜箱里装的却不是寿光菜。

寿光只能向内发力，断臂求生，刮骨疗毒。

1996年，寿光市开展蔬菜批发市场集中教育整顿活动，动员大会上的一句话，至今被当地人奉为经典："谁砸寿光的牌子，就砸谁的饭碗。"

寿光蔬菜批发市场诞生于1984年，它见证了寿光乃至全国蔬菜产业几十年的风云变幻。它是"调剂仓"，南来北往的菜，从这里重新找到归属；它是"晴雨表"，菜价高低、交易量大小，牵动着上至国家下至百姓的神经；它还是机遇，是事业的机遇、人生的机遇，有多少人从全国走进这里，又有多少人从这里走向全国。

但从根本属性上讲，市场的"天职"是流通。

精心打磨的玉石才有最温润的光泽，寿光人在多年的市场运营中培育、摸索、完善市场，用精心的态度对待市场。

建立市场初期，寿光菜几乎全部拉到批发市场交易，随着村边地头市场的发育，特别是寿光乡镇、村庄的种植越来越趋向"一镇一品、一村一品"，品种单纯了，产量大了，一辆收黄瓜的大货车，只需要在孙家集街道某个村的村头一停，半天就能装满一车，不用东跑西跑凑货，节省了成本，提高了效率。这么方便了，谁还进大市场收菜呢，大市场的寿光菜交易量一天比一天少，日渐萎缩。

寿光也曾尝试取缔过村边地头市场，原因倒不是影响大市场的本地菜交易，而是村边地头市场缺乏监管，一方面蔬菜抽检跟不上，另一方面老百姓卖了菜、拿不到现钱，越来越多的纠纷出现，群众利益受损是大事，非管不行。

事实证明，存在即合理，村边地头自发形成的市场，就像当年在县城"斜里沟"自发形成的市场一样，是群众需求，从大棚摘下菜，一转身就能卖掉，要是拉到大市场，程序太复杂，路太远，不方便。即使菜商拖欠卖菜款，可总归是要给的呀，节省出卖菜时间，多管理管理大棚，有账算。

有需求的市场取缔不了，赶他走，他也不走，关掉这一个，隔几天又在旁边冒出一个，野火烧不尽，春风吹又生。

顺势而为，留着吧。问题是怎么规范起来，真正让群众好卖菜，利益有保证。先上检测设备，每个村边地头市场都有，批批抽检，政府管理的"手"伸进来了。接着整治打白条，这事虽难，但农民专业合作社解决了这个难题。近几年，政府部门利用大数据，研发自动结算系统，菜一过秤，自动显示重量、单价，自动计算菜款，菜款立马进入老百姓个人账户，这下彻底解决了多年的打白条现象。

在寿光，蔬菜专业合作社的作用极大。每个村边地头市场都有一个合作社，大多由前期市场上收菜的中介发展而来，它们有了法人主体，成了"正规军"，合作社成为政府管理村边地头市场的眼睛、手脚，这是可持续的机制。

大市场尽情发挥自己"大物流"的地位和作用，小市场遍布乡村，成为乡村产业振兴的大帮手。大小市场，多年摩擦、较量，直至相安无事，终至互利共赢。而最大的赢家是寿光的老百姓。

第四章

做给农民看　领着农民干

2018年的春深夏浅之时,山东省作家协会组织乡村振兴作家采风团来到寿光,第一站就走进了寿光市高科技蔬菜示范园。这里正在举办第十九届中国(寿光)国际蔬菜科技博览会,这是全国三大农业展会之一,也是全国唯一的蔬菜主题展会。

女作家们的五彩裙裾在绿叶间飘来飘去,好奇心也萌动起来了。

"这是什么菜?"

"茄子啊!"

"啊?茄子?怎么长得像小辣椒?"不满意导游的回答,大家再追着问。

"这是观赏茄,用来装扮家居、院子,不是食用的。这里的茄子品种有十多种,像布列塔长茄,它是一种荷兰长茄,就是食用的,寿光农民种得比较多。观赏茄有各种形状、各种颜色,看,像这种巴掌一样的,就叫五指茄,看看像不像?"

经过导游的一番实地讲解,作家们总算明白了:蔬菜博览会上展示的蔬菜,并不是只有食用这一种功能,还能观赏,还能造景,还能……甚至还能像一棵大树一样，挂着满满的果实，与人们日日相见，陪伴着光阴轮回，走过四季。

是的，一棵番茄树，一棵茄子树，一棵黄瓜树……作家们在展厅里看到了一棵又一棵的"蔬菜树"。

"树冠"直径几十米的一棵番茄树，给展厅投入了阴凉。

"呀，这么多果子啊，这棵树能结多少斤？"

面对作家们的询问，导游微微笑着回答："它的生长是无限的，按一年的产量算，这棵树能结 6000 斤番茄。"

"这么多？得结几万个果子吧？"

一钵清清淡淡的营养液，一个方方正正的种植箱，上百个日日夜夜的精心护理，本是一棵菜的番茄，却在科技力量的催生下，长成了一棵树。相比一棵菜，长成一棵"番茄树"能够多为人类提供几千倍的能量。

寿光菜博会的展厅里一直雕刻着一句话：农业的希望在科技。从一棵菜到一棵树，这就是科技的力量。

蔬菜开出五彩的花、结出五彩的果；地瓜、土豆不再埋在土壤里，而是生长在空中；巨人南瓜用 200 多千克的体量昭示着生命的无限可能性……一步一菜，移步易景，在蔬菜博览会的展厅里行走，步步踩着的，眼睛看到的，都是奇迹。

"和我想象中太不一样了！我以为就是一个销售蔬菜的展会，来之前，还很不以为然呢。"

"这哪是蔬菜博览会，分明是艺术品博览会！"

作家们边走边感叹，在这里，蔬菜不再是填饱肚子、添加人体营养的一种物质，而是用另一种奇特的存在，激发了作家们无限的艺术想象力。

正常情况下，每年的 4 月 20 日至 5 月 30 日，中国（寿光）国际蔬菜科技博览会如期而至。琳琅满目的蔬菜品种在这里汇聚，五花八门的种植模式在这里展示，黄皮肤、黑皮肤、白皮肤的人们在这里进出……人们总是说，中国寿光用一场无与伦比的蔬菜会展、用铺满大地的绿色赢得了天下。中国菜乡用最隆重的表达，让每一个生命都获得了属于自己的那一份仪式感，包括蔬菜、粮食和耕种的人们。

五月的寿光，风那么暖，绿那么浓，大地那么令人踏实。与这块土地朝夕相处、同甘共苦的人都深深知道，这浓浓的绿、这踏实心安的土地、这祥和幸福的一切，来之不易。

最属不易的，是数十年如一日对蔬菜质量的"担惊受怕"。一个以蔬菜产业为支柱的县域，一个农民存款占到金融机构存款80%以上的县域，如果因质量而毁了产业，那就等于毁了农民的前程，一座城市的未来根基也将受损。

可以毫不夸张地说，每个寿光人都关心蔬菜质量，哪怕搞商业的、干企业的、行政机关上班的，他们虽不从事农业，却视农业为自己的"另一半"。

放眼中国，估计没有哪一个县域，能像寿光这样，农业与一百万个体休戚相关。的确，繁华的城市，百强县的经济实力，哪一个也离不开"农民手里有钱"这个事实。而寿光农民手里的钱，多半来自蔬菜。

笔杆子和菜铲子

拿笔杆子的手,上班写材料,下班去种棚,这对20世纪90年代的寿光上班族,不是什么新鲜事。

1997年,山东省委、省政府确定寿光为省农业现代化试点县(市)。时任寿光市委书记的刘命信写下了这样的话:"试点就是示范,当好农业现代化试点的关键是科技先行。"

1998年1月,农业部(现农业农村部)向首都新闻界宣布:经过十年努力,我国"菜篮子"产品供给格局实现了从长期短缺向供求基本平衡的跨越。其中,蔬菜人均占有量超过世界平均水平。

这样一条喜讯,带给寿光这个中国最大"菜园子"的,并不是欢欣鼓舞。

全国范围蔬菜供求基本平衡,这对一个蔬菜生产大市意味着什么,不言而喻。

寿光深入分析了当时的全国形势,得出这么几个产业现象:菜价更低,竞争在加剧,产量大、规模大不再是优势,反季节也不再是独家资源……特别是这一时期的一篇新闻报道——《全国蔬菜热,海南亮红灯》,指出江西农民到海南种辣椒亏本严重,这次"败退"海南,成为多年来海南"淘金"故事的一个阶段性终结,在全国蔬菜产业界引起了强烈震荡。

寿光也感受到了这股冲击力。他们在寻找转型思路和办法。全民大讨论之后，形成了一个大方向——科技兴农。市委书记刘命信亲自设计调查问卷，带着相关部门下乡人村，用了近半个月时间，在全市做了一次科技调查。数据显示，多年来寿光已经形成良好的农业服务体系，这是科技兴农的基础。调查还反映出农民的愿望，他们最盼望蔬菜新品种、新技术的出现。

从这次调查得到的启示就是：大力引进、推广新品种、新技术，这是一段时期农业发展新的增长点。

农民希望种新品种、使用新技术。可破旧立新与风险共存，让农民担风险，损害的不仅是农民利益，更是社会稳定的大事。

那么，风险就让政府来担。"做给农民看，领着农民干"就这么提出来了。

这是寿光农业历史上最大规模的一场"科技兴农"行动。十年之后，笔者曾在专栏《寿光撤县设市15年历任县（市）委书记访谈》中，再次与刘命信书记谈起这次行动，当时他已赴青岛任职。

采访当天，青岛城区轻雾笼罩，窗外景色迷蒙，清冷随时准备穿透玻璃。他斜靠在黑色皮沙发上，左手夹香烟，右手拿着打火机，吸完一支接上一支，仿佛不愿来自历史深处的思绪被打断。

"基于全国产业形势，寿光突破科技兴农，既要快，又要稳，建蔬菜高科技示范园，这是一条好路子。"刘命信深思熟虑后，提出了他的想法。

"1998年春节刚过，我就悄悄开始了建设蔬菜高科技示范园的策划，先后到孙集镇、胡营乡、城关镇、文家乡、化龙镇等几个地方，看了几十个点。最后，示范园确定建在洛城镇的弥河东岸。"

刘命信在市委常委会上提出了建设蔬菜示范园的想法，大家都表示赞成。可设想归设想，这座示范园到底什么样，大家心里没数。经过多次讨论，最后形成了统一意见：蔬菜示范园要体现规格和规模，面积可以万亩以上，建1000个以上的高标准大棚，达到示范的最好效果。

刘命信回忆道："我当时还有个想法，就是在园区划出一块地方，给全市的机关干部当示范园，这个'园中园'由各单位负责管理，干部们轮流参加劳动。我们计划引进的新品种、新技术，先在这里种，在这里试验，成功了，再推广。这也可以叫作'做给农民看，带着农民干'，我们来承担风险，让农民少走甚至不走弯路。"

寿光市委、市政府建设示范园的决心很大，他们也感受到全市干部群众的参与热情。"6月13日下午，我主持召开了市直机关会议，通知第二天上午示范园正式奠基，要求部门单位主要负责人都要亲自去现场，带头参加各自大棚的劳动。"第二天一大早，当刘命信赶到示范园的时候，看到建设工地人来人往，场面十分壮观。

就当年国内外现代农业产业发展水平而言，寿光蔬菜高科技示范园是一座技术先进的农业工厂。连栋的玻璃温室在阳光下熠熠生辉，工厂化管理模式更让人们惊叹现代农业的巨大潜能。这座示范园实行封闭式管理，配备有世界上先进的穴播室、无菌催芽室、组培室，还有职能分明的加工包装销售区、展示参观区和综合服务区等。它具有现代化农业的鲜明特征，集中体现了我国现代设施农业的最高水平。正如寿光上下所期盼的那样，示范园的建设，提升了寿光蔬菜在品种、技术等多方面的全国竞争力。它的建立，标志着在新一轮竞争中，寿光市的蔬菜产业又抢占了制高点，是寿光蔬菜发展史上的一个绿色地标、一座里程碑。

寿光蔬菜高科技示范园的建立，推动了寿光市蔬菜名优稀特品种的引进、推广。当大路菜的价格一个劲儿往下跌时，一些名优稀特品种的价格却每公斤高达上百元，低的也有几十元。

当时，很多菜农想种特菜，但又怕担风险，示范园的建立恰好起了示范带动的作用。示范园里有世界上几十个国家和地区的200多个名优稀特品种。在示范引领的同时，这里还带动了全市特菜的销售市场，寿光高档蔬菜从此被全国认可。

建立蔬菜高科技示范园是寿光市在发展高效农业、现代化农业方面的有益探索。它的成功，也告诉人们一个十分确切的答案——只要培育好市场，做好"科技兴农"的文章，农业就不是弱质产业。

李保先的账本

刘命信提起一件事：机关干部的示范棚内引进了五彩椒，棚均产量3000多千克，销售收入达3万元，是一般大棚的两倍。

这批示范棚里的五彩椒，是寿光第一次引进种植。那么，按照刘命信的设想，"做给农民看，带着农民干"，这个新品种的示范，有没有把寿光农民带起来呢？

东斟灌村里有答案。东斟灌村是寿光最东部的一个中等规模的村庄，有500多户人家，2000来口人，距寿光市区约30千米，传说为夏朝分封国所在地，村南有汉代古城墙遗址。从地理位置上看，东斟灌村毫无优势可言。但村党支部书记李新生思想活，敢闯敢试，听说蔬菜高科技示范园的五彩椒效益好，打听着去参观学习，又联系到育苗厂，成了寿光第一批五彩椒种植户。

1971出生的李保先，是村里有名的五彩椒种植能手。1999年，李新生种五彩椒的时候，李保先种甜瓜和西红柿，一共2亩地，收入一万六七千块钱，他自己觉得这是件"是很牛的事。"

2002年，村里的李效山建高温棚种五彩椒，2003年收入3.5万元，村里炸开了锅。

2003年麦收过后，李保先跟着建了一个80米长的高温大棚，建筑成本是1.8万元，8月种上五彩椒，用苗2100株，当年收入4.85万元。

这一年正是中国的"非典"时期，经济大受影响的情况下，卖出这样的收入，李保先十分满意。

最让他高兴的是，2002年盖房子、2003年建棚的两次大投入，他借债3万元，2004年，他用卖五彩椒的收入，还清了全部债务。从2005年起，他家的大棚越建越大，2014年建成一个160米长的大棚，占地7.8亩，实种3.5亩，投入20多万元。加上当年的种苗以及其他物资购入，共花费27万元，当年收回成本。

现在50岁出头的李保先和妻子种着4个高温大棚，全部种植五彩椒。至于年收入，虽然有"随行就市"一说，但五彩椒的价格多年一直居高不下，李保先没说年收入多少，从他轻松的笑容里，数字好像也不是那么重要了。

走进李保先这个160米长的大棚，满眼是正在挂果的五彩椒。李保先说，看起来是一个模样的植株，其实大棚里的主打品种是荷兰瑞克斯旺的曼迪、黄太极，另外还有三个试验示范品种，其中两个品种各种植了500株苗，另外一个品种是人家种子代理商给了2盘苗，让他做试验。

他说自己这些年总是折腾，不停地建新棚、换新棚，源于自己总想"发展发展"的念头。

温室智能化也让李保先敢有"发展发展"的想法。以前种棚劳动强度大，放风眼、拉草帘、管苗子，一天从睁眼忙到闭眼，凌晨又要采摘。现在有电动卷帘机、电动卷膜机，浇水换了水肥一体化灌溉系统，放风有自动放风机，劳动强度的确减轻了不少。

大棚里的高科技解放了菜农。现在附近有人新建了357米长的高温大棚，李保先也觉得平常，并不奇怪。"寿光农民完全能掌控有关大棚的一切。"李保先说。

李保先种菜好，离不开他动心思、会管理。他在实践中琢磨五彩椒定型的"一边倒""两边倒"技术。以前，为了让五彩椒无限生长，都是吊钢丝，但等五彩椒长到高过吊的钢丝高度，再坐果就弯折下来，影响产量。他就学着落植株的蔓子，但蔓子落得乱七八糟，有的挡着走道，有的落下来影响根部生长，有的蔓子落得压断了。后来他想到蔓子往一边落的法子，一个方向，倾斜向前，就成了"一边倒"技术了。五彩椒都是两行对着种植，两行的蔓子都往北倒，很浪费空间，他又想到了一行往北倒，一行往南倒的法子，这样就产生出合理的间隔空间，给植株生长留出了更多空间和阳光，增加了产量，这就是他自己命名的"两边倒"。这种技术也不是只往一边或两边落蔓子就行，而是在五彩椒长到一米高的时候就注意造型，朝一边落蔓十几度，慢慢来，这样做是为了不伤根部。最长的蔓子能长到3米多，斜过4棵彩椒还结果。采用这套技术，一棵能多收1千克果实，多收入10多元。他很自豪。这是他自己的创造。现在村里和邻村的五彩椒种植户差不多都学会了他的这一套技术。

李保先的这套管理技术，专家学者凭书本知识或头脑思考是想不出来的。这就是实践出真知。走进寿光农民的大棚，每一次都不会让你空着手走出来。

他还注重微生物肥使用，像中医说的"治未病"，他说："所有病虫害，包括土壤问题，都是要预防为主，不要等病害发生，问题出现了，再去治，那样就晚了。"

寿光很早就推行"沃土"工程，但认同的人少，嫌麻烦，怕低产，但李保先很认可这个事，他说："有益菌占据有害菌的空间，就有利于作物生长。"道理很简单，但让人认可难。这几年，李保先又成了全市环保酵素的受益者，村里不少种棚户都跟着做环保酵素，用肥成本少了，产量、质量都高上去了。李保先说，自从村里的菜农"认"上了环保酵素，村里的大棚垃圾、厨余垃圾、杂草都有了好去处，"把农村人居环境整治的工作都能整合进去了"。

他身后的架子上整齐摆放着自家大棚里需要的肥料、喷雾器等，看护房内虽然堆放着物品，但仍留出空间，摆了一套茶桌、几张凳子，劳作之余，喝喝茶，稍做休息，邻棚户也时不时凑群，相互探讨技术，现场教学的事儿时常发生在这个几平方米的看护房里。

农民的"科技大脑"离不开政府一直没有放松的科技培训。李保先的看护房架子右上角，摆着一块蓝底的铁牌，上面写着"全国农技推广示范县科技示范户"，李保先说，这块牌子"三年一更换，中间有人来复核，实地查看，还定期来讲课。严得很"。

用科技武装起来的寿光农民，像李保先一样，种植有自信，日子有奔头。种菜就是职业，是事业，风雨闯荡过多年的农民，对职业风险的承受能力越来越强。李保先遇到过，冰雹砸坏了薄膜，一年只收入3万元，比上一年少了一半。他更明白，风风雨雨是自然，起起伏伏是市场规律，这也是市场教给寿光农民的职业风险和自觉意识。寿光菜农，已不仅仅是种菜的农民。

千禧之喜

建设寿光蔬菜高科技示范园这步棋走得风生水起。它带火了寿光的"科技热",改变了一个地域支柱产业的主体结构和内在气质,改变了无数人的命运航向。

它还打开了国际品种进入中国市场的大门。这个示范园里种的绝大多数是特菜,也就是世界各地的名优稀特果菜品种,在引种过程中,不可避免地就与世界各国的种子公司发生了联系。示范园建立仅一年,寿光就与荷兰、美国等育种企业建立了长期合作关系,合作的主要方式就是在寿光设立优质种子示范基地。

根据当时的统计数字,合作一年时间,这些合作国家就为寿光提供了5600多份蔬菜种子、320多个品种,寿光试种了其中的100多种,向社会推广了47个优良品种。寿光蔬菜高科技示范园因此也被人们惯称为"万国蔬菜博览园"。

1999年,寿光一鼓作气,又沿潍高路建设了一条农业高科技走廊,西起城区弥河东,东至稻田镇,全长16.3千米。沿途布局蔬菜高科技示范园、洛城绿色食品示范基地、稻田国家级农业现代化示范区等高科技项目。到寿光参观学习的考察团,徜徉在这条农业高科技走廊,无不感叹寿光农业科技水平之发达。这一时期的寿光,因为一条高科技走廊,在全国声名日盛,参观者众多。

办一个蔬菜会展的机遇，仿佛正在向寿光招手。

从冒出一个念头，到诞生一个展会，今天看来，这个过程真有点魔幻现实主义色彩。

1999年初冬，沈阳要举办第二届果蔬节，作为"中国蔬菜之乡"的寿光在邀请之列，刘命信作为特邀贵宾，带队前往。

这届会展，沈阳市政府确实下了很大功夫，无论是会场的创意格局还是展品的现场布置，都突出了特色。寿光参观团带去的那些鲜活的蔬菜展品成为抢手货，第一天就被参观者买光了。

白天参展，晚上回到宾馆休息的时候，好像有人打过招呼一样，同去的参会人员不约而同都到了刘命信的房间。

看起来，每个人都有话想说。

刘命信问："参观了一天，大家都有些什么感想啊？"

这几位都是多次到外地参观过这类展会的，所谓"内行看门道"，他们分别谈了一些随想。

刘命信进一步问："我们也办个果蔬会或者蔬菜博览会行不行？"

几位参会人员都说"好"。他们赞成寿光办果蔬会是有原因的：寿光是国务院命名的"中国蔬菜之乡"，办一个蔬菜展会，条件得天独厚，也有顺理成章之意。

看到大家齐声表示支持，刘命信显得很高兴，他把手一挥，话也说得有力："寿光不办则已，办就办它个'一鸣惊人'。"

回到寿光之后，刘命信反复琢磨办果蔬展会这件事，有几个原则慢慢在他的头脑里清晰起来："我们要突出'蔬菜'这个会展的'主角'；展品也要正在生长着的；品种呢，还是体现寿光最有优势的名优稀特，一定要集世界品种之大成；通过办'蔬菜大王比赛'等灵活多样的方式，让群众充分参与进来……"

1999年11月，寿光蔬菜博览会组委会正式成立，贸易办主任张嘉庆担任了首届博览会主任。

按展会要求，展品必须是鲜活的、正在生长着的，可离开幕不到半年时间了，要让所有展品种植成功，还要保证在开幕时一起达到最佳展示状态，连富有种植经历的农民都感叹："太难了。"

真没想到，办展会最大的困难，不是招商，不是宣传，竟然是展品的准备。寿光把备展的任务分配到各乡镇。这块富有创造力的土地上，马上又诞生了一个个备展故事：有的农民为了让种子早点发芽，就把浸湿的种子绑在了自己的腰上，24小时不离身，用身体的温度促芽；有的农民为了保证蔬菜最好的生长状态，用中草药、牛奶作肥料，还在展品大棚里放起了音乐；寿光镇农民沈文欣是种植能手，承担的是展品盆栽金皮西葫芦的种植任务，为了把这从未种过的稀罕品种搞成功，他直接把铺盖卷搬进了大棚，昼夜观察，调整管理办法……

2000年的钟声敲响了。

世界瞩目的千禧之年到来了。

"寿光时间"也迎来了一个特殊时刻。2000年4月20日，首届中国寿光蔬菜博览会开幕了。展会就设在九巷蔬菜批发市场。这里是寿光蔬菜批发市场的起源地，也是全国最大的蔬菜物流集散地。新建成启用的3500平方米的博览会大厅，设立了153个标准展位。几千种盆栽蔬菜、瓜果、花卉，令人眼花缭乱，更让人眼界大开。另外还列出了小型机械、农资等展区……偌大展厅集中向人们展示了寿光改革开放以来蔬菜产业的最新发展成果。

这场世纪盛会吸引了全国的目光。开幕式刚刚结束，展览大厅里就呈现出火爆状态。全国各地的人们乘着火车、飞机、汽车，纷纷涌进这座北方县城，都想亲眼看一看"中国蔬菜之乡"种出的蔬菜到底什么样。

首届菜博会上的"创富"故事至今还在人们口里流传着。寒桥镇农民肖安华把一棵硕果累累的杏树弄到展览会上展出，每公斤最高价卖到120元，侯镇的"葡萄大王"黄荣名收到种苗定金9万多元……"技术为王""创新就是希望"……这些新理念、新思想，在首届菜博会上得到了充分诠释。

当初抱着试试看的心态前来参展的企业，嗅到了菜博会未来更大的商机，他们抢着在这届会展结束前，开始和组委会商议："下届博览会的展位，现在能预定吗？"

首届蔬菜博览会组委会负责人张嘉庆，风风火火，出出进进，随时汇报着展会情况。"展厅的门实在是关不住了！"这是他每次汇报都要说的一句话。

原定的展览时期4月20日至4月24日，共5天时间。可到了闭馆的这天，从全国各地赶来的参观者还围在展厅周边，任凭工作人员怎么解释，他们就是不肯回去。"外地农民赶了好几百千米路过来，一直没排上号，还有咱本地农民排队一天也进不去展厅，咱办展会的目的，不就是为了农民致富吗？"对展会实情进行评估研判后，寿光市委、市政府决定，让人们继续参观，展会延期闭馆。这一延期就是11天，直到当年的5月5日，首届中国寿光蔬菜博览会才落下帷幕，参观人数超过了28万人次。

这算不算中国展会史上的一大奇观？不用特邀，没有派送观众名额，人们抢展位，抢参观券，抢展品，连签约也抢——有的国外客商签约没轮上，他们就一直等，非要在展会延期的期间完成签约。

自2000年4月20日，首届中国寿光蔬菜博览会开幕，至今从未中断过。菜博会届届爆满，届届亮点纷呈，成为全国唯一的蔬菜专业展会。2019年的第20届菜博会，参观人数突破了200万人次。此后几年，菜博会因新冠肺炎疫情采用"线上＋线下"形式举办，依然用绿色盛情迎纳着八方宾客。

不能不说，寿光菜博会的诞生，源于为地方经济谋长远、立基业的格局和胸怀。同时，它还是一种眼界。正是对蔬菜产业的精准把脉，对市场经济的精准预知，才有了这场"火出圈"的展会。

"赶考"新世纪经济的启示

千禧之年寿光蔬菜博览会的巨大成功,给中国新世纪农业产业提供了许多有益启示。

这是一场寿光蔬菜产业发展的承上启下。

这又是一次进入新世纪后,政府与产业、与市场关系探索实践的承上启下。

2000年4月20日,一个寿光人永远难忘的日子。寿光蔬菜博览会激起的重重波澜,又绝不是"难忘"这么感性、这么简单的二字可形容的。数十万人从全国各地奔赴这场绿色盛宴,它给人们带来了一场思想的破冰之旅。

从寿光看全国,新千年的中国农业大有希望。

同时,通过这次博览会,我们已经窥见中国蔬菜产业未来的发展趋势,那就是由量到质的转型,由粗放到科技的转变,一场蔬菜产业的"二次革命"已经悄然到来。而寿光蔬菜博览会的成功,标志着中国蔬菜产业的重大跨越在寿光率先突破了。

这次博览会,还告诉人们一个事实:在农业现代化的过程中,离不开"市场、科技、农民"这三个要素,三者的有机结合是新世纪农业的希望所在。

因工作关系我多次采访寿光蔬菜博览会顾问张嘉庆，他常说，菜博会给人们的启示很多，其中很重要的一点，就是关于政府和其他市场元素的关系。"领导就是服务，这个服务怎么搞，关键是把握准服务者与被服务者的结合点，特别是农民的需求，农民盼的，正是我们要干的。"

寿光以这次博览会为原点，启航新世纪经济的新征程。他们找准了政府与市场、政府与农民、农民与市场、产业与科技、产业与未来等几对辩证关系的破解之法，后面的步伐，他们迈得很坚实，对蔬菜产业的把脉一直稳而准。

退休前，张嘉庆每年都习惯了置身于菜博会的绿色之中。这浓浓的绿意也总是引发他关于菜博会、关于寿光、关于中国蔬菜产业的无尽的思考。

他从一个有点令人意外的切入点，与笔者谈起菜博会对新世纪经济的一些启示，这就是他十分熟悉又亲自参与修改过的历届菜博会主题。

张嘉庆说："每届菜博会主题的确定都是一件非常艰难的事情，各方相关人员为之思索、讨论，甚至激烈争吵。大家看似是为一个关键词、几个字在讨论、争吵，其实代表的是对寿光乃至全国农业产业发展的趋势和方向的认知度和理解力。"

2000年，寿光在九巷蔬菜批发市场举办了首届菜博会，当时的名称是"2000中国寿光蔬菜博览会"，主题是"展示蔬菜之乡风采，加强技术交流合作，创造繁荣交易环境，倡导绿色市场文明"。这也是历届菜博会文字最多、最长的一个主题。"展示"和"交易"是这届菜博会主题中最显眼的两个关键词，也体现了寿光市委、市政府对展会的谨慎定位，就是定位于寿光优势，即有大市场，有大产量，依托办会。2000年前后的寿光，蔬菜产业正在跨越由量向质转变的"二次革命"，大量引进推广名优稀特品种，与世界农业先进国家建立起了合作关系，所以这个主题也体现了站在新千年门槛的寿光，想通过会展这个大平台与国内外沟通交流合作的美好意愿，展示新世纪"以市场联通世界"的菜乡追求。

张嘉庆说："2001年寿光菜博会的名称中第一次出现了'国际'二字，全称为'2001中国（寿光）国际蔬菜博览会'，这表明了寿光人以绿色为媒，引进来、走出去的愿望，主题也相应改为'共享绿色，架起交流、合作、发展桥梁'。"

2002年，寿光菜博会名称中增加了"科技"二字，改为"2002中国（寿光）国际蔬菜科技博览会"，主题则"短"了下来，浓缩为"绿色·科技"。可以说，2002年菜博会从名称到主题，"科技"成为一个"热词"，正可谓一词道出寿光蔬菜成名的全部"秘诀"。

2002年至2004年，菜博会一直使用"绿色·科技"主题。

从2003年开始，寿光菜博会以届排序，即第几届菜博会，"届"后的"中国（寿光）国际蔬菜科技博览会"一直固定下来，至今没有再改变。2004年，菜博会被商务部正式批准为年度例会。

2005年举办了第六届菜博会，主题确定为"绿色·科技·未来"，一直沿用到2007年的第八届。这是寿光菜博会举办史上具有划时代意义的主题，这个主题"费"了大家不少脑子，是想进一步深化菜博会的内涵，也就是说，通过"科技"扩大"绿色"的含金量，最终把"绿色"变成人们渴盼的"未来"，即健康的产业、健康的人生。

第九届菜博会的主题是"现代·科技·希望"，将"绿色"和"未来"改为"现代"和"希望"两个词，但只用了一届，从第十届菜博会开始，主题就一直固定为"绿色·科技·未来"，沿用至今。

"改词儿，这里面有科学。"张嘉庆说，"别小看易一词儿，串联的可是寿光和全国、世界的农业。"听他讲解一番，就十分清楚了一个事实：历年菜博会主题的变化，是对寿光乃至全国蔬菜产业的精准把脉，是对其发展趋势和未来的折射。

2000年前后，寿光蔬菜种植面积发展到60万亩，总产量达到15亿千克。据当时的山东省统计资料显示，20世纪90年代后期，寿光蔬菜在北京大钟寺批发市场的份额曾经占到40%，2000年，这个份额跌至14%，原因是全国特别是北京周边省市蔬菜种植面积迅速扩大，寿光蔬菜进京"受挤"了。

量大不再是优势，寿光需要带着自己辛辛苦苦培育了十多年的大市场，重新寻找出路。这是2000年菜博会举办的大背景。因而，这届菜博会提出"展示蔬菜之乡风采，加强技术交流合作，创造繁荣交易环境，倡导绿色市场文明"的会展主题，以顺应形势，扩大影响。

从初期搭建产地与市场的桥梁，到引导蔬菜产业到"绿色·科技"上来，寿光蔬菜产业发起新一轮"绿色革命"，开始推行标准化生产。2002年，寿光60万亩设施蔬菜中，20万亩是无公害蔬菜。如何引导寿光乃至全国蔬菜生产向无公害蔬菜、绿色蔬菜生产转化？菜博会抓住机遇，从主题和展览展示内容上加以体现，这就是"绿色·科技"主题的由来。他们从展示的栽培品种、栽培模式到参展农资等，全部围绕"无公害"三个字。

"紧紧扣住了农业结构调整这条主线。"张嘉庆为菜博会主题的"敏锐性"而感到欣慰。

从2003年开始，寿光加大了农业标准化生产推行力度，蔬菜商标注册、基地建设、农产品检测、菜农技术培训等，都被纳入标准化生产的推广体系。从全国来看，食品安全问题频发，引起国内民众普遍关注，"民以何食为天"成为国民大讨论的主题，而蔬菜安全是这场大讨论的焦点之一。基于这样的全国背景，寿光借助菜博会平台发声，举办了中国蔬菜质量安全与标准化生产论坛，一为推介寿光无公害生产，增加蔬菜竞争力；二为全国食品安全专家提供交流之地，共商食安良策。

2005年，寿光菜博会在主题中增加了"未来"一词，进一步彰显了菜博会人文关怀的引领功能。此后，历届菜博会都把"关注蔬菜安全，关注生命安全"作为使命之一，"未来"这两个字也在此后的历届菜博会中，始终作为主题的关键词之一存在。

2022年5月30日，第二十三届中国（寿光）国际蔬菜科技博览会落下帷幕，"绿色·科技·未来"依然是它的主题。这三个词组，组合而成寿光蔬菜产业发展历史的长河，同时表达了对全国农业、对世界农业的推动和奉献之意。自魏晋贾氏起，一抹"绿色"在这块土地上流淌了两千多年，为"农业富民"这个世界性难题找到了清晰而确切的答案。"科技"是他们不懈的追求，2003年引进的番茄"蔬菜树"，年结果1600千克，"树冠"面积20平方米，他们研究改良管理方法，5

年后的番茄"蔬菜树"，年结果3000千克，"树冠"面积150平方米。"未来"呢，则是作为"中国蔬菜之乡"和中国最大"菜篮子"的使命与责任，也是寿光蔬菜产业的前程所系。

"赶考"新世纪经济的启示远不止以上这些。通过实地采访和理顺史实资料，笔者还发现，在寿光几十年产业发展中，实事求是地总结历史，坦诚率直地面对现实，高瞻远瞩地谋划未来，这是寿光没有错失新世纪经济"窗口"期的关键所在，而这也一直是历届寿光党政班子的优良传统。

综合寿光蔬菜产业持续引领全国几十年"保鲜"的历程，不难发现还有一条最重要的经验：一届接着一届干，不折腾。

第五章

向蔬菜"芯片"进军

一粒种子改变一个世界。种子是农业之母,是农业科技的芯片;蔬菜种子,就是蔬菜科技的芯片。

这个逻辑,一目了然。

1970年秋天,袁隆平找到了那株被命名为"野败"的野生稻。作家陈启文在采访过袁隆平之后感叹:"从概率看,'野败'的发现几乎可称为一个无法复制的传奇。但'野败'的基因却可以无限复制。"所以有人说,"野败"是上天馈赠给人类的一份神秘礼物。

2021年袁隆平去世,引发人们关于种子、关于粮食安全、关于国家未来的高度关注和反思。人们用鲜花、不舍的话语告别这位"世界杂交水稻之父",同时用"袁爷爷,我一定好好吃饭"表达对一粒粮食的尊重,对一位世界育种家的尊重。

一场新冠肺炎疫情,更让我们深深感受到:把饭碗牢牢端在中国人自己手里,不仅仅是吃饱肚子的问题,更是国家安全问题。

粮食安全,就是国家安全。

这个逻辑,同样一目了然。

2021年中央一号文件《中共中央国务院关于全面推进乡村振兴加快农业农村现代化的意见》发布,提出打好种业翻身仗,要加强农业种质资源保护开发利用,加快实施农业生物育种重大科技项目。

2021年7月9日,中央深改委会议审议通过《种业振兴行动方案》,指出:"农业现代化,种子是基础,必须把民族种业搞上去,把种源安全提升到关系国家安全的战略高度,集中力量破难题、补短板、强优势、控风险,实现种业科技自立自强、种源自主可控。"

中国种子,真的被卡脖子了吗?

这个问题,不仅仅最近两年,而是多年来持续被全国上下关注、反思。

基于寿光是世界设施蔬菜种子的集散地,笔者曾连续十多年追踪寿光蔬菜种子使用情况,以及国产蔬菜种子研发进展,并完成了长篇报告文学《种·梦》,对21世纪以来国产蔬菜种子研发进行过阶段性报告。但在这里,笔者不想从产业角度细述蔬菜种业的研发历程,只想用几个故事,揭示国家战略视角下一个县域的探索实践和中国农业人的执着与坚守。

狼来了？

蔬菜种业，是蔬菜产业的制高点。包括"中国蔬菜之乡"寿光在内，全国蔬菜主产业曾经大部分"沦陷"为外国种子的控制区。

垄断造成了高价，用老百姓的话说，"一两种子一克黄金"。调查过寿光蔬菜种子使用情况，知道这个说法一点也不夸张。

寿光科园春种苗公司从1998年开始销售"洋种子"，引进的第一个品种是以色列的大红番茄"达尼亚拉"，编号"R-144"。每粒种子0.3元。还有附加条件：一次进货必须一公斤，需要9.5万元。

20世纪90年代，谁能一下拿出那么多钱？经理张爱霞犯了愁。

买过她种子的老百姓相信她，"没事，我们先拿上押金，支持你。"于是，她自己拿一部分钱，加上老百姓的押金，进了第一批货。

这时期的国产番茄种子是按袋卖，折合每粒才几分钱，价格相差几十倍。"可老外的种子真是好，皮厚，光泽度好，耐运输，价格高。老百姓都爱种。"张爱霞靠这一个品种赢得了市场，后来做了以色列种子的代理商。

黄瓜一直是中国传统种植的蔬菜品种。早在秦汉时期，通过"丝绸之路"，大蒜、芫荽、胡瓜等蔬菜品种传入中国，而"胡瓜"就是后来出现在中国菜谱上的黄瓜。

刚刚传入中国的黄瓜长什么样子已无从考证。但到北魏时期，贾思勰写《齐民要术》的时候，黄瓜已经在黄河中下游地区普遍栽培，成为家常菜蔬。

《齐民要术·种瓜第十四》一节中，详细记述了胡瓜的种植和采摘方法：

"种越瓜、胡瓜法：四月中种之。胡瓜宜竖柴木，令引蔓缘之。收越瓜，欲饱霜。霜不饱则烂。收胡瓜，候色黄则摘。若待色赤，则皮存而肉消也。并如凡瓜，于香酱中藏之亦佳。"

《齐民要术》记载的越瓜，也叫菜瓜，是甜瓜的变种。而胡瓜，正是黄瓜。

一千多年前的种植场景、胡瓜丰收采摘的场景，或许还有那变黄未摘、待到红皮沧桑示人的模样，我们都无法再想象得更具体了。可这种名为胡瓜的黄瓜，却一直在我们的生活中延续下来，成为日常不可或缺之物。

王乐义和三元朱村民最先种植的那17个冬暖式蔬菜大棚，里面栽下的就是黄瓜。他们用的黄瓜品种是天津黄瓜研究所的"津春"系列，瓜条长，刺突多，那顶花带刺的鲜嫩模样，曾给贫穷的人们带来了无限的喜悦和欢乐。

1998年，这地地道道的国产黄瓜品种也受到了威胁。一种无刺小黄瓜品种进入中国市场，最先选择落地生根、开花结果在寿光市场。

全国普通蔬菜供过于求，名优稀特成了风向标。张爱霞瞅准这机会，进了一批无刺黄瓜种子，进价是每粒0.45元。国产种子用麻袋卖，外国种子按粒卖。这种巨大反差带给人们强烈刺激。但这些稀奇古怪的洋品种，却那么受农民的待见。品性决定一切，效益决定一切。外国种子抗病性好，用药少，成本低，卖价自然高。

位于寿光农业高科技走廊的洛城绿色食品示范基地，毗邻寿光蔬菜博览会会场，是外来参观团必到之处。这个示范基地以试验推广国内外名优稀特品种为主，成功以后，向农民推广。

基地的老员工夏文英回忆，基地最早种植的名优稀特品种是台湾客户提供的。这些种子，就是后来风行各大城市高档餐桌，并一举成为全国水果蔬菜鲜食时尚的樱桃番茄的种子。

为了试验推广名优稀特品种,为了抢占名优稀特这个竞争的制高点,国外种子公司也直接进驻寿光市场。自1998年开始,先正达、瑞克斯旺、海泽拉、纽内姆等世界排名前十位的种子公司,均在寿光落户试验示范基地。

但业内人士都清楚一个事实:这些外国种子公司,只在中国建立试验示范基地,从不建立育种基地。种质资源,这个种子的"芯片",他们牢牢地锁在本国的种质资源库里,留在本国的科研人员手里,绝不会拿到中国的土地上。

洋公司布局谋篇,只等中国市场放开之日。2000年,《种子法》正式颁布实施;2001年,中国加入世界贸易组织,圣尼斯、利马格兰、正大……更多洋公司来了,以蔬菜种子为突破口,进军寿光种子市场,并以此为据点,迅速向全国"攻城略地"。据当时的新闻报道,不到1年时间,跨国种子公司已控制了我国高端蔬菜种子50%以上的市场份额,几乎涉及所有蔬菜作物及国内主要规模化蔬菜生产基地。

寿光及周边地区农民每年需要为购买洋种子付出6亿元人民币。瑞克斯旺的五彩椒种子"蔓迪",每克180元,的确贵比黄金。

真正的"评委"是农民

不可否认,民族情怀是"诱发"国产种业绝地反击的重要推动力。寿光走上国产育种这条路,又不仅仅因为民族情怀这一个因素。

2000年寿光蔬菜博览会的成功举办,让人们见识了现代农业的多种可能性,其中之一,就是名优稀特蔬菜种植的巨大市场。寿光人最清楚,名优稀特品种大多来自国外。这一时期,寿光"菜园子"里已经有480多个国外品种,被媒体报道称为"蔬菜联合国"。

洋种子价高,但品质也高,农民愿意花高价买洋种子。这是事实。在农民眼里,只有好种子和坏种子之分,没有洋种子和国产种子之别。

推广冬暖式蔬菜大棚,建蔬菜批发市场,开蔬菜博览会,不都是为了做强一个产业、让农民富起来吗?洋种子商品性好,农民认可,宁愿多花钱也买洋种子。就像让一粒种子发芽、生长需要阳光雨露一样的道理,让一个产业健康发展的前提就是尊重事实。那就让洋种子继续在这里生根发芽、开花结果、致富农民,但同时,中国也要有自己的好种子,让这些好种子也在这里生根发芽、开花结果、致富农民。

尊重良币驱逐劣币的规律,期待最好的结果。这是寿光的初心。这些年来,寿光一直带着这颗初心，出发，行远。当年出发时，义无反顾，也注定这是上下求索的漫长行旅。

2000年春天，寿光市投资4000万元，依托蔬菜高科技示范园，与山东省农科院、山东农业大学联合成立山东省蔬菜工程技术研究中心，正式向国产种业研发进军，开始了"大产业，小种子"的破冰之旅。

这又是一粒火种。育种，是寂寞的，是黑暗中行走，就像种子埋在土壤里，见到阳光之前，要默不作声，要闷足了劲，要等待，为破土而出的那一刻，积蓄所有的力气。

启程了，就不回头。这是寿光的特质。2006年4月20日，寿光与中国农业大学合作，依托山东省蔬菜工程技术研究中心，成立寿光蔬菜研究院，引智助力国产种业研发。当年，《人民日报》报道了此事，文章这样写道："中国农大校长陈章良已是第5次到寿光了。他在揭牌仪式后对记者说：'寿光蔬菜全国领先，中国农大具有雄厚的农业技术力量，中国农大与寿光强强联合，通过若干年的刻苦攻关，一定会拥有一批具有自主知识产权、适应寿光乃至全国的好蔬菜种子。'"

在这次成立大会上，寿光市政府对外宣布：寿光计划投资1.25亿元，进行蔬菜良种研究，以期打造蔬菜良种基地。

"对寿光人来说，为了造出蔬菜业的'芯片'，再难也要上。"这是《人民日报》那篇报道结尾的话。

成果比人们预想的来得更早、更快了一些。2008年4月20日，寿光蔬菜研究院成立两周年，寿光市举行了甜瓜新品种成果鉴定会，鉴定会上的所有甜瓜品种均是寿光蔬菜研究院的自主品种。笔者全程见证了这次鉴定会，所历场景，如今依然鲜活如初。

下午3时，晨鸣国际大酒店君行厅，甜瓜新品种成果鉴定会现场，7位授权专家神情专注，倾听中国农业大学沈火林教授的讲述。这7位专家，包括中国农科院蔬菜花卉研究所的朱德蔚、国家蔬菜工程技术研究中心的李海真等，都是国内相关领域的权威。

下午3时30分，专家们开始讨论交流，酝酿鉴定意见。为了不影响专家的鉴定，保证鉴定的公正性，整个会议室只允许7位专家在场，其余人员全部退到另外一个房间。漫长的一个多小时中，课题主持人沈火林，包括中国农大寿光蔬菜研究院的工作人员，都坐在隔壁会议室等待。

下午近5时，人们接到通知允许进入会议室，沈火林推开鉴定会现场的大门，他听到的第一句话是："国内首创。"

这是鉴定委员会主任朱德蔚的兴奋之言。此次鉴定的4个甜瓜新品种，综合抗病性、产量和抗逆性都优于国外品种，品质达到（部分性状超过）同类型进口品种的水平。同时，因为应用研究院成功育成的雌性系做母本进行杂交种子生产，可降低杂交种子生产成本50%以上，杂交纯度却可以达到100%，商品种子的价格只有同类型进口种子的20%，即进口的同类型种子价格为每粒0.2至0.3元，而寿光育出的甜瓜种子为每粒0.05元。

农民认可，推广就是顺理成章的事。2008年，寿光蔬菜研究院育成的4个厚皮甜瓜品种，累计推广面积达到了12840亩。鉴定会当天鉴定的四个甜瓜品种，当年下半年就有50多千克种子进入市场，这是在基于万亩以上的推广之后，向市场投放的第一批商品化种子。

到2009年春天，推向市场的甜瓜种子进入质变阶段，即由"定向"转向"供求支配"，完全根据市场的供求平衡来确定供应量的大小，即完全的市场化。

面对鉴定会的所有专家，时任中国农业大学党委书记的瞿振元说："其实，评一粒国产化的种子，真正的评委是中国的农民，他们才是最公平、公正，最权威的鉴定者。"

农民是鉴定者，农民也是最终的受益者。"缩减80%的种子成本"，这是不争的事实。举例说，如果寿光设施蔬菜种植全部改用国产种子，那么一年购买种子的费用将省下6000万元。沈火林说，4个甜瓜品种除适合北方保护地种植外，还适合在西北地区露天种植。这意味着，造福的将不止寿光一地。

鉴定会上，专家们聚焦的另一个问题，也是国产种业的瓶颈问题，就是育种需要耐心。

像这4粒甜瓜种子的面世，就用了12年。

2006年4月寿光蔬菜研究院成立时，甜瓜的雌性系研究已进行了10年。1996年，根据已经报道过的甜瓜花性型遗传规律，中国农业大学的沈火林等人采用甜瓜的野生种和单性花系进行杂交，第一代杂交、第二代杂交……直到2003年和2004年，才陆续选育出主蔓和侧蔓上均只开单性的雌花。2006年至2007年，应用雌性系技术的甜瓜品种在寿光等地进一步试验选育，2008年终于诞生了鉴定会上的4粒种子。这是一个需要极大耐心的过程，比市场推广更甚。

沈火林对此却说："对种子研究人员来讲，很正常。"

国产种子需要"十年破土"，而种子产业的兴旺，更需要政府的不断投入、企业的参与，需要稳定的、持续的政策。

"如果坚持，几年会成规模？"

笔者曾当面问过沈火林，他立即给出非常肯定的答案："10年以上。"

激活一池春水

在寿光打造"种业硅谷"的历程中,有一件事值得留下一笔。那是2012年3月26日,寿光市政府做了一件关于种业的"大事"——把政府创办的寿光蔬菜研究院,移交给了一家民营企业。有些人当时不理解。但事实证明,这是寿光种业研发道路上的关键一步。

2008年,寿光拥有了以"寿光"命名的甜瓜种子,2009年,寿光成立山东省蔬菜院士工作站,中国工程院院士方智远及其团队进站工作,后又被人社部批准为博士后科研工作站。

当时的寿光蔬菜研究院有12名干部职工、135亩育种基地,中国农业大学、山东农业大学、青岛农业大学及中国农科院、山东省农科院等农业院校和科研院所的博士生、硕士生也参与了研究院的科研实践活动。他们还与国家蔬菜工程技术研究中心等单位建立了合作关系。但要想实现育种业长远发展和打造"种业硅谷"的高远目标,拥有这些还远远不够。寿光的"胃口"很大,他们的目标是"将寿光打造成国产设施蔬菜种子孵化基地"。

为什么中国的蔬菜育种业落后于国际水平?为什么大量的科研成果躺在实验室无法转化?中国蔬菜育种业的短板是显而易见的。其中关键的短板有两个,一个是资金投入，育种是"烧钱"的行业，只靠政府投入远远不够。一个是机制之困，机制影响了资源的整合，导致科研成果无法进行产业转化，拉慢了商业化育种的速度。寿光摸准了短板所在。

其实，政府交出去的是资源和平台，而企业配套的就多了。按照双方协议，寿光蔬菜研究院移交给企业后，科研人员的身份待遇不变，企业承诺薪水再涨至少50%，其中博士每人还可获得160平方米的精装住房和每年10万元的个人科研经费，其所在课题组的科研经费也一年增加500万元。

寿光冲破资金和机制这两套枷锁，为国产育种业注入了加速度。一家企业，担起了"国之大者"，投资组建了寿光蔬菜种业集团，建设了集良种研发、试验示范和展销推广于一体的蔬菜种子产业基地，在海南、四川、内蒙古等地设立育种繁育基地。

2013年4月，寿光依托这个育种大平台，办起了首届北方设施蔬菜国产品种展览展示交易会。

蔬菜品种展一直坚持了下来，从最初的春季展，到后来一年春秋两季展，今年已是第10个年头了。这是中国蔬菜种业的盛会，叫"盛大的节日"也不为过。如果没有亲临过现场，不会有这样深刻的感受。

2016年11月，笔者到位于寿光大西环的种博会现场，路遇一位教授急匆匆地从展示棚跑出来，到处寻找种博会的负责人国家进，一问才知道，他春天时从学校寄来了番茄品种，这次在种博会上却没找到他的品种试验现场。国家进赶紧领他进了番茄展示棚，找了十几行才找到，教授长舒一口气："好了，好了，我以为错过这一季试验了呢。"

教授的"紧张"可以理解。这届品种展，150亩的展示区，23个日光温室，2096个品种，仅大小番茄就有1158个。这里的品种，全部来自国内科研院所、学校、各企业育种平台，有研发阶段的，有试验阶段的，有推广前最后试种的。集中展示的是当前育种的最高水平。

教授们及育种平台更看中的，是寿光种博会搭建的成果转化舞台。2016年秋季种博会上，寿光宣布：启动国内首家果菜品种权交易中心。

通俗地说，就是果菜品种的权益类交易市场，再通俗点说，就是相当于中国果菜新品种权交易的"纳斯达克"。

为什么这个平台重要？

在中国产业特定阶段，育繁推销一体并不完善。很多时候，品种权持有者和种子繁育销售推广企业"两张皮"，他们之间缺乏有效的信息沟通机制，市场搜寻成本高，造成"买品种权难、卖品种权难"的后果。

这个交易平台，就实现了买卖双方的自由沟通，主要由市场竞价形成交易。

之所以选择在寿光建立这个平台，也是基于寿光有广泛的品种权资源。

寿光促成买方和卖方的交易，自己也成了品种权交易的最大赢家——无论买品种的、卖品种的，第一站都选在寿光进行试验、种植、推广。

最受益的，当然还是农民。

种博会有没有作用？看一组数字：经过多年的积淀提升，寿光种博会累计参展单位3000余家，展示国内外30003个新品种，选出858个优良品种进行了推广。国内外种业龙头企业、科研院所、经销商、农户，在这里拥有了一个共同对话的机会，互通互联、资源共享。

2021年种博会迁入寿光丹河设施蔬菜生产标准化园区举办，设立了27000平方米的高标准地展区，集中展示国内外384家单位的7类作物4112个优良品种。

2021年秋天，潍坊作家团来到寿光蔬菜小镇采风。主办方特意协调丹河标准化园区，安排作家们到品鉴室观赏品尝。

走进新品种品鉴室，作家们惊叹不已，品尝、欣赏、拍照、议论。"这么多品种啊！""西红柿竟然有这么多颜色。""小时候的味道。"……感性的作家遇到缤纷的蔬菜，品鉴室里的场景令人难忘。或许他们并不知道，这些供品鉴的果菜品种，绝大部分没有进入成果转化阶段，离推向市场更是还有一段距离。

这些无奇不有、难得市场一见的品种，都来自寿光种博会的展示棚。

从展示的1772个番茄品种里，选出十几个就惊艳了作家们的眼睛。还有红艳艳的小尖椒，竟然是甜的！黄瓜像西葫芦一样粗大，还是金色的皮肤！如果这些新品种一个一个推向市场，那将会怎样？

这正是寿光种博会的初心。

中央提出解决种业"卡脖子"问题，寿光自觉责无旁贷。依托寿光蔬菜种业集团，寿光已建设了农业农村部设施蔬菜种质创新重点实验室等20多个省级以上科技创新平台，设有育种孵化器、生物育种中心、蔬菜育种中心、研发中心和育种实验基地。

在丹河园区的最北端，有一座连体建筑，平房，典雅的外观，安静的院落，推门进去，却令人大开眼界。它是当前世界上最先进的分子育种实验室，供科研人员开展研究使用。再往里走，就是为研究配备的高标准种质资源库，转弯，就是种子加工车间、种子周转库……这所实验室功能涵盖蔬菜育种、生产与加工、种子周转，等等，实现了蔬菜育种研发、繁育制种、营销管理和推广服务全产业链。

回想2008年4月，寿光为自主研发的四粒甜瓜种子而欢欣鼓舞。如今，寿光市自主研发的蔬菜品种已达140个，其中获得新品种权保护的82个，年育苗量达17亿株。国产蔬菜品种寿光市场占有率由10年前的54%提高到现在的70%以上，85%的蔬菜种子研发技术掌握在了中国人自己手里。

金童玉女

农民是品种的"试金石",这在育种界是一个人人皆知的定律。寿光殚精竭虑走国产种业研发之路,与农民有多大关系?他们是否从中受益了?

10年前的一个五月,渤海湾畔的这块平原上,大棚里郁郁葱葱,棚前空地小麦扬花。南庄村农民李安全正在自家大棚里整理黄瓜蔓子,脖子上搭一条蓝毛巾,头发被汗水浸湿。这是笔者第一次结识李安全。此后10年,笔者又不间断来到李安全的村庄,或在大棚,或在地头,或在村边,与他聊聊近况,感知一个农民的十年之变。

最大的变化还是他种菜的品种。李安全是个"品种迷",当然也是因为这一点笔者才和他交上了朋友。

李安全最早种的大黄瓜是津春3号,国产品种,也叫密刺。种了5年,一个棚收入1.8万左右,"觉得很好,很幸福了"。

1999年,一个偶然的机会,他见到了张爱霞代理的海泽拉454无刺小黄瓜品种,于是他放弃津春大黄瓜,选择种植无刺小黄瓜。结果到了2008年,村里有一半种植户跟着种起了无刺小黄瓜。神秘性没了,价格也没优势了,李安全又感觉到"不安全"了。

2013年，李安全开始种拇指黄瓜"金童玉女"。当时全国也有人知道这种黄瓜，但市场上少见。李安全觉得，"金童玉女"像水果一样好吃，长得玲珑可爱，"好看又好吃，肯定有市场"。

"金童玉女"种起来了，从此就不放弃。李安全的"择种观"是："咱不管是这个还是那个，不管是哪里的，哪怕是太空来的，表现不好，也不种。哪怕是大棚里打下的种子，表现好，也种。"

"菜农很现实。"这句话，李安全重复了多次。

南庄村有七八户跟着种起了"金童玉女"。李安全负责挑选种植户，只选技术好的户合作，因为这品种是订单种植，他已和全国的5个大客户签了合同。

这些年为啥一直折腾新品种？李安全说："咱就是个小菜农，就打菜农的谱儿。""品种控"李安全，一直影响着南庄村的大棚菜种植结构。种"金童玉女"的效益比无刺小黄瓜高2倍还多，于是，跟上来的村民越来越多。2019年，南庄村成立果蔬专业合作社，统一技术，统一标准，注册品牌，全力打造"金童玉女"，全村的低温拱棚、高温大棚进行了合理的分工轮作，高温棚、低温棚轮流着种，既保证了品质，又保证了一年365天有产品卖。

从七八户，到20户，到100户，南庄村成了全国规模最大的拇指黄瓜种植基地之一。

李安全并不知道的是，他种植的"金童玉女"，来自育种专家蔡洙湖。或许李安全也不知道，蔡洙湖经常到寿光来，他和寿光蔬菜种业集团签订了战略合作协议，他育出的黄瓜新品种，都会第一时间出现在寿光种博会的展示棚里。

而寿光种博会的展示棚，离李安全所在的南庄村仅15千米。看来，应该给李安全和蔡洙湖教授牵一牵线，让他的"品种梦"走得更远些。蔡洙湖教授新推出的枫叶型小黄瓜，正期待着李安全的青睐。

第六章

支部建在"链"上好

"支部建在连上"是党的优良传统,"支部建在产业链上"在寿光蔬菜产业发展中也发挥了核心作用。

党建也讲"产出"

支部建在产业链上,从产业角度上,也可以这样理解:党建也讲"产出",党建也要"量化"。

21世纪前夕,寿光建设农业高科技走廊,这条"走廊"上有一家以种植国内外名优稀特蔬菜闻名的单位,叫洛城绿色食品示范基地,后来成为洛城农发集团。支部建在"链"上的经验,最早就是从这里发端的,后来成为寿光蔬菜产业的精神基因。

老员工夏文英还记得,2012年4月,农发集团的基地搬迁时,正值寿光蔬菜博览会举办期间,头绪多,业务杂。基地党员带头,每晚10点前谁也不提回家歇歇,手磨起了泡,没人喊苦叫累。基地搬完了,在基地打工的4个年轻人有了入党的想法。

"打工就打工呗,干一天挣一天的钱,为啥要入党?"

"在这里,党员不玩虚的,真正玩命干活,带头干活,俺也想成为这样的人。"

西店的店长李海燕,办公室副主任董晓玲……一批来自农村的普通打工者,在基地成长、入党,成了基地发展依靠的骨干力量。

这也是农发集团的初衷。作为与农业打交道的平台,这样做有两点贡献:一是能更好地为新农村建设培养骨干力量，二是能为基层干部队伍提供优秀人才。

为更大地发挥党支部的作用，集团成立洛城农发菜果专业合作社，支部又跟着建了合作社。

合作社每年都发展新党员，特别吸纳一部分农村党员。合作社支部下面有7个服务小组，小组长都是技术好、热心为菜农服务的农村党员。他们素质高，勇于担风险，在新技术推广上起到了示范作用。同时，这些党员小组长在村内有号召力，有威信，协调工作顺手，也成了合作社和农户之间的桥梁。

洛城街道党工委把他们的经验放大推广，帮着大学生村官建起了创业基地，办起了大学生村官蔬菜专业合作社。这里有51名党员，支部成员由5名大学生村官组成，支部下设经营管理、培育新品、政策法规、技术推广等4个党小组。村干部轮流到基地进行实践锻炼，每次3人，每期3个月。

后来，洛城街道推而广之，把这种农业产业链建支部的做法，推广到了各行各业，即"行业建支部"。洛城有汽车、木制品、医药等主导行业，每个行业中都有龙头企业，也有成长型企业，也有小微企业。成立行业支部，就是要发挥龙头带动作用。泰丰10万辆电动汽车项目，能带动汽车行业及产业链发展，能促进动力电池及电控市场的快速增长。街道做"媒"，整合15家汽车生产及销售企业，成立了联合党支部，3家汽车生产及配件企业成立独立党支部，党组织实现了行业内的全覆盖。

绿色田野生长"初心"

2022年初,《农民日报》评选出了"2021中国农民合作社500强",寿光有20家合作社入围,入选数量占到了全国的1/25,占全省的1/5,列全国县级市第一位。

这则消息令人很震惊,细想又觉得在意料之中。

寿光的农民合作社数量多是其一,质量高这个特点更突出。这次进入全国500强的亮泽果蔬专业合作社,闯天下的劲头让人印象深刻。2021年11月,在粤港澳大湾区"菜篮子"潍坊农品交易中心启动仪式上,笔者遇到合作社理事长范爱亮,他参加完会议,急匆匆地打了个招呼就走了,说和碧桂园约好了,趁这次来广州,直接见面敲定蔬菜直供的事。

同样在这次大湾区的活动中,笔者还与寿光市旭信蔬菜专业合作社的钟明聊了聊。他也是赶时间,会议结束,要赶到乌镇,参加一场路演。原来是合作社主动寻求专业机构的孵化。

不久,再去钟明的合作社基地,就看到他已经升级了"云棚"系统,在基地内安装了监控及检测仪器,消费者购买产品后扫码,即可通过云监控查看基地生产状况,了解"独根红"韭菜的产地、生产日志、检测报告、采摘日期等产销全程概况,通过应用区块链技术,实现了"云"上农业和二维码追溯,确保了产品质量。

韭菜好吃，但易生病虫害，最难种，这是大家都知道的事实。钟明是文家街道西蔡家营村的党支部书记，从小长在"韭菜窝"里，深知韭菜习性。"祖祖辈辈留下的这套吃饭的活计，不能毁在咱手里。""独根红"韭菜是国家地理标志保护产品，这是个好资源，要用起来。他提议，由党支部领办合作社，群众入社，流转土地建基地，统一管理，打造富硒绿色韭菜。

红色的初心，被绿绿的韭菜衬得更亮了。合作社带着村民闯市场，注册了"蔡曦"商标，研发出了富硒绿色韭菜、盆栽阳台韭菜、韭黄、四色韭菜等，打开了大城市的高端市场，也给村集体每年增加了20多万元的收入，合作社的社员人均年增收万余元。

钟明说："还是合作社力量大。"他指的是重新生产"四色韭"这件事。

老辈人曾种过"四色韭"，但需要人工多，费精力，管理起来麻烦，也卖不出好价钱，在产业讲究"快餐化"的时代，人们慢慢地就放弃了。

"四色韭"是寿光韭菜的高端代表。"既然咱做的是高端菜，就不能缺了'四色韭'。"

钟明领着合作社骨干，重新研发"四色韭"。老农民贡献管理经验，合作社拿出专门地块种植，通过短时低温炼苗，在寒冬腊月的雪地里，人们重新种出了兼具金黄、绿、紫、红四个颜色的韭菜。

社员们说，这看起来喜庆吉祥的韭菜，就像现在的好日子，取名"金玉满堂"吧。

合作社成了粤港澳大湾区"菜篮子"的生产基地，钟明又借力带势，用上了"互联网＋"技术，开通了线上、线下销售渠道。韭菜质量越高，市场认可度就越高，于是，其身价倍增，一斤普通韭菜只能卖25元，一斤"金玉满堂"却卖到50元，经常有客户下订单时被告之"无货"。

一个曾经的贡品，重新焕发生机，成为一方百姓致富的"金草"。

这是党支部领办合作社的力量。

一粒种子，只有在合适的泥土里才会发芽。行走在寿光这个"中国蔬菜之乡"，时时处处都能感受到产业链上一个个党支部的活力所在。一名名党员就是一粒粒充满生命力的种子，他们与农民、与土地、与铿锵的机械声在一起，他们在大棚、在村头市场、在厂房里，发芽了，成长起来了，且不断壮大。

这是多么鲜活的力量，这又是多么无可辩驳的事实。

开口"网红带货"，闭口"文旅基地"，于家村党支部书记高象鹏，说起村里的休闲观光农业，立时从一个农民变身网络达人和产业规划师。

于家村种植反季节油桃已有20多年的历史了，产量居寿光之首。但经历过村民到批发市场自卖、客户驻村收购、订单销售等阶段后，价格与质量不匹配、订单旱涝不保等种植风险日渐突出，特别面对电商销售的强力冲击，村民收益变得更加不稳定。

长年从事蔬菜外贸出口的高象鹏，在深圳见到一种日本进口的口感番茄，价格是国内番茄的近十倍，市场需求却依然红火，这让他意识到，当下特色种植大有可为。

回村后，他召开村"两委"会议、村民代表会议，最后一致决定：咱也搞口感番茄。淘换种子、改良土壤、流转土地，试种了30多个口感番茄品种，优选后开始推广。

"最初种了6个棚，谁也没经验，摸索着走，快上市了还不知道咋卖呢！"

高象鹏的第一次"触网"有点险：2019年4月15日开始网络推广，4月18日正式开园采摘，一下子来了1000多人，19日来了2000多人，20日来了5000多人，这让他领略了互联网的魔力。

"不行了，接待能力不够了，党工委给村里派来志愿者，俺村1户出1个人，都来维持秩序。从4月22日开始限流，每天1000人进棚采摘。"

采摘季结束，一盘点：销售所得达73万元。初战告捷。

观望的村民迅速跟进，继续流转土地增加大棚到16个，种植面积占到全村土地的五分之三。

尝到网络销售甜头的高象鹏，引进了专业文化公司，与村内合作社联合成立公司，注册"特玛特"商标，建设以"特玛特"命名的文旅基地等。笔者去采摘基地时，正遇到十几位网红在大棚内拍摄素材，要在网上播出。

"口感番茄即将采摘，草莓准备开园。"搭上网络快车，高象鹏信心十足。他谋划着再在村里搞餐饮、民宿、非遗体验等农家乐，真正给城里人提供休闲观光一条龙服务。

支部建在产业链上,合作社服务农民,最终还是要回到乡村产业振兴这条主线上来。现在,寿光有农民专业合作社3110家,是小农户和现代农业的有机衔接,也是小农户和党支部的无缝链接。

寿光认得很准,抓得很紧。他们创新"村社一体化"模式,把村党组织的政治优势、组织优势和合作社的经济优势、产业优势嫁接起来,用"村社一体化",实现了村集体、村民"双增收"。

在寿光成立一家合作社可不是一劳永逸的事。这里有一套"寿光市蔬菜合作社信用评级实施办法",对着办法查,分级分类管,把"休眠社""空壳社"清出去。他们已经注销了756家"空壳社",指导规范了712家。这些合作社还享受像大学生一样的"待遇",每个社配上了辅导员,997名辅导员来自县乡村三级,都是业务骨干,人人"火眼金星",帮着指导规范合作社。

这里还有"四级社"的创建,用这个办法引领农民合作社规范健康发展。他们还培育了5家国家级示范社、32家省级示范社、75家潍坊市级示范社、150家寿光市级示范社。现在,寿光已经有330家合作社注册了商标,获得粤港澳大湾区"菜篮子"生产基地认证的有56家。

2022年春节期间,笔者到稻田镇采风,发现这种支部建在"链"上的模式,不仅在寿光扎根、繁茂,还通过天南海北种菜的寿光人,将它带到了天涯海角。

稻田镇西里村党支部书记张德敏就是这粒"种子"。从2002年起,稻田镇农民就自发结伴到海南种甜瓜,一晃20年过去了,他们的队伍超过了千人,带动种植面积20多万亩,可他们一直没有一个组织,没有一个"家"。在镇党委的推动下,他们在种瓜群众最集中的海南乐东县成立了专业合作社,同时成立了党支部,张德敏担任党支部书记。

张德敏说,虽然他在海南没有租地种瓜,但去海南的次数并不少,需要随时掌握社员的服务需求,代表寿光瓜农协调和当地的各种关系。他最近正在考虑的大事是:随着国家对海南政策的变化,继续扩大种甜瓜的面积几无可能,怎么保证这些长年在外瓜农的后续发展呢?他找到寿光当地一家大型农业集团,通过集团介绍,和内蒙古一家基地取得联系,"来一个南瓜北种,瓜农就放心了"。

第七章

微笑曲线

2022年1月7日，著名媒体人、《第一财经日报》原总编辑秦朔一行到潍坊调研，之后写了《学习潍坊好榜样》一文。其中关于寿光和寿光蔬菜产业，有这样的描述："以前总觉得一二线城市的模式就是中国现代化的模式，现在看至少是不全面的。一二线城市是很大的概念，它们不是所有方面都数一数二、都是标兵。它们也有自己的问题。寿光算四线城市，但它是中国蔬菜产业化的龙头城市，在这个意义上它是一线城市，有很高的发展水平。寿光也是山东第一个各项存款过千亿元的县级市，城乡居民富足，精神文化充实。"

真正生活在寿光的人，或者在寿光有过深度行走的人，一定会认同秦朔的观点。这位中国"财经眼"以他的视野和经验，似乎把准了寿光蔬菜产业的脉搏。

寿光有这个蔬菜产业"一线城市"的底气。自1984年踏上这条绿色之路，寿光没有一刻停歇和犹疑，没有一刻不在追星赶月、昼夜兼程。2022年"三干会"报告给出了寿光蔬菜产业的最新描述——微笑曲线。

这条微笑曲线的前端，重点做标准研发、种子研发和技术集成创新；曲线的后端，重点培养特色蔬菜品牌，打通高端销售渠道；曲线的中间，则以合作社、家庭农场为主体构建新型组织体系。

寿光现在所做的，是抢占蔬菜全产业链"微笑曲线"的两端，从传统生产基地向综合服务基地转型。不仅种蔬菜、卖蔬菜，更卖技术、卖标准、卖服务，卖整体解决方案。

微笑，是人类最美好的表情。微笑，也是寿光蔬菜产业最美好的时代。

未来已来

刘伟换上工作服,想去育种基地转转,李美芹推门进来了。

刘伟,中国农业科学院蔬菜花卉研究所研究员。他的另一重身份,是挂职的寿光市副市长,主持中国农科院与寿光合作的寿光蔬菜研发中心工作。

李美芹,分子育种博士后,潍坊科技学院副院长,全国蔬菜质量标准中心挂职副主任。

李美芹挂职的全国蔬菜质量标准中心建设了蔬菜感官评价实验室,这在全国还没有先例,她想和刘伟聊聊,从这里找些工作推进的思路。

俩人一见面,还没落座,就围着办公室那几盆矾根"指手画脚"起来。

"你这搞蔬菜育种的,怎么搞起园艺来了?"

"自己育的,早在北京的时候就研究了,忙里偷闲,看看效果如何。"站在摆放矾根的组培架前,这俩育种家讨论起园艺来了。

在刘伟这里,园艺只是工作之余的"小手工",他来到寿光,蔬菜育种是"正事"。

2017年,45岁的刘伟卸任中蔬种业科技(北京)有限公司总经理,进入轮岗等待期。这时候所领导找到了他,说:"去基层挂职锻炼锻炼吧。"同时提到寿光需要一位科技副市长，刘伟一听就答应了："好，我去！"

到寿光来，他给自己定了三个目标："一来学习，做科研的，就要到一线；二来交朋友，做科研也需要融合，需要跨界思维；三来逮着机会做点事，为寿光，为国家农业多做贡献。"

他的老师方智远院士来看他，又给他提了当好"五个员"的要求，这"五个员"是：宣传员、研究员、推广员、战斗员、联络员。

他感到有压力了。看来领导安排自己到寿光这个地方来，不是让他光个人搞研究、出成果的。他开始琢磨怎么才能当好这"五个员"。

他想到了组建一个团队。在"中蔬种业"的时候他就组建过一个菠菜育种团队，后来被所里"收编"了，成了国家"卡脖子"研究的攻关主力，团队里也出了岗位专家，这是个成功的实践。

在寿光组建一个团队，他有这个信心。

所领导听完他的汇报，说："建一个团队太小，干脆搞个院地合作的机构。也别搞一个两个的品种育种，干脆搞个全产业链！"

"还是领导眼光长远。看到了寿光的与众不同之处，也看到了寿光的未来布局。"

思路确定，调研展开，刚刚有点眉目，2018年8月寿光遭遇百年不遇的特大洪水，等灾后重建结束，刘伟为期一年的挂职到期了。

临回北京前，他找分管农业的时任寿光市委常委马焕军汇报工作，拿出了初步整理的院地合作计划书，算是一年挂职的思考汇报。

没想到，马焕军一看计划书，当场说："这个好！一定要干！"

"没想到，寿光当真事办。"

"没想到，寿光效率这么高。"

2019年1月初，确定刘伟继续挂职担任寿光市副市长，留在寿光，推进院地合作事宜。

一个月后，寿光市政府就派人到北京，和蔬菜花卉所举行了一个简单而意义重大的签约仪式：共建中国农业科学院寿光蔬菜研发中心。

4月20日，研发中心揭牌成立。寿光市财政拨付的300万元前期启动资金同时到位。

5月16日，寿光帮着把中蔬生物科技（寿光）有限公司注册完成了，这是研发中心的运作实体，标志着院地合作真正落地了。

这天，刘伟从忙碌中抽身，回了趟北京，把家搬来了。

以前是挂职，现在身上"挂"上公司了，就是寿光人了。他心里清楚，当客人和当主人是绝对不一样的。就在寿光人这快马加鞭的赶进度中，他从寿光的客人变成了寿光的主人。

5月底，8000平方米的实验办公场所准备就绪，试验农场开始建设。

没多久，寿光方面发现，给研发中心选的试验农场，离办公研发地点有5千米，太远了，科研人员来回不方便，也不利于做试验。于是，干脆在寨里村选地新建。这下近了，方便了，离研发中心办公楼只有一墙之隔，即使晚上起来观察品种性状，走几步就到了。

人不够用，好办！寿光市从农业农村局等部门抽调了6名干部，帮刘伟开展工作。

这一路下来，刘伟感受到寿光人的作风了。

"科研院所和地方签协议是经常的事，按以往惯例，签就签了，慢慢来呗。可在寿光这里却是实干、快干。"

研发中心被带动起来了，也在创造"北京速度"，在蔬菜所高建昌等博士专家的帮助下，刘伟带团队2个月就建了3个实验室。

院地合作，珠联璧合。刘伟说，是时势促成了这一桩美好"姻缘"。

早在2012年，寿光开始重磅激励种业研发、打造"种业硅谷"之时，中国农业科学院蔬菜花卉研究所就派人来到寿光接触交流，但一直没有实质性合作的大动静。

近几年，北京城市发展迅猛，蔬菜花卉所在北京已经没有物理空间用来再建实验室、试验棚，基地离得远，去一趟基地采集数据难上加难，更别说天天去了。

把论文写在大地上，可土地离得那么远，怎么写。所里也一直在寻找合适的地方，建一个类似分所的综合性基地，作为分支机构。这样一来，就能够实现北京所重在基础性研究，分支机构重在应用型研究，两相促进。

另一端的寿光也有产业发展的新需求。无论从国家大战略还是从地方产业的高质量发展，寿光都在寻求突破瓶颈。

寿光蔬菜产业与中国农业科学院蔬菜花卉所一拍即合，诞生了一家"国"字号的科研机构。

这是时代机遇？这是审时度势？

刘伟更倾向于，这是寿光人永远追求创新的结果。

院士育种　市长掌勺

方智远院士关注寿光多年，这里是生产一线、科技一线，有农民的智慧，科技展示出的力量也在这里熠熠生辉。10 年前，寿光蔬菜博览会期间，他到寿光参加一场论坛，会间休息时，他坐在台下与寿光孙家集街道赶来听会的农民交流，那个场景一直深深印在我脑海里。他是注重实战一线的科学家，寿光菜博会、研讨会、论坛、技术联盟体系的年会，只要有机会，他必到寿光走一走、看一看。他是育种家，他育出的种子要播进土地，他的心没有一刻不是"播"在土地里的。他的家门口常年放着一顶草帽、一件雨衣，方便他随时去田里工作。

刘伟到寿光挂职以后，方院士到寿光的次数更多了。特别是成立研发中心后，他特别高兴，觉得这种实质性的院地合作，应该支持。

2020 年 4 月，寿光蔬菜博览会举办期间，刘伟亲自张罗，给方院士团队育出的 4 个早春甘蓝新品种办了一场"直播秀"，线上 + 线下。

线上的地点在北京，方院士带着育种团队视频直播；线下的地点在寿光，试验棚里摆起桌子、锅灶，刘伟穿上白大褂，戴上厨师帽，亲自掌勺，炒了一锅手撕包菜。院士育种、市长掌勺，这高规格的宣传版本，推升了 4 个甘蓝新品种的人气。

因为这个"国"字号平台，就把中国农业科学院蔬菜花卉研究所的甘蓝育种团队带过来了,这就是寿光蔬菜花卉研发中心的功能之一。

这正是刘伟的规划——研发中心不是自己组建团队,而是作为服务平台、聚合平台,供大家来"唱戏"。

这怎么讲?研发中心有办公区8000平方米,有实验基地400亩,组建了蔬菜种质资源、分子育种技术、细胞育种技术、病害防治等8个研究室,能接待近百名科研人员在研发中心从事科研活动。

中心还采取共建、自建、入驻、托管等多种模式,开展研发团队建设工作。为了灵活适应科研与成果转化,中心成立了"中蔬生物科技(寿光)有限公司"作为实体机构,采取市场化的运行机制,保障中心的健康可持续发展。

这就是刘伟设想的创新管理模式。什么模式呢?用通俗一点的字眼讲,就是建设了一个"科技客栈",国内外的、蔬菜全产业链上的科研人员、科研项目,都能进来,这里能吃能住能科研能转化。最后,让这里变成一个国际一流的蔬菜科研创新中心。

研发中心开始筹建那会儿,试验农场的地块刚刚落实下来,北京的李宝聚院士团队就来了,这是一个5个人的菜病综合防治课题组。

到了9月,北京又来人了,这次是大白菜课题组,3个学生要写论文,特别需要生产一线的数据。以后就不间断地来人,黄瓜组、茄子组……最后一数,好家伙,17个课题组都聚在寿光了。

所里的西瓜课题组负责人高建昌博士,直接带着团队"整建制"搬到了寿光。高博士对现在的科研环境很满意:"原来在北京没空间了,仪器都没地方摆,取个样品要开车一个多小时,寿光的实验室免费用,试验棚就在隔壁。"

西瓜课题组在寿光种了40亩西瓜,每年种5茬、收5茬,已经筛了5个品种,进入推广前的试种阶段了。

研发中心和科研团队的"规矩"也清清楚楚:团队一日三餐,收费。共建课题组,出了品种、论文、专利等成果,团队和寿光研发中心共享所有权;成果有了收益,七三或八二分成。不共建的,课题组也可以进驻、托管,寿光研发中心收取服务费。

这种市场化运作，不仅对所里的团队开放，其他高校、科研院所来，也是这样的合作方式。市场激发活力，刘伟深信不疑。

这个"科研客栈"，面对的是蔬菜全产业链，搞的是一条龙服务。李宝聚团队的植保产品一直没实现转化，利用寿光研发中心这个平台，设计包装、注册商标、搞推介会、安排大户示范，一下子打开了市场，形成了27种产品。团队惊呼："寿光市场，了不起！"

刘伟对自己的选择越来越有信心。北京新冠肺炎疫情期间，150多名师生回不去，这里就像北京的"分所"，回不了北京，就待在寿光，专心做实验、跑大棚、写论文，不管是博士、硕士，都没被耽误，真正把论文写在了大地上。

刘伟的工作计划排得满满当当。他吃过早饭就投入工作，不是在办公室协调、接待，就是到试验棚里去。不吃午饭，晚上回到家才吃一点东西。他的日程表都装在脑子里。

中蔬公司作为市场主体，已经是山东新型研发机构，还获得了山东省科技厅考核优秀，成了省级科技型中小企业。可作为蔬菜全产业链创新平台，要给科研机构提供更高层次的服务，还要走得更远、更完善。"下一个目标就是升级为国家高新技术企业，这个要快，争取早一天拿到。"

无论刘伟带着研发中心拿到什么样的金字招牌，做到多么高的层次，最受惠的是寿光，还有寿光的农民。

这笔"账"，寿光算得明白。

有个梦想叫"标准"

李美芹博士毕业后被分配到青岛农业大学工作,然后又做完博士后,安逸舒适的大学校园,清新宜居的生活环境,多少人奋斗一生的梦想也不过如此。

可李美芹的梦想是育种。2005年,她陪同学到位于寿光的潍坊科技学院应聘,没想到她这个"陪跑的"被自己的老师认出来并汇报给了学院院长崔效杰。崔院长承诺为她建最好的育种实验室,引进最好的育种团队,把李美芹从青岛"挖"回了寿光。落户口的时候,派出所的户籍民警一遍遍确认:"真是自己愿意从青岛回来的?"

就是这么一个"痴"女子,在寿光扎了根,在大学组建起了20多人的育种团队。笔者尝过她育的"玉玲珑"口感番茄,皮略厚,果肉酸甜适度,入口后,口腔里的味道,令人想起童年的味道,回味无穷。一年之中,笔者很多次去基地买"玉玲珑",可总是被告之"无货"。4元一个的"玉玲珑",一盒20只,共80元,却无货。这样的好品种,不是藏在深闺中,而是被高端物流订单全包了。

都是高端科研专家,她和刘伟惺惺相惜。两人一谈起育种,眼神都自然放光,一谈起寿光,脸上的表情都是生动的。虽然一个在寿光深耕近20年,一个才踏上这块土地4年,但感受却出奇的一致。

刘伟："我觉得这几年在寿光，挺值的。"

李美芹："是呢，寿光提出'微笑曲线'，你们来了，延长了寿光蔬菜产业链。这种全产业链，能够强力推动寿光的蔬菜产业战略升级。"

刘伟："嗯，这几年，寿光把别的地方远远地甩在身后了，其他地方很多变成了陪跑者。"

李美芹："外地有些地方的蔬菜产业，也是寿光人在建、在干，变成了寿光人和寿光人竞争了。"

刘伟："你所在的全国蔬菜质量标准中心，也是将来别地方比不了的，这个了不起！"

李美芹："微笑曲线的前端里面，有你们的研发中心，也有这个标准中心。"

两人一言一语，你来我去，是探讨交流，也从局内人的角度，道出了寿光蔬菜产业发展的一些实情。

现在的李美芹是潍坊科技学院的副院长，2020年被借调兼任全国蔬菜质量标准中心的副主任。"好钢用在刀刃上"，好人才用在最关键的地方，这是李美芹被借调的原因。

2018年7月12日成立的全国蔬菜质量标准中心，是山东省和农业农村部的共建项目。当初人们看重的，可能是觉得它的来头大，省部共建。随着标准中心的运营，人们越来越发现，这个中心不仅来头大，动作更大。当初寿光人千方百计地争取把项目落在寿光，这步棋，又走对了。

千里之行，始于足下。最初迈出的那一步，身在其中的人，都感叹一个字——难！当年付乐启从古城街道党工委书记调任全国蔬菜质量标准中心，很多熟人不理解，纷纷给他打电话，有的直接跑来问："犯啥错误了？"

第一次向市委常委会汇报工作，标准中心主任付乐启自己都没搞明白，这标准中心到底应该干些啥。成立四年，付乐启领着一班人，不但搞懂了标准中心是干啥的，还干出了不少名堂。

11月底，天气渐寒。早上7点，由李美芹、李兰娟、小夏、小高组成的四人小组又出发了。他们要去昌乐县，验收两个申报标准中心基地的园区。

验收组先去了郦部镇张国伟的现代农业园区。张国伟和李美芹是熟人，都是山东省人大代表，可在标准中心工作人员这里，这层关系没用。头一年张国伟申报了标准基地，验收组来现场考察，审查完现场和所有材料，宣布：不规范的地方太多，整改，明年再申报！

这次是第二次申报、第二次验收，张国伟明显感到了紧张。他引领着验收组，先到了南瓜育苗棚，验收组边问边查看棚内设施。出了育苗棚，李兰娟找了一处高地，看园区周围环境。张国伟赶紧说："全封闭，全封闭，这回改啦！"大家都笑了，都心知肚明，上次验收不过关，第一个问题就是园区不封闭。

步行转完整个园区，大冬天大家头上都冒汗了。一行人来到办公室，开始查档案材料。遇到记录不清、前后矛盾的地方，随时把园区管理员、技术员、高管叫到屋里，现场询问。"简直像公务员面试，不，比这还紧张！"一个技术员从屋里出来时说。

园区内站立着成排的海棠树，落叶后露出红红的海棠果。没心思欣赏这美景，验收组正在进行最后的评定，屋内相关人员全部被"赶"出来了，只剩验收组4人。直到中午12点半，屋门一开，李美芹领着走出来："走，去下一个基地。"

第二个园区的验收进行得很快。验收组转完大棚区，发现存在的问题比较多，明显不是园区自营，而是租户管理，这就不能保证产品质量了，更无法实施标准化生产。下午4点，验收组和当地农业农村局、园区负责人一起坐下来，对两个园区进行了综合点评。张国伟的园区通过，第二家落选了。

火药味儿一下子浓起来了。会议室里气氛紧张了。第二个园区的负责人高经理胖胖的，听说这次不达标，一激动，脸就红起来了，一扭身出了会议室。当地农业部门的一位男同志吞吞吐吐地说："领导说，让考虑考虑这家，这是县里的典型呢。"

"可能是你们的典型，但从标准生产角度，还有差距。"李兰娟语气里没有丝毫商量的余地。她是验收组的组长，每年都要面对无数次这样的时刻。总是有人成功过关，有人失败落选，验收组只能一次次拿出充分的理由，让他们明白，让他们信服。

十多分钟后，那个胖胖的高经理进来了。他变得和气了许多，说："继续整改，明年申报。"

回程中，李兰娟轻轻舒了口气。2021年度的标准化基地验收工作总算告一段落了。2021年度申报工作只面向省内单位，共有131家省内单位申请，再后来变成了87家、56家，一路核减，最后只有29家进入现场验收环节。从春季申报，到夏秋跟踪生产、年底现场验收，这是一段漫长而背负着巨大压力的时光。

全国蔬菜质量标准中心落户在寿光，是农业农村部的分支机构，担负的是国家层面的工作，包括基地验收。申报单位来自全国，如果没有绝对的专业、绝对的公平，谁能保证没有一丝纰漏，而这一丝纰漏，他们也不允许出现在自己身上。

几天后，山东省农业农村厅网站挂出一则消息："经主体申报、各县市初审、培育培训、网上材料提交、现场核准等程序，拟认定济南蓬生食用菌质量标准示范基地等21家基地为全国蔬菜质量标准中心试验示范基地，现予以公示。公示期间如有异议，可通过书面或电子邮件形式向全国蔬菜质量标准中心反映。公示时间为2021年12月21日至12月23日。联系人：李兰娟。"从29家现场验收的基地，变成了21家正式挂牌基地，8家又被"砍"掉了。

跟随验收组跑了一天，回城时已是万家灯火。摸黑进了家门，才觉腰酸背疼。而他们已经在全省跑了15天，7天一个时段，连续跑，不回寿光，昌乐是最后一站，他们才得以回来休整。

和付乐启主任谈起这段验收经历，他说这是工作常态。一帮干事的人，才有了这个"从无到有"的事业。建设全国蔬菜质量标准中心，就是一个从"0"到"1""从无到有"的事业。他去农业农村部汇报工作，一个司长说，部里那么多下设机构，实实在在干且干出一番成绩来的，寿光数第一。这个评价，是一帮人干出来的。

标准是什么？付乐启的理解是："就是杜绝野蛮发展，换个角度，就是产业高质量发展的需要。"2021年，《国家标准化发展纲要》出台，提出"加快健全现代农业全产业链标准"。走进全国蔬菜质量标准中心，办公楼前有八个大字："质量兴农，标准先行"。标准，引领产业高质量发展，最终的落脚点还是农民。

"国"字号的标准中心落在寿光，不是为了增加一项荣誉或一项成就，而是为寿光蔬菜产业、寿光农民增加一条繁荣、富裕的路径。

无论什么时候，这都是寿光干事情的出发点。

寿光接下建设和运营标准中心这个项目，是为产业、为农民，而当初农业农村部、山东省政府同意这个省部共建项目选址寿光，看好的，也正是寿光产业和寿光农民。

这里的产业有基础，农民有经验，依托寿光现有的基础和经验，将其加以提炼、升华，它很容易成为标准，而且可复制、易推广，能给全国的蔬菜产业和农民带来更多行之有效的可靠经验。

标准中心成立4年后，付乐启懂得了什么是"标准"，还越来越自信。底气来自一份亮眼的成绩单：

落户了一家"国内顶尖人才和专业化平台"，包括4名院士领衔、67名专家组成的专家委员会，46人的本地专家团队，涵盖了国内蔬菜领域标准集成研发、品牌培育、品质认证等方面的专业人才。

建成了国内唯一的蔬菜标准数据库。集成2369条蔬菜产业链相关标准，14大类、182个品类的蔬菜标准数据库，点击量已突破170万次。

开展了蔬菜全产业链标准研制。编制完成了37种蔬菜的54项生产技术规程，126项国家标准、行业标准和地方标准成功立项，其中，番茄、黄瓜、辣椒、茄子、西葫芦5项全产业链行业标准、14项山东省地方标准和19项团体标准成功发布，填补了空白。

种子的"金标准"正在推进，"黄瓜品种真实性鉴定SSR分子标记法"行业标准通过专家审定，"蔬菜种子繁育技术规程"等8项标准加快推进。

这一项，则与寿光直接相关——完成"设施蔬菜标准体系研究"和"寿光蔬菜国际标准研制可行性研究"，设施蔬菜全产业链标准体系初步形成，进一步明确了国际标准研制路径。

这一项，则与寿光"微笑曲线"直接相关——紧扣"生产标准化"这个关键，整链条输出寿光蔬菜标准，实现由"技术输出"向"模式输出"转变。2019年，全国蔬菜质量标准中心试验示范基地认定工作在寿光全面启动。2020年和2021年，分别与潍坊市农业农村局和山东省农业农村厅联合开展了全国蔬菜质量标准中心试验示范基地培育工作，探索"培训—指导—认定—服务"的标准化模式，共计在山东、江西、内蒙古、四川、西藏、贵州、上海等省、自治区、直辖市认定了50个试验示范基地。

这一项，最具产业未来感——探索了以品质评价服务蔬菜优质优价的"标准"路径，率先开展了蔬菜品质评价。与华中农业大学、中国农科院质标所、农业农村部蔬菜品质监督检验测试中心合作，集成法国、新西兰等多个国家的先进技术，建设了国内唯一的蔬菜品质感官评价和分析实验室，通过招募感官评价志愿者，累计完成了53种番茄和25种黄瓜的感官评价试验。与中国农科院蔬菜花卉所、浙江工商大学合作，共建全国蔬菜感官与营养品质研发中心，开展番茄、黄瓜感官和营养品质研究，研制番茄、黄瓜品质评价及分级标准，明确了品质蔬菜认证权限备案路径，完成了前期准备工作。

付乐启说：标准不能只落在纸上，还是要以应用为重点。要打造出一套标准综合体，可复制推广，像日光温室番茄、黄瓜、辣椒、茄子、西葫芦等全产业链行业标准，要编制简便易懂的标准模式图、明白纸和风险管控手册，让老百姓拿到手就能懂能用，真正实现"标准进民间"。

还有一项急迫的工作，就是要制定发布"寿光蔬菜"区域公用品牌系列产品的相关标准，用标准数据助力"寿光蔬菜"品牌打造。

在付乐启的心目中，标准不仅是产业的标准，还应该是方方面面的标准，现在寿光制造和输出"产业标准"，将来有一天，也会制造和输出"生活方式标准"。这是理想，也是方向。春节前，寿光市民孙丽来到标准中心，当了一回志愿者，参加了一场番茄感官评价会。她品尝到了刚从育种家的试验棚里摘回的各种番茄，每每和朋友分享这趟舌尖之旅，她都觉得好像生活真的有了些变化。

抱团融入国家战略

从济南起飞,目的地是广州。旅途中和丁俊洋做了一些交流。他是寿光的"老农业",不是种植者,而是市场人。我对他最早的职业敬佩来自2000年,他提出的"像送青岛啤酒一样送蔬菜"这句话,让笔者至今记忆犹新。那应该是社区配送的雏形,或许也是全国最早的社区配送,没有调查就没有发言权,在这里不敢给他争一个全国第一,但在寿光,这绝对是新鲜事物。

这些实践,来自他的敬业,也源于他的善思。这次交流中,我了解到他心心念念着两个事,一个是"寿光蔬菜"这个区域公共品牌,一个是"寿光蔬菜合作社联合会"这个服务平台。

"从寿光产业的未来讲,这是两篇好文章,要考虑怎么用起来。"

去广州途中交流过这两件事后不久,寿光又成为全国50个产业集群之一。

这三件事做好了,就托起了寿光蔬菜产业"微笑曲线"的中端,也就是把服务体系搭起来了,也就实现了前端、中端、后端的无缝链接。

多年来,寿光人盼着有自己的蔬菜品牌。放眼省内,章丘有章丘大葱,安丘有安丘大姜,苍山有苍山大蒜,烟台有烟台苹果……唯独寿光没有一个以寿光命名的蔬菜品牌。叫"寿光蔬菜"?可"寿光蔬菜"指的是啥蔬菜?寿光倒是有一批独立品牌,像"圣珠"番茄、"王婆"香瓜、"浮桥"萝卜、"桂河"芹菜、"文家坡"韭菜……有几十个品种都成了国家地理标志保护产品。

盼品牌,因为寿光吃过没品牌的亏。"注水茄子"的伤口一直隐隐作痛,"加重纸箱"一直沉沉压在心上,被《焦点访谈》点名的有机蔬菜依然像硌眼的沙子……如果有"寿光蔬菜"商标,堂堂正正印在包装上,那就不用背负这些外来的伤害了。

一定要办成这件大事。以寿光蔬菜瓜果产业协会为申报主体,寿光正式向国家知识产权局提出申请,2019年9月,"寿光蔬菜"集体商标获得注册,这是潍坊市成功注册的第一件集体商标。

还要办成第二件大事。2020年9月26日,寿光蔬菜合作社联合会在寿光蔬菜大厦举行了成立大会。三元朱村党支部书记王乐义、寿光蔬菜产业集团董事长杨明任名誉会长,崔岭西村党支部书记崔玉禄任会长,丁俊洋任常务副会长,李新生等任副会长。

"寿光蔬菜"品牌与寿光蔬菜合作社联合会这两驾马车,驱动着寿光蔬菜产业向前发展。

寿光蔬菜合作社联合会成立以后,强化联合统筹功能,推行统一技术服务、统一农资管理、统一标准化管理、统一质量检测、统一注册品牌、统一包装销售六个"统一",以全面提升"寿光蔬菜"品质。

在管理上,联合会是"寿光蔬菜"品牌的管理单位,根据《"寿光蔬菜"区域公用品牌使用管理办法》,对符合条件的企业或合作社,授权使用"寿光蔬菜"标志。

两套马车,终于形成了一股"品牌强农"的奔涌向前的合力。

山月默语,行者迢迢。广州的秋夜,还余留着些许夏日气息。吹着街风,沿解放北路走走,越秀公园门口,穿半袖衫的人们三两成群,西汉南越王博物馆以夜色中的沉默,收敛着三千年前番禺之地的荣光。从落叶纷纷的北方,像候鸟一样飞临这座南方之城,置身于喷泉、台风和大朵大朵摇曳的木棉花丛,内心有截然不同的感受。

丁俊洋不是一个旅游者,他流连街景的脚步止于"粤港澳大湾区菜篮子潍坊农品展示交易中心"那块绿底白字的招牌下。这里，才是他由鲁到粤飞越半个中国的目的地。

和丁俊洋一同前来的，有国家和省市农业部门的领导，有广东相关部门的领导，有全国蔬菜质量标准中心主任付乐启，还有大湾区"菜篮子"寿光基地的几十位负责人。随着"粤港澳大湾区菜篮子潍坊农品展示交易中心"的启用，一群相伴南下的寿光产业人、寿光农民，共同融入了建设"粤港澳大湾区"的国家战略中，进入了一个时代的产业选择。

这是一场盛宴。交易中心正对面是南部战区医院，人们赶到这里来品尝、交流展品，过路的行人进来了，尝过新鲜奇特的蔬菜后，赞叹不绝，非要买走最后一个展品。

蔡洙湖也来了，带来了他培育的黄瓜新品种，非要让笔者尝尝。"看着像小无刺，其实口感完全不一样，有点回甘，是不是？"他这句话一出，马上有几个寿光蔬菜合作社的负责人围过来，和他聊起这个新品种。

深圳的几家大型物流公司赶来了。20世纪90年代末，寿光蔬菜批发市场寻求做大做强，找到了广东，找到了深圳。现在，寿光人又来了，这次是抱团来的，是来融入一个国家战略的。

微笑吧，乡村

寨里村，寿光市洛城街道的一个小村庄，静静地坐落在成方连片的蔬菜大棚里。这里的村民以种大棚菜为主业，和别的寿光农村没有什么区别。近几年市里规划建设现代农业高端集成示范区，一期1000亩在村南，一路之隔，二期2000亩就跨过了进村路，把寨里村围在了正中间。人们从航拍的图片上凝望这个小村庄就会不禁产生联想：什么是乡村振兴？像今天的寨里村，是不是就是一个缩影？

在成方连片的智能温室的白色棚模和白色玻璃之中，是寨里村的红砖屋顶，绿色的白杨树中偶尔露出几片蓝色石棉板。一切都整齐有序，一切都安静和谐，寨里村成了示范园里的寨里村。

闲置的民房，荒草萋萋，转包后被打造成了民宿、电商直播小院、园区管理办公室……一套套重新装修的民房，或现代时尚，或幽静典雅，让村民开了眼。村民的地大多被征用，但他们还种棚，是承包园区的大棚。

张润泽种的是刘伟所在的寿光蔬菜研发中心的一个温室大棚，种的菜品是口感番茄。种子呢，当然是近水楼台先得月，是中国农科院蔬菜花卉研究所李君明教授研发的新品种。"李教授研发的新品种好看，味道又好，不愁卖。"

守着院士、教授育出的好品种，寨里村民种出的菜成了抢手货。寿光人呢，也不愁没有好菜种。研发中心正在联合多方科研力量，打造一个国际番茄育种中心。恐怕张润泽们到时候发愁的是该选哪个品种了。

这个新冠肺炎疫情反弹的春天，山东鲜馥农业公司的老总王建文却没闲下来。他跑到公司基地大棚里，亲手栽下了20株甜瓜幼苗。这可不是一般的甜瓜苗，是研发中心的新品种。这次培育的新品种共4个，王建文"胃口"大，把4个品种全种到地里试试。

鲜馥农业有限公司是家电商公司，和一些明星的直播间等合作，年销售额4亿多元。电商公司需要时常推出新品种，特别是新奇品种。一次到研发中心拍视频的偶然机会，王建文品尝了一款酸奶甜瓜，觉得符合电商产品的特性，马上找到了刘伟，要求合作推广。

前端拥有研发中心的科研平台，全国蔬菜质量标准中心的标准加持，中端是"寿光蔬菜"品牌、合作社联合会搭建的服务体系，后端就是系列输出。

寿光的农民，就跟着这条"微笑曲线"走。

今天的寿光，85%的农民进入了合作社，80%以上的园区蔬菜，以品牌形式进入北京、上海等20多个大中城市。当年，寿光人亲手培育做大的蔬菜批发市场，如今每天在里面交易的绝大部分不是寿光菜。

寿光菜不是从自己的蔬菜批发市场卖出去的，那它到底是怎么卖出去的呢？原来，寿光菜走的是高端市场，绝大多数以直供、净菜等形式，与京东、沃尔玛、阿里等合作，以"高端"菜走入高端市场。这是寿光人一直的梦想，今天，梦想成真了。

第二卷

花都开好了

第一章

静静的寿北

王书德老人的养虾场可真难找。在他的电话"指挥"下,东拐西拐,好不容易从两块玉米地中间找到一条小路,走了几百米,前面竟是断头路。

"喂,喂,王老,路不对呀!"

电话里没声音了,信号不好。

车调头,继续往北,又是一条生产小路。路两旁的玉米都一人高了,正抽穗灌浆,疯长的野草扫着车轮,刚下过雨的路面,被轮胎赶出了泥泞。透过车窗,视线里的小路延伸着,玉米地延伸着,荒草延伸着,没有一个人影。

"王老也真是,80多岁了,还热衷养虾,养虾就养吧,还找这么个地方。"

嘴里嘟哝着,车慢慢往前"爬",对面一辆车过来,路面又窄又滑,只得停车避让。

过了半个小时,终于看到一段石子路,左侧,两块深色人造大理石垒起一个厂门,养虾场特有的味道传来,这就是"养虾迷"王书德的大本营了。

难怪第一次到王书德的养虾场来的人都会迷路。这里离寿光城区近百里路，和潍坊寒亭区搭界，位于一个叫宋家庄子的村外，只有一条生产路，还要穿过村庄、果园、粮田……反正很难找。

可王老说，养虾场最怕人多，人多虾容易感染病菌。这地方好，除了拉货的，难得有人来，清闲，也干净。

85岁的老人，何苦呢！更何况，这老人还曾经是寿光县政协主席，退休后本可以在城里提笼架鸟、含饴弄孙，生活想多惬意有多惬意。

"耄耋之年，屈身在这样一个偏远、荒冷的乡野之地。唉！"不知为何，总是想心疼他。

"走，巡视时间到了，咱去虾棚看看。"王老招呼着。他甩动着双手，步子迈得很大，路面上的泥水跟着甩起来，溅到裤腿上。

使劲迈开大步，跟上王老。王老的外甥袁荣津买饲料去了，他的外甥媳妇在棚里忙活。

"老人吃苦的劲头儿，年轻人也比不上。"陪着巡查的外甥媳妇说。虾棚常年保持在35摄氏度左右，棚里闷热，特别是夏季，更让人难以忍受。可王老每天都进棚巡查六次，风雨无阻。

王老说，自己养虾，一不为吃虾，二不为赚钱。这就怪了，那他养虾到底为啥？

"均衡"二字，落笔历史

20世纪80年代，王书德就在寿北建设养虾池。1986年，正当王书德醉心于在寿北养虾的时候，县委的一个电话把他召回了县城。

原来，寿光县委、县政府要搞一个史无前例的大动作——发动全县乡村劳动力在寿北进行综合大开发，向洪荒千年的一百多万亩土地全面"开战"。

寿北，顾名思义就是寿光北部，咸淡水分界线以北，土地都是重度盐碱地。120万亩广袤荒凉的土地横亘在寿光北部，冬天白茫茫，夏天水汪汪。种树树难活，种粮粮难长，只有黄须菜、紫荆条因适应性强，长得最好。

少年王伯祥推车割黄须菜，走过的就是这片土地。

1986年，寿光南部发展蔬菜产业，经济和生活水平有了很大提高，日子开始变得红火起来了，可寿光北部的盐碱地一望无际，这里的人们守着广袤的土地却依然过着贫困的日子。

南北发展严重不均衡的现状，让刚担任县委书记的王伯祥坐立不安。他是从小受过苦的人，无论走到哪里，无论在哪个岗位上工作，他内心最朴素的想法就是让人们过上好日子。当了寿光的县委书记，他想的当然是让全县的群众都过上好日子，可寿南发展起来了，寿北还是落后的地区，这是他的一块"心病"。

王伯祥拿出了一个初步的思路，想拿到县委常委会上听听大家伙儿的意见。

可他一提出来，会场安静了，大家都不说话。不说话，那就代表着不同意。笔者采访王伯祥时，他对这个过去了几十年的场景依然印象深刻："我特别理解同志们当时的想法。寿光经济基础差，南部靠种菜，经济刚有点起色，群众的日子稍安顿了些。另外，在寿北搞大开发，这是一件寿光历史上从来没干过的事，要动多少劳力，要花多少钱，要用多少天才能完成，以前谁也没计算过，甚至没考虑过。同志们顾虑重重，也就在情理之中了。他们不是怕吃苦受累，是怕搞不成。"

王伯祥倒是对寿北开发没有这么重的顾虑，这是因为他从小就对这块盐碱地比较熟悉，还在地处寿北的道口公社担任过党委书记。20世纪80年代初，他在道口公社领着群众打出了深水井，世代喝碱水的人们喝上了淡水，还围滩建起了盐池和虾池，挖排碱沟压碱改良土地，改造成功了一块块条台田。这些实践经验让他心里充满了自信：寿北，不是块啃不动的"硬骨头"，只要大家思想统一，人心齐整，这事能办，而且一定能办成。

王伯祥对笔者说，他之所以当年对寿北大开发有信心，除了自己在道口公社的"实战"经验外，还有一个原因，那就是寿北人民已经先行建设了三个"1万亩"。

这三个"1万亩"，包括杨庄乡（2001年划归羊口镇）杨庄村、营子沟的1万亩条台田、羊口卫东盐场1万亩高标准盐田、道口公社的老河口万亩养虾池。

王伯祥说："我当时就对常委们说，'寿北已经有样板了，咱别在这儿闭门琢磨，走，到寿北看看去！'我叫上县党政班子的人，又叫上了寿北11个乡镇的党委书记们，去了现场。"这次一线调研，他们真正到了"田间地头"，在条台田的排碱沟边和农民交流，在盐池子里看看盐的成色，又坐上船，直接下了养虾池，捞一网虾苗看看体表，再看看水质，问问产量效益。一天的参观调研，"捉"回了一条条"活鱼"，这些新鲜生动的第一手资料，让与会人员兴奋不已："看来寿北开发不是不可行，是大有可为啊！"

王伯祥趁大家伙儿这股热乎劲，马上开了一个简短的会议，他说："大家今天都看到了，寿北群众已经用自己的聪明才智给我们建起了'样板田'，开出了'第一条战线'，我们下一步的开发，就照着这三个'1万亩'的样子，把120万亩荒碱地全部变个模样！让还在喝碱水的寿北群众都富起来。"

仿佛是展望未来的激情无法释放，王伯祥大手一挥，激动地向大家表述了这么几句话:"南抓菜、粮、果,北抓盐、棉、虾,始终不懈抓工业。""我们要狠狠地干上几年,让寿光南部富、北部富,农民富、工人富,财政富、均衡富。"这是王伯祥为官一任的施政目标,也是寿光百万人民的心之所向。

"均衡发展"的理念,就是从这里——1986年11月的一次会议上,走进了寿光发展的历史。

寿北大开发的方案确定后,紧跟上的是120万亩开发区域的详细规划图,这是大开发成败的"关键之举"。寿光县委把这个重任交给了县区划办,主任胡国庆亲自带队,马不停蹄地开进了寿北。白碱茫茫的荒凉之地,一队先行者顶风冒雪,风餐露宿,用双脚丈量了寿北大地。

县委接到胡国庆的报告:"规划图已经完成,请安排时间进行汇报。"王伯祥安排:"召开一次县委常委会扩大会议,让大家都听听,提提意见。"

会议室里,只有胡国庆舒缓有度的汇报声,大家都凝神倾听着,生怕漏掉一个细节。"我这次汇报的,是'寿北分层开发规划'情况,就是说,按照地势、产业资源、可行性等相关情况,把寿北120万亩划为5个开发层次。像这块滩涂区域,属于沿海的滩涂地块,十分适合养虾,就可以建成养虾池;在寿北整个区域中靠近南部的地方,也是我们分层规划面积最大的一块,80万亩,适合建设条台田,种粮食、棉花、枣树……"

胡国庆汇报结束后,王伯祥请大家讨论一下,谈谈看法。人们的回答出奇地一致:寿北开发势在必行,等着县委县政府分配任务!

王伯祥的心里起了波澜,他明白:这高度一致的声音,这共同的心声,接下来的,就将是一场苦战、一场硬仗。

根据区划办拿出的区划图,县委、县政府形成了正式的决议。同时成立规划小组,对寿北进行全面规划。把王书德"召"回,就是安排他参加寿北开发规划小组的工作。

原来,寿北大开发的"步骤"这么复杂,20万人齐上阵,怎么"排兵布阵"?胡国庆的团队拿出了前期的分层开发规划图,但还需要一张详细的开发规划图,相当于战场上的排兵布阵图。

正月初八,春节的喜庆气氛还没退去,踏着地面的积雪,规划测量学习班的学员们前往清水泊农场,在农场三连一间阴暗寒冷的仓库里进行集中培训。正月十五学习班结束,正月十七这天,王书德等人就带着规划测量组启程,正式开始在寿北的实地勘察规划。

为了这张排兵布阵图,继区划办之后,规划组又耗时10个月,用双脚丈量了寿北大地。

"我们那年代啊,就是一个'干'字当头,除了实干,就是苦干,别的啥也不想。"王书德陷入了回忆。

"县委给安排了一间指挥部,我们没进去过,都是走到哪儿住到哪儿,有时住小旅馆,有时住公社党委的接待室。最怕的是雨雪天,带着测量仪,鞋陷在泥里拔不出来,寸步难行。"

风太大了,仪器立不住,碱土刮得眼睛不开。一批先行者,在洪荒之地拓辟,一行行脚印,转眼就被碱土覆盖,大地又是白茫茫一片,仿佛没有人来过,风依旧吼着穿越大地……

但环境再恶劣,身体再疲累,精神却是充实的。他们知道自己在干一件大事,一件寿光历史上前无古人的大事。

要给100多万亩土地搞勘察、搞规划,遇到这样那样的问题是家常便饭。王书德的规划组很快遇到问题了,一个叫挑沟子的村庄,在村党支部的带领下,已经搞出了好几百亩的条台田,虽然没有像规划组要求的成方连片,可种出的庄稼生长很好,产量也高。既然这个地块已经搞得这么到位了,那这次还要规划进来吗?

在寿北搞条台田的目的,就是排水好、庄稼产量高,现在挑沟子村的事实证明,他们已经达到标准了。规划组也拿不准了,他们把这事向王伯祥做了汇报。王伯祥放下手头工作,跟着规划组来到挑沟子村,到现场转了一遍,又让村里汇报情况,听完之后他说:"我们要尊重事实,这几百亩地已经达到我们想要的效果,不再列入条台田改造规划。"

王书德就信服这种现场调研、实事求是的作风,他敬佩王伯祥,也要求自己保持这种作风。他给市里提交养虾业的调研报告,让儿子开车拉着自己,跑遍了寿北所有的养虾场,做出统计,加以分析,用数据说话,不搞虚头巴脑的事情。

凡事让群众早知道

采访中，王伯祥一再提起，寿北大开发能够一举成功，要素很多，但其中很重要的一条经验就是发动群众，激发出群众参与的积极性。

寿北大开发是怎么发动群众的？"我们先搞宣传，通过宣传，让群众知道咱要干的是件什么事，这件事和他们有什么关系，和寿光有什么关系，符合不符合国家政策，等等。"王伯祥称，"规划图出来了，作战图挂起来了，发动群众是寿北开发启动前的'最后一步'。"

吃透了县情，还要吃透民情。当年的寿光已经全面推行家庭联产承包责任制，一家一户，各顾各的，要一次拉起十多万人口出工，这难度无法估量。既然摸不准群众的心思，那就不如让他们早知道，我们想干什么，我们要干什么，我们为什么要这样干，最后让他们自己判断，自己做选择。县委办公室把各级关于农田基本建设的文件资料、政策解读整理出来，设计成宣传页的形式，印刷了近20万份，通过各乡镇发放到了每家每户，达到人手一份、人人知晓。

在这次寿北大开发的动员中，寿光还把优惠政策当作了撬动积极性的"杠杆"。县委、县政府先后出台了滩涂、荒滩等7个方面的开发政策，以及横向联合政策、科技奖励政策等，最大限度地调动积极性。像养虾政策，就是县里统一规划、分级开发，县、乡镇、村、联合体一起上，谁开发谁受益，并落实了"集体所有制、承包经营、定额上交、超额分成"的办法。

　　王伯祥对笔者说，任何时代做任何事情能成功，都离不开群众的支持和参与。"那三个'1万亩'给群众带来的好处是摆在那儿的，关键是我们的政策科学，对群众有益，对地方长远发展有好处。你想想，有这么多事实在眼前，老百姓没有理由不出工吧。"

洪荒之地的回响

1987年10月8日,寿光历史上最大规模的"大会战"启动了。寿南的人们忙完了秋收,虽然有些蔬菜还没最后采收完,可还是出门了。寿北的庄稼已经收到粮仓里,大地保持着"战斗"打响前最后的寂静。20万民工手推肩扛着铺盖卷儿、劳动工具,人喊马嘶,通往寿北的各条道路上人满为患,整个寿光可称"万人空巷"。

王伯祥把铺盖搬到了寿北工地。所有乡镇党委书记,各村的党支部书记,也把铺盖搬到了寿北工地。有人说:"一年一度召开的全县三级干部会议才能见到这么齐全的队伍。"这里没有干部,没有农民,大家都是寿北开发者,工地上一起滚爬,窝棚里一起摸勺子。天气越来越冷了,工地上依然红旗招展,人们干得热火朝天。

北徐村老党支部书记郭元亮经常回忆起寿北大开发的情形,他说:"要是农业学大寨那时候,几十万人出工也许不稀奇,可寿北开发时土地已经承包到户了,全县的34处乡镇、1008个行政村、20万户,总共20万劳力参与,占了全县总劳力的20%还多。可以说,很多乡镇和村,都是家家关门闭户了。"

这次寿北大开发，完成了2470万立方米，人均100多立方米。一场大会战，改变了寿北的经济结构，也奠定了寿光均衡发展的牢固根基。

我们还认清了一个事实：农民是寿北战场上真正的"战士"。他们住的是地上挖出的地窝子，薄膜一挂、苇草一搭就能安身。翻看历史照片，寿北工地上这一望无际的地窝子，与车推人拉的壮观劳动场景相互映衬，架构起"寿北精神"的具象支撑。寿北大会战的事实证明，农民是最吃苦耐劳的，是富有奉献精神的。

县政协主席当养虾场的"头儿"

"寿北开发"这堂现实版的党课,影响了很多参与大会战的寿光党员干部的一生,王书德就是其中之一。

所以,听完王书德和寿北大开发的故事,终于理解了他的坚守。他坚守寿北,原来是在坚守寿北大开发的精神。

他难忘寿北,因为这块土地上有他童年的记忆,也有他青年的奋斗,更有影响他一生精神选择的故事。他难忘20世纪80年代寿北养虾业的辉煌,那一只只活蹦乱跳的小虾,还有那闻不够的虾池味道,好像对他有致命的诱惑力。他离不开寿北,离不开养虾池。

寿北大会战连续搞了三年,养虾成了规模。这时候的王书德,已经任县政协主席,但他还是把主要精力放在寿北,一直驻守在离家近百千米的养殖指挥部,一待就是8年,"县政协主席当养虾场的头儿"也成为当时的一件美谈。

1995年退休后,王老又在指挥部待了5年,直到2000年老伴身体不好需要照料,他才恋恋不舍地回到寿光城区的家中。但朝霞和夕阳中波光闪闪的寿北养虾场的景色,一直储存在他的脑海里。

2014年老伴去世后,80岁的王书德心里挂念着寿北这片土地,正好,外甥袁荣津在宋家庄子村北养殖鳗米鱼，邀请王老去坐坐。

进了园区，王书德东瞅西看，发现园区的西南角还有块空地。他就和外甥商量："把这块地给我吧，建个棚儿玩玩。"

他"玩"的可不是蔬菜大棚，是养虾棚。以前养虾是养在露天虾池，受自然条件影响大。王书德就想借鉴寿光南部蔬菜大棚的模式，搞大棚养虾，这样能达到工厂化养殖的目的。可露天养虾已经有成熟的技术，大棚养虾这事没人搞过，要先试验，拿出一套数据，蹚出一条新路，看得见效益了，才会有人跟上来。

耄耋老人当起了"虾老板"，2016年他正式养起了南美白对虾。园区原来养殖鳗米鱼的7户人家，正为效益连年下滑愁眉不展，在王老的带动下，纷纷改了池子，养起了南美白对虾。

"现在不是讲乡村振兴吗，我这把老骨头，也想给乡村振兴做点贡献。"

这几年，二儿子退休了，王书德拉他"入伙"，给自己当司机，拉着他在寿北到处转，他想把寿北的养虾户转一遍，搞个调研。"想摸个底儿，看看寿北还有多大养虾面积，重振20世纪80年代寿北养虾业的雄风有多大可能性。"

从营里到卧铺，从老河口到羊口，寿北每一个养虾池他都走到了。开一天车，回到家，儿子累得不想动，王书德却趴到那张三抽桌上，戴着老花镜，连写带画。

终于算出了寿北养虾业的精确家底：共计30家，29000平方米。结合自己两年的工厂化养殖经验，加上调研数据，他写了一份详细的调研报告，报告中提出了重新开发利用寿北这块宝地的建议，最重要的就是典型带动、规划园区。他还未雨绸缪地提出了筹建南美白对虾育苗场的设想，以解决海南、广东空运苗价格高、难成活的弊端。"只要上下努力，寿北还会成就20世纪80年代全国养虾第一的辉煌。"

去年秋后，我第二次去王书德的养虾场，竟然又走错了路，无意中转到宋家庄子西侧的一处农业种植园区。这里是地处寿北的营里镇新建的无花果培育基地，温室大棚里不像南部的蔬菜大棚里那样高温闷热，置身其中，体感舒适，果子的清香阵阵袭来，紫红相间的、绿白相间的、红白相间的，各色各样的无花果挂在绿叶间。

虽然知道寿北大开发后这片土地重获了新生，条台田种植实现了粮、棉、枣的大丰收，可再怎么治理也还是盐碱地啊，怎么会种出无花果呢？

这是一处占地700多亩的现代化农业园区，有30多个冬暖式大棚和高温拱棚，通过温控等技术，实现了一年四季有鲜果。每到无花果丰产期，游客们三五成群地来到园区采摘尝鲜，观光采摘成了一大景观。园区还配套了无花果初加工车间，生产无花果酒、无花果茶、无花果干、无花果脯等衍生食品和高端护肤品。这里的无花果还"触网"走天下，通过淘宝、京东、快手等电商平台和自媒体销往全国，实现了种植—加工—销售的全产业链。

这无花果园区是寿北的特例还是常态？

带着疑问，用一天时间跑了营里镇，才知道这个昔日的种粮大镇，已经成了蔬菜产业重镇。国有企业寿光农业发展集团在这里建了高标准园区，龙头民企寿光蔬菜产业集团在这里建了示范园区……不少昔日的种粮村，还由村党支部领办合作社，土地流转建起了现代化农业园区，种起了高标准蔬菜大棚。

这里是寿北，可饱览过今日寿北风光，不由地想，寿北和寿南，还有什么区别吗？

第二章

最忆"小江南"

壬寅春日,宅居家中,反复吟诵起白居易的《忆江南》词三首。回想往年三月,离城20千米的那处寿北"小江南",也是春水荡漾,芦芽萌动,一行挚友,登船观湖,听鸟戏鱼,再去莲塘边坐坐,早早与荷许下一个约定。

身未至,心已远。多少颗隔离在城市的心早飞去了那"小江南"。这个寿光的"后花园",就是双王城生态经济发展中心。

盐窝子和盐圣人

这"小江南"曾经是一个盐窝子,还出过一位盐圣人。相传远古时期,山东半岛生活着一个原始部落,部落首领夙沙氏在海边煮鱼,他提来半罐海水,刚放在火上煮,发现一头野猪飞奔而过,夙沙氏去追野猪,等回来时,罐中的水已经熬干,罐底出现了一层白白的细末。这尝起来又咸又鲜的细末,就是海盐。

寿光素称"三圣"之地,其中有文圣仓颉、盐圣夙沙氏、农圣贾思勰。文圣与盐圣在寿光留有大量遗迹和实证。寿光博物馆原馆长贾效孔老人在世时,笔者曾专门就"盐圣"属寿光一事的可信度上门求教,他说,他曾对盐业鼻祖夙沙氏的里籍做过考证,也有一些个人观点。

贾老认为,神农氏时代,居住在山东沿海的部落首领夙沙氏在长期的渔猎生活中首创"煮海为盐"。夙沙氏部落的居住地是中国最早用人工制盐的地区,也可以说,这里就是我国海盐的发祥地。

文献史料记载,寿光沿海一带地下卤水的开发与利用,可追溯到夏代。《尚书·禹贡篇》载:"海、岱惟青州。嵎夷既略,潍、淄其道。厥土:白坟,海滨广斥……厥贡:盐、绨、海物惟错。"寿光地下卤水资源丰富,具有埋藏浅、浓度高、易开发等特点,历史上一直是中国海盐的重点产区。

贾老是一位考古学家、博物馆研究专家，他认为文物是研究、考证历史的实物史料，与文献史料相比，它更为真实可靠。自20世纪70年代起，一直延续到20世纪八九十年代，他在寿光境内搜集到了十几件盔形器（现收藏于寿光市博物馆），它是"煮海为盐"的重要工具，经专家鉴定，为商周时期的器物。他曾到过靠近沿海的青岛、胶州等县市区博物馆参观考察，在其馆藏文物中均未见到此类器皿，仅在昌邑、寒亭见过采集的残片。而在寿光，这种盔形器却在境内的很多地方都有发现。

贾老回忆："20世纪80年代初，国家文物局统一部署，进行了第二次全国文物大普查，寿光市根据'村村到'的要求，调查发现了古文化遗址143处，其中出土盔形器的遗址有10余处，有郭井子、荒北央、寇家坞、菜央子、官台、后疃、薛家岭、高家庄、崔家庄、边线王、胡营等。当时只认为是某遗址有这种遗物，发现的完整盔形器及采集的盔形器残片只被作为出土文物看待，没有被引起足够的重视。"

关于盐业遗址，寿光近年取得过一个被称为"2008年中国十大考古发现"的成果，它指的是位于寿北的双王城盐业遗址。虽然是2008年获得业内公认，可遗址的发掘从2003年就开始了。那一年，国家南水北调东线工程正在实施，山东省文物考古研究所、北京大学考古文博学院和寿光市博物馆这三家单位组成的考古团队，在规划建设的调蓄水库——双王城水库周围，展开考古勘探。历时五年，共进行了7次较大规模的勘探，勘探面积30平方千米，发现了制盐古遗址群5处、龙山文化至宋元时期的古遗址89处。2008年，三方联合发掘了4000平方米的重点区域。领衔的考古专家燕生东兴奋地称："这是目前发现的中国境内历史最久、规模最大、数量最多、分布最密集、保存最完好的古代制盐遗址。

几年后，寿光市又在距离双王城盐业遗址10多千米的田柳镇刘家桥村发现大量未使用过的盔形器，以及类似窑门的拱形建筑，燕生东教授再次来到现场，他经进一步勘探和考证，明确断定：该处为商周时期手工作坊，生产的煮盐盔形器专门供应同时期北部的双王城一带煮盐使用。

长跑 7 年，"跑"来一座水库

盐窝子里不缺盐，最缺的是水。

寿北的庄稼渴盼水，看天吃饭的日子这里的人们过了一辈又一辈。寿北人民渴盼水，在这一带老百姓的俗语里，淡水被称作"甜水"，有淡水喝的日子就是甜日子。

可考证起来，这里似乎也不缺淡水。汉征和四年（前89年），汉武帝东巡返程，经过此地，为鼓励民众，以身示范，在巨淀湖畔躬身扶犁，留下了一段"汉武躬耕"的佳话。巨淀湖即为淡水湖，就在今双王城生态经济发展中心辖区内。

"寿光古八景"之一有"雾现霜城"，证明古代双王城是一座城。民国《寿光县志》记录了清代乡人刘源岷《雾现古城记》一文："道光辛卯，花朝之晨，烟雾冥蒙，咫尺莫辨。予杏墅叔祖步北郊外，忽见一城如画，城门阔大，雉堞牙列，门楼高百尺。城中繁富，人烟蒸腾，官道上卤簿整肃，旌旗摇曳，骑者、步者、伛偻、携者趾相错。城西南高山矗云，山前有古刹，丹楹刻桷，藻采缤纷。东南隅一湖，阔可数十亩，莲方含蕊。桥上有一老僧持藜杖，须发如银。俄日出，遂灭。果如所言，或者秦代古城出现欤。"

海市蜃楼无法证实，但商周时期此地盐业兴盛，商贾云集，行人摩肩接踵，是盐业重地，这倒与清人所记相符。商业发达，聚居为镇，扩而为城，这并不违背人类聚居的规律。既然能够满足一城之居，那淡水该不是或缺之物吧？这只能是猜测了。

为了取得生存之水，20世纪70年代寿光人曾在这里修过一座水库。

"双王城要修建平原水库，各生产队都要出工干活。"一个悄悄流传的"通知"，打破了寇家坞周边村庄的平静。

20世纪60年代，寿南的纪台修水库，以失败告终。现在又要在寿北修水库，难！多少颗心带着问号，但还是义无反顾地踏上了"战场"。机械很少，八个公社的万余名民工，几乎全靠人力手推肩扛，昼夜不停地干，仅用2个月就建起了水库大坝主体。

建起了水库，浇地有了条件，周围村庄的农民甚至种上了水稻。茂盛的苇草给人们带来越来越高的收入。一座平原水库，活了一方水土，一个寿北"小江南"的模样渐渐显现了。可好景不长，20世纪80年代，降水量减少，入库河流断流，双王城水库慢慢干涸了。

虽然荒废了，但寿光上下没有放弃这个长满荒草的水库，人们和双王城水库一道，在等着一个机会，一个重生的机会。

直到国家启动南水北调工程。2002年，南水北调东线胶东输水干线工程进入设计阶段。可在设计之初，并没有将双王城水库列入规划，只是决定在济南附近修建东湖水库作为调蓄水库。

在一次省级水利会议上，寿光市的领导获知了南水北调东线工程将通过引黄济青干渠，向胶东、烟台、青岛等地送水的消息。

他们提出：引黄济青干渠寿光段，也是寿光出工修建起来的，距离荒废的这座双王城水库2千米，呈东西方向横穿了寿光北部。这么近的距离，能不能在原双王城水库这里建一座调蓄水库？

寿光开始了长达7年的争取之路。双王城水库是千秋大业，它能在南水北调工程建设中被选中，凝聚了无数水利人的心血和汗水。从争取立项到审批，跑了多少路，申请、沟通、论证和协调的次数已经数不清了。

历时7年多,2009年12月28日,国务院南水北调工程建设委员会正式批准,调蓄水库工程最终落户寿光。

当初寿光全力争取审批建设南水北调的调蓄水库,很多人表示"不理解","给国家修个水库,对寿光有啥好处?"

只有当局者才知道,一座进入国家战略的水库,对一个地区发展的重要性。

寿光守着海,守着流遍全境的河,却是"十年中有九年旱",是严重缺水地区。当年的寿光,地下水位已严重下降,加上北部海水内侵,压制淡水区,南部"漏斗区"扩大,水资源不足已成为制约寿光经济发展最大的"瓶颈"。

今天的双王城水库,碧波荡漾,水鸟翔集,鱼儿欢跃。它给寿北生态带来源头活水,绝迹几十年的稻田重新出现在水库周围,农田高产,果园飘香。清清的长江之水,缓解着这块渴望水的土地。

生态"处女地"

1985年,刘增武从寿北的营里镇调任寿北的卧铺乡,参加工作多年,调来调去,还是没离开寿北。

一辆大头车来拉行李,刘增武收拾完书本资料、铺盖卷儿,又把几盆花搬进车斗子。他爱养花,走到哪儿都养上几盆,以在繁重的工作之余,点缀一下枯燥的生活。

大头车晃晃悠悠,颠颠嗒嗒,一路向卧铺乡开去。等到了乡政府,一卸车,几个花盆无一幸免,全碎了。卧铺乡的瓦楞子路,给刚上任的党委书记刘增武来了一个"下马威"。

卧铺乡,现在双王城生态经济发展中心的前身。那时的路,全是土路,湿碱土又黏又滑,粘到脚上抠也抠不掉,干碱土又咸又辣,吹到脸上像刀割,要不怎么说这是一块"兔子不拉屎,鸭子不做窝"的鬼地方呢。

这"下马威"让刘增武心里窝火。更窝火的是,去县里开会,头一天接着通知,凌晨就得往县城走,要不就得误点,光出个卧铺乡就要一两个小时。就这条件,他还庆幸自己赶上了好时候,听说前几任卧铺乡党委书记,去县里开会都是调链轨车,坐着链轨车出卧铺乡呢。

退休后的刘增武成了摄影迷，时常扛着相机去双王城转悠。他爱拍这里的各种鸟儿，天鹅、白鹭、灰鹭、翠鸟……有时站在双王城水库的坝顶，遍览生态区风光，他想起自己在卧铺乡8年，也在这水库上动了不少脑子，还曾经选择小清河水质好的时机，向水库引过水，有了水，水库里芦苇茂密、水草丰盛、鱼鸟欢集，周边棉农也受了益。

趁着水库有水的好光景，刘增武还计划着建一处水上公园，规划图拿出来了，公园的名字他都想好了，根据此地的历史传说，定名为"霜雪城水上公园"。

那张霜雪城水上公园的规划图，刘增武一直保留着。虽然规划没有变为现实，但作为卧铺乡曾经的主政者，他曾为这块苦难中前行的土地日夜不眠。

进入21世纪，寿光发展步入了快车道。寿光富了、绿了、活了。寿北这块被20世纪80年代"大开发精神"洗礼过的土地也迎来了新的转机。双王城水库的立项建设，为这个重大历史转机提供了条件。

那时的寿光决策者意识到，寿光经济要想进入全国百强，寿光生态应该纳入整体发展战略。既然国家在寿北建设这么大一个双王城水库，我们为何不利用这万顷碧波，为寿光规划建设一座"后花园"呢？

既然要建生态区，就要弱化行政功能，市委、市政府划原羊口镇、原卧铺乡、原台头镇部分村，以双王城水库为中心，成立了一个生态经济园区。它既是生态示范区，又是寿光均衡发展的体验区。

2011年12月21日，双王城生态经济园区（后改称双王城生态经济发展中心）正式挂牌，这在寿光历史上又是一件"无中生有"的事。

它既是寿光转型生态建设的先行区，还担负着一方百姓致富重任。

38岁的孙荣美从侯镇党委调任双王城生态经济园区党工委副书记，这个工作泼辣、作风严谨的女干部，在好几个乡镇担任过领导职务，她到哪里都是扑下身子、实干苦干，赢得了群众的一片赞誉。干乡镇工作，她有经验，也自信。可唯独这次调她到双王城，她心里没底，不自信。她管过工业，抓过农业，可这生态经济园区是个啥模样，还真没见过。

车子行驶在去双王城报到的路上。离城区渐渐远了，路边的树越来越稀，越来越矮小。再往北,就只剩下了几棵歪脖的小槐树,几棵大些的荆条上有几个鸟窝,鸟窝随寒风摇摇晃晃,令人心惊胆战。

西北风越刮越大。越往北,视线里就越荒凉,越感觉田野是空旷的、土地是冰冷的。她不由联想,这时候的寿光南部是多么温暖啊,白色海洋般的大棚里,如春天般温暖,绿油油的蔬菜尽情生长,给老百姓创造着源源不断的财富。可这块叫作寿北的土地,怎么没有一点温暖的颜色呢?心头不由涌上"夕阳西下,断肠人在天涯"的句子,泼泼辣辣的女干部,竟然也被初见的双王城"吓"到了。

办公室临时设在了林海生态博览园的接待室里。见到寥寥可数的几个同事,和双王城生态经济园区党工委书记燕黎明、主任韩效启握了握手,就算是正式报到了。

孙荣美的第一任务是先找办公地点。最近的房子,就是原卧铺乡驻地,一番寻找后,她把原卧铺乡党委大院租了下来。

荒草遍地的一个大院,门也破了,窗也掉了,电路老化,水也不通。大家摩拳擦掌,先通水通电,再除草修路,把门换一换,窗户修一修,钉上塑料布,别让它透风撒气。寿北的冬天,可是渗到骨子里的冷啊!

腊月二十三是中国传统小年,双王城这块"处女地"被浓浓的大雾笼罩着,没有"雾现霜城",没有海市蜃楼,只有一行孤寂的队伍,在浓雾中开进了原卧铺乡党委大院。搬家了。

后排平房里的伙房升起火,灶膛红起来了,烟升起来了。安家了。

21世纪的第二个十年了。寿光城区的人们早已习惯楼房生活了,冬天有暖气,出门有轿车,各单位办公地点都集中在商务小区,毗邻弥河,风光秀美,环境幽静。就是在城区之外的各镇街,也找不到一处像双王城这样的办公室了:室内没有卫生间,冬天,要鼓劲再鼓劲,冲刺到院子里"方便";没有集中供暖,加上线路老化,不敢用大功率电器,只有一台"小太阳"摇头晃脑,提供一点热量,暖一暖被冻透的手脚。夜幕降临,寿北风大,破旧的门窗关不严实,大风呼呼刮着,穿过塑料布的缝隙,发出"嗖嗖"的声响,整夜不停。值夜班的时候,大家就听着这风声谈心,苦中作乐,感叹:"又回到小时候了呢。"

转过年,生态区大会战就拉开了大幕。办公楼规划有了,第一步先修"一号大街",就是办公楼前的东西向道路。哪有什么工地,就是一大片望不到边的棉花地。寒风中站立的棉花柴,仿佛在向人们发出挑战。寿北的风是夹着碱土面子的咸风,孙荣美没见识过,一天的工夫就被冻得满脸起红斑,赶紧戴上口罩、帽子,可还是在脸上留下了紫黑的斑块,她自己戏称这是"双王城印"。几间板房立在棉花地里,这就是厕所,女同志上厕所不方便,就只得减少喝水的量。

"最令人怀念的还是干部的精神风貌。"孙荣美知道这里曾经是王伯祥时期寿北会战的战场之一,她很珍惜双王城的这段经历。那是一段艰苦又充实的日子,干部们精神高涨,没有上下,不分你我,心里只有干事。工地伙房没有专门的厨师,谁回去早谁做饭,有时太忙了,顾不上炒菜,就顺便从棉花地里挖两铁锨曲曲菜,蘸着酱吃,也是一顿美味。眼见着生态区渐露模样,曲曲菜的苦涩,化作了心底的一丝甘甜。

这里也有个"塞罕坝"

站在双王城水库12.5米高的坝顶,环视库区周边,天高云舒,绿意漫卷。视线转向东,更是万亩林海起波涛。每当这时,就想起远方那个塞罕坝。

有人说,寿光的"小江南"里有个"小塞罕坝",这个"小塞罕坝"虽然面积不如塞罕坝那么大,可它的创业史、奋斗史一样的感天动地。

这就是寿光国有机械林场。它的历史,比塞罕坝还长。

1959年,山东省林业厅下发文件,在寿北建立寿光国有机械林场。国家在这里规划建设林场,是要进行一场盐碱地造林的试验,也可以说是建设一座"实验室"。因为这里是重度盐碱地,表层土壤的含盐量就达到了千分之十,地下土壤含盐量更是达到了百分之十。种树?简直是天方夜谭。根扎下去,咸都咸死了。这里从历史上就稀罕树,方圆几十里不见一棵树。最有名的歇后语出在附近的六股路村,"六股路套知了——窝里等",意思是全村只有一棵树,知了飞走了,到别处没树落,还会飞回来,在原地等着就行了。在这里种活一棵树,再种出一片林,那可是前无古人的事。

首批60多个退伍军人来了。树能不能扎根难说,但人先扎下根来。这群在抗战前线经历过枪林弹雨的人，挖出了第一个树坑，从十几里外挑来了第一桶淡水，第一棵树苗活了，第二棵，第三棵……岁月在一抹抹增多的绿意间流淌，一晃近30年过去了，林场换了9任领导，他们仍在这里坚守，盐碱地在强大的意志力面前"坚持"不住了，在一点点地退让，绿色在一点点地扩展……

林场的第十任场长叫尹国良，他在这里坚守了38年，这个故事，就有点长了。

第一次采访尹国良是在2005年7月18日，寿光首届荷花节开幕日，地点就在尹国良任职的林海生态博览园。"春风吹绿渤海滩，漫步走进林海生态博览园，当年这片荒碱地，如今美景赛江南……清清的湖水荡碧波，假日垂钓乐悠悠，野鸭成群鸵鸟舞，水上游乐歌声传……"在《走进林海生态博览园》的旋律中，尹国良坐在台下观看着以"林海荷香"为主题的荷花节文艺演出。开幕式结束后，我随他在园子里走走，东方不沉湖里的游人正浮在水面悠闲地漂着，林海荷塘展现的是"接天莲叶无穷碧，映日荷花别样红"的醉人画卷，荷池正中央"站立"着高9米的荷花仙子雕塑。往正南看去，高9.99米的九州鼎映入眼帘，环绕着九州鼎的99座荷花池里，种植着99个品种的名贵荷花。走进新建的"荷香园"，内有一座小院，名叫"荷塘人家"，一圈竹篱笆围住零星的枣树、柳树和槐树，木屋前的荷池内，种着名叫"黄月"和"英粉莲"的荷。在木屋前的石磨边坐下来，品茗也好，赏荷也罢，心情瞬间就放松下来，如果坐到月上柳梢头，就能有幸体味到朱自清先生"荷塘月色"的意境了。

坐在"荷塘人家"的小木屋前，看着荷间、林间散散淡淡的光，尹国良仿佛回到了自己初到林海时的那些场景里。

1984年从昌潍农校毕业后，尹国良参加工作的第一站是寿光县林业局。这份令人羡慕的坐办公室的工作，却让尹国良很不适应，他向局领导提出："让我去林场吧。"

尹国良想去的"林场"就是寿光国有机械林场。听说他主动要求去林场工作，亲戚朋友都劝他："虽说林场也是公家单位，那可是在寿北啊，兔子都不拉屎的碱场窝子,跟县城里的单位不能比。"可尹国良铁了心要去"遭这份罪",调动手续一办完,他马上就到林场报到了。

这年他21岁,正是青春年华好时光,他觉得找到了干事业的地方。整地、种树、担水……这种种磨砺,在别人眼里是咽不下的苦和涩,却正是他自己想要的。领导瞅上了这棵好苗子,24岁的尹国良被任命为场长,他的担子重了。

"这场长的椅子还没坐热乎呢,一纸文件来了,林场由财政拨款单位改成了自负盈亏单位。通俗点说,就是自挣自吃。"拿着文件,尹国良陷入了深思。他太清楚林场的家底了:盐碱地造林的试验还没有突破性的成果,多年来林场的经济效益不见起色,投进去的钱,仿佛被寿北的大风混合着碱土刮跑了,见不到多少回报。林场的负债已经超过100万元,200多名职工还要吃饭……再看看这块贫瘠的土地,尹国良想到了林场的命运。当初自己是奔着干一番大事业的目的,才从县城申请调到了林场,现在遇到难关了,怎么闯过去?他不禁自问:"林场要自负盈亏了,我们靠什么养活自己?我们靠什么发展事业?"

有一件事,虽然过去了多年,每每想起,尹国良的心里还像刀剜一样疼。"刚改自负盈亏的时候,为了让职工吃上饭,我们卖过几次树,虽然只是一些小树,还有一些不能称作树的棉槐,可种树的人卖树,这比割自己的肉都疼啊。这里的树,哪一棵不是人们流着汗,甚至拿命种下的!"

林场怎么种树,笔者亲眼见过。先挖树坑,排碱,铺一层防碱水的草帘子,上面填一层外运来的好土,再铺一层防碱水的草帘子,这才把小树苗埋下地,再回填土,浇上外运来的淡水。千辛万苦种下的这棵树苗,活与不活,还得看它的适应性了。种下一棵树,林场人就得牵肠挂肚一年,等第二年开春,树皮有了点青色,细枝条上鼓了几个芽,这树就算活过来了。一棵树活了,种树的人才赶紧喘一口宽松气,唉,终于又种活了一棵。

就是这样种活的一棵树,被一棵棵卖掉供全场人吃饭,长此以往,这饭谁咽得下去?

尹国良之所以能成为今天的尹国良,成为改革开放以来寿光创新创业的楷模,就是因为他有不服输的劲头,有敢想敢试的勇气。他经常对职工讲:"林场这么大,有这么多地,虽然是盐碱地,可只要找到科学的办法,就能利用好它,就能收到效益。"

为了提高林场效益,尹国良带着林场有经验的职工搞起了调查研究。他们发现,几十年来,在林场种下的多种经济林木中,只有枣树、苹果树等几种树长得好,也产生了一定经济回报。"那我们就从容易成活、还能结果的枣树等果树类突破,扩大种植规模,争取以树养人、养场。"

林场一下子拿出了近万亩的以枣园、苹果园、残次林等为主的种植规划。可马上又遇到难题了,要种树,总得先买树苗吧?钱从哪儿来?林场负债100多万,不可能拿出这笔钱。尹国良去市县两级软磨硬泡"讨"来了30万元,还有50万元的缺口怎么填上?

后来的解决方式是这样的:尹国良动员未婚妻,把结婚的2000元拿出来了,又跑回老家,动员老父亲把准备盖新屋的4000元拿了出来,林场员工也各自回家东凑西借,50万元终于有了。

"苗子下地的时候,为了省钱,我们不雇人,自己干。真是一场不要命的苦战。"尹国良回忆,他们先挖沟排碱,抬土造田,再把树坑的土全部置换,栽下苗,赶紧四处找淡水。一队队职工跑出去十几里地,车推肩挑,把淡水浇到树底下。

这些带着编制的国家干部,手上都长满老茧皮,裂口子是经常的事。尹国良的手关节粗大,脸膛黑黑的,每次见到他,头发总是乱蓬蓬的,这副形象,难以和一个副县级干部挂起钩来。他一个朋友的女儿考上了事业编制,被分配到林场,上班没几天,小姑娘哭着回家了。每天劳动十几个小时,睁开眼就是挖坑种树,迈开腿就是放水养鱼,就连夜里也时常被盐碱地的风刮醒,这哪是事业单位的工作,种大棚也比这轻快。

林场人不关心形象,只关心绿色,只关心收成。能看到春天枝头的一抹绿,在他们眼里比什么都幸福。

树苗活了,挂果了,成熟了,林场迎来了丰收的秋天。通过这次规划建设,林场不但成了"百果园",还成了名声在外的绿化苗木基地。同时,作为成立几十年的国家盐碱地造林试验的重要基地,林场在试验成果方面终于实现了一次大突破。

微风吹动,送来荷香缕缕,把思绪拉回到"荷塘人家"小木屋,拉回到林海荷花节的现场,听着尹国良讲述林场历史,笔者不由发问:"你们是怎么走到发展文旅这条道路上来的呢?"

"这里面有一个千里有缘来相会的故事。"尹国良说。有一年,他去浙江考察,顺道来到了千岛湖,看到人家的旅游事业红红火火,这给了他很大启发:"原来好风景就是资源啊。"

林场也有好风景。数万亩林地郁郁葱葱,是天然氧吧;荷塘成方连片,四季都有观赏价值,还有终年保持30摄氏度的地热水,洗温泉再舒服不过了;那重度盐碱水,人浮在上面怎么也不沉,是个很好的不沉湖,也是一处奇景。还有……还有……想法一股脑儿地涌上来。"林场转型,搞旅游。"回寿光后,他在班子会上提出了自己的想法,大家一致赞成。

"回头想想,林场发展史上没有哪件大事不是我们豁上、拼上干出来的。就拿这次建景区,对林场来说,那就是天大的事啊,决定命运的事,我们自己干。"仅用了一个冬天,林海生态博览园的雏形初现,三年后,一个配套完善的旅游景区诞生在寿北,创造了专家眼中罕见的"重度盐碱地上的植物园"奇迹。从国家立项试验盐碱地造林,到在盐碱地上演化出一座4A级生态旅游景区,林场人用了40年。

2001年景区开园,寿光沸腾了,寿光周围沸腾了,园外停车场满了,园内摩肩接踵,这千年的洪荒之地,哪有这么热闹过?"大美林海"成了城市人民的休闲之所、精神栖息之地。熟悉林场发展历史的人们都说,这是用林场精神铸就的最美风景。

尹国良很满意林场的这一转型之举,脸上的笑模样渐渐多了,心情也轻快了许多。可他的胃怎么又不听话了,一段日子总是疼得难以忍受。

他患有严重的胃溃疡病,这是多年在林场风餐露宿落下的老毛病了,他一时也没放在心上,当医生的妻子硬逼着他去医院做检查,结果发现胃溃疡已发展成胃癌了，经过手术，他的胃被切除了三分之二。

今天的林海，四季都是那么美。春天，杏花、桃花、梨花、苹果花，数都数不过来；夏天去了，就要坐上那轻摇的小船，沿 10 千米黄金水道，一路听鸟鸣，一路赏荷花；秋天就去园子里捕捉缤纷的色彩，红红的小枣、山楂，绿绿的鸭梨，罗绮山上的火炬树是绚烂的，落叶铺满台阶；冬雪中听宁国寺幽幽的钟声，脚踏着园中的洁白，去寻塘中莲藕的一抹清香……

搞生态旅游，门票只是林场人算的一笔"小账"。

生态效益，才是林场人算的一笔"大账"。他们拥有数万亩林地、200多个树种，生态系统已经全部建立起来了，每年为寿北涵养水源、净化水质、固碳、释放氧气……林场为寿光提供的生态服务价值已经无法用数字来表达了。

万亩碧水生锦绣

得知山东省作家协会、山东省文学院要举办一期乡村振兴主题的作家班，并且有意向选址在寿光时，笔者推荐了寿北。来自山东省13个县（市、区）的54位作家齐聚寿北，在巨淀湖畔的山东（寿光）农村干部学院度过了一段美好的文学时光。

蓝蓝的天，绿绿的水。一蓬蓬荆条已退居"二线"，疾闪而过的车窗外，偶尔会露出正在绽放的荆条花，穗状的、白中透着淡粉的花，像夏季的风从天空无意间扯下的一缕缕云，轻而软。风中挺直的毛白蜡、秀姿可鉴的火炬树站立在排碱沟的最前沿，使这条穿越寿北盐碱地的省级公路，有了和南部地区一样的风景，一样的令人熟悉的大自然的表情。第一次到访寿光的外地作家说："初见即是惊艳。"

培训之余，作家们到双王城生态经济发展中心游览采风。万亩碧波的双王城水库、芦苇湿地巨淀湖、当年只有一棵树的六股路村、天然氧吧林海生态博览园、牛头镇抗日武装起义陈列馆、寇家坞村"幸福食堂"……看不尽的自然风光，尝不尽的人间美味，盐碱地种出的鲜食番茄、牛头镇的蚂蚱酱、巨淀湖的鲢鱼头、郭井子的西瓜、卧铺的小米大米……如今的盐碱地，改良后种啥活啥，作物口感还特别丰富。

车子穿行过万亩经济林，拐进了六股路村。绿树环绕中的幸福，真实地写在了村民的脸上。六股路村委大院正中有一棵老槐树，树下立着一块明晃晃的铜牌子,上写"山东省森林村居"。600多年了,从一棵树到一片林,从一个荒寂的古驿站,到一个民生祥和的美丽乡村,600年前曾经停驻过六股路村大槐树的那只知了,听闻这个夏日腾起在村庄上空的蝉鸣声声会作何感想?

以前是见村不见树的六股路村,如今掩映在森林中,只见树不见村,夜晚枕着阵阵林涛入睡成了村民们的日常。随同采风的著名作家赵德发,刚刚完成一部乡村振兴题材的长篇小说《经山海》,一听六股路村的故事,有了兴趣,坐在村委大院和村民聊起了天。村民搬来了两个刚从盐碱地里摘的大西瓜,用刀一切,入口爽甜,清凉透心。作家们汇聚过来,在大槐树的浓荫下吃起了西瓜。

七月的寿北,是天蓝蓝、水碧碧的寿北,是沟连沟、渠通渠的寿北,是鱼虾畅游、高粱孕穗、油葵结籽的寿北。树越来越多,绿越来越浓,鸟鸣越来越清亮,心儿越来越轻柔。"生态"像一面镜子,把寿北的夏天折射得如此鲜活。

这是盐碱地的另一重容颜,这是人与自然经年累月协同共叙的新篇章。

今天的寿北,在人们心中,既是惬意的现代生活的向度,也是新时代乡村振兴的维度。

再去寿北,遇见徐军。他戴一顶草帽,蹲在地头抽烟,嘴里念叨着:"豆子开花,逮鱼摸虾。今年雨水少,沟里还没见虾。"

面前是300亩油葵地,联合收割机来来回回地收割,低垂的葵花盘就变成了车厢里的葵花籽,油亮亮的,闪着银灰色的光。转眼间,一车葵花籽拉到地头,"哗",倾倒而出,帮工的妇女拿着铁耙子,麻利利地铺匀晾晒。

穿过徐军的油葵地,进了寇家坞村。村里统一规划了楼房,大多数村民搬进了楼房,老年人还喜欢住老村,新旧相宜,既有现代时尚,又不缺田园风光。找到老朋友于庆涛的家,他的母亲坐在织布机前,一梭一梭穿着经纬线,老粗布已织到了半米多长。寿北的村子里,很多人家保留着织布机,织几米布不为赚钱,只为这老手艺别生疏了。

一台台老织布机,是寿北留给人们的乡愁。孩子们从城里回来过周末,捎几块老粗布回去,越洗越软和、越洗越熨帖的老粗布,是留住故乡的一根彩线、一抹情思。

第三章

县办大学

在寿光采访,最大的感受是他们做事讲求"匹配度"。农业好了,把工业做强;工业强了,文化也不能弱;城市美了,乡村也要跟上……一讲"匹配度",就有了和谐,有了均衡。

寿光城乡一体、均衡发展的经验,是不是这么来的,无法深究,但在办教育这事上,确实有个"匹配度"的故事。

一头"拓荒牛"

他是一位受人尊敬、让人怀念的前辈。他胖胖的身材,不高的个子,白白净净的皮肤,眼睛不大,总是笑眯眯的。在寿光,有人叫他"教育企业家",也有人称他"文化学者"。

退休之后的他,每天都准时坐在温泉大酒店大堂旁边那间接待室里,不管来者是何人,只要轻轻敲门,总会听到一声"请进"。屋里堆得满满的,都是书,新印刷的书、淘来的旧书、朋友们送来的书……他守护着这块土地的文化,用自己的余力发掘这块土地的文化。他把奖金作为文化出版资金,策划了一套寿光文化丛书,《寿光考古与文物》《贾思勰里籍考证研究》等,都获益于这笔资金,这些书是留给寿光后人的一笔文化财富。他把贾思勰和《齐民要术》的现代研究成果实用化,创新了一套"齐民大宴"菜谱,"齐民大宴"已成为温泉大酒店的看家菜系。在他的提议及推动下,寿光市成立寿光齐民要术研究会,让贾氏研究和《齐民要术》研究在贾氏故里启幕,从此让家乡的贾氏及《齐民要术》研究走上了连接国际研究的轨道。

他叫王焕新,被称为寿光县办大学的"拓荒者"。

时光穿越回39年前,一个镇办良种场与一所全国高等教育院校之间,建立起了一种奇妙的联结。

故事从20世纪80年代初一个乍暖还寒的春日开始了。故事的发生地，是那个荒草遍地、名叫朴里洼的小村子。

1983年5月6日，中共中央、国务院下发了《关于加强和改革农村学校教育若干问题的通知》，根据这一文件精神，寿光县委、县政府决定创办一所农民技术教育中专学校，校址就选在了城关镇朴里村东南的城关镇办良种场，校名定为"城关镇农业技术学校"。

1984年2月，寒冷仍未退去，一场火热的战斗即将在朴里村东南的洼地里打响。近"知天命"之年的王焕新被县教育局选中，担任筹建城关镇农业技术学校的负责人。他曾经是抗美援朝战场上的一名老兵，从朝鲜战场回来后进入航空学校学习，复员后回家当了小学教员。当一名老师是王焕新的梦想，当年，他的足迹几乎踏遍了整个寿光县，侯镇完小、城关完小、寿光三中、城关公社三官联中都有他的身影。他是全能型教学人才，教过俄语、英语、语文、政治，既当过小学教员又当过中学教师，还当过中学的教导主任和校长。

1984年3月，王焕新与王明春、王光华、李义文，会同早已在朴里村做准备工作的许海滨，在良种场安营扎寨，城关镇农业技术学校正式挂牌成立了。

学校的办学地在朴里洼东南角，良种场的500亩荒地上野草萋萋，几棵高挑着身子的白杨树上没有一片树叶，大地还在苏醒的前夕。

良种场负债30万元，整个场区除了几棵白杨树，就是十几间缺门少窗的草房子，是一所典型的"三无学校"——无教室、无宿舍、无经费。王焕新和老师们迎着寒风清理了杂草，又整理出几间废弃的蚕舍当宿舍，花八毛钱买来一口铁锅用于炒菜，花一块两毛钱买了一口煮饭锅，在三间蚕室里安上了锅灶。

1984年的寿光县已经建起了中国北方最大的蔬菜批发市场——九巷蔬菜批发市场，大小车辆带来了发达的物流体系，农村经济结构正面临着全新的变化，农民思想、农业技术、产业调整都呼唤着农村职业教育。可县里拨付的办学经费，总让王焕新觉得捉襟见肘，于是他打起了家里那50多棵梧桐树的主意。

那个年代的普通家庭，庭院前后的大树就是家里的"绿色银行"。家里的这些树是妻子留着给儿子娶媳妇用的。妻子舍不得，可王焕新还是组织儿女把50多棵梧桐树全部伐掉了。妻子看拦不住，干脆支持到底，把家里积攒的500多千克小麦也贡献出来。树和粮食拉到大集上卖了7000块钱，王焕新一分不留，把钱拿到学校作了办公经费。

学校招生，先从财会班开始，接着办起了幼儿教师班、机电班、驾驶员培训学校……学校有了"救命钱"，王焕新的"胆子"大了起来，边改善办学条件边广辟财源，又办起肉食鸡场、蛋鸡养殖场、园艺场，边种养边培养技术员，一举两得。

短短几年时间，他们就为社会培养出4000多名合格有用的人才，城关镇农业技术学校成功改办为经省教委批准的寿光县成人中等专业学校。

作为一校之长的王焕新在激动之余，找县、镇领导寻求支持，找附近的村民寻求帮助，带领全校师生一起动手，几天之内就修起了门前的大路，把学校与寿光至潍坊的一条主干公路连接起来，他们又竖起一座两米多高的路碑，上书三个醒目的大字——"成教路"。

1988年8月，寿光县委、县政府下发寿发〔1988〕60号文件，内容是《关于发展教育事业服务经济建设的决定》，提出"加强寿光县成人中专建设，使该校成为寿光县成人教育中心，各行业、各系统的培训中心作为成人教育中心的分校，并逐步向中心集中办学"。这一决定奠定了寿光成人中专的中心地位。1991年，寿光县政府印发〔1991〕52号文件，内容是《关于经科教结合实施方案》，提出要建设经科教统筹协调，职业技术教育与普通教育、成人教育相沟通，职前与职后相衔接的文化技术教育体系。

相比较于传统教育模式，王焕新认为："寿光成人中专培养的学生，要具有工农的体魄，科学思维的头脑，善于实践的能力，勤劳致富、建设家乡的本领。"

1991年10月，成教路上熙攘热闹，初具规模的寿光成人中专装扮一新，花团锦簇，绿意浓浓，首届全国农村成人中专协作会在这里召开。王焕新在会上做了典型发言，寿光成人中专的"四改"经验，得到了国家教委领导和成人教育专家的赞赏和肯定。1992年7月，受国家教委成教司委托，王焕新应邀赴法国参加了第十五届欧洲比较教育大会。会上，王焕新做了《论中国农村成人技术教育与经济和社会发展》的发言，把代表当时中国最典型、最成功的成教经验推向了国际舞台。

寿光经济实力越来越强，教育如何匹配经济？实力如何反哺教育？办一所专科学校，这是寿光有智之士心底的呼唤。寿光成人教育已经站在了全国成人教育的群山之巅，他们觉得寿光有这个资格，也有这个实力，他们要向县办大学冲锋。

心有所属，事有所成。1989年秋天，王焕新得到消息：山东省陵县（今德州市陵城区）创办的农村经济发展学院要停办，他立即向王伯祥做汇报，说："王书记，咱能不能把这块牌子挂到寿光？"

王伯祥毫不含糊，马上召开相关会议研究后，告诉王焕新："中！"

1995年11月，山东民盟与寿光市政府达成联合办学协议，根据协议，以寿光成人中专为依托，创办齐鲁职业技术培训学院。

齐鲁职业技术培训学院挂牌招收大专生，这开启了寿光高等教育的新篇章。

后经山东省教委批准，齐鲁职业技术培训学院更名为山东经济职业技术进修学院，并成为山东省首批学历文凭考试试点学校，取得了独立颁发大专文凭资格。

1996年12月26日，潍坊市第十二届人大常委会第三十次全体会议，以无记名投票的方式选举产生了两位"潍坊人民功勋"，被称为"教育企业家"的王焕新尊享其中。为人民者，人民爱戴，王焕新"人民功勋"的称号实至名归。

教育"疯子"和教育"骄子"

寿光县办大学由专科晋升为本科高校，有几个关键节点：

1999年12月，组建齐鲁经济学院（筹）；

2001年9月24日，潍坊科技职业学院获批；

2005年，达到千亩校园、万人大学规模，开始申报本科院校；

2008年4月，潍坊科技职业学院升格为普通本科院校更名为潍坊科技学院。

又是一个十年。这一棒接力，是由被寿光人称为"教育疯子"的崔效杰跑完的，人们也爱叫他"教育骄子"。

他有一段"名言"：我们的选择不仅仅是为着学院，更重要的是为着学生，为着民族和国家，为着我们的英雄理想主义。我们的选择是艰巨的，我们的选择是神圣的，正像哥伦布的选择一样，我们也会发现"新大陆"。

选择远航，在未知的大海远航。第一步，要去掉齐鲁经济学院后缀括号里的那个"筹"字，实现"独立颁发文凭的高等职业院校"这一目标。

20世纪的最后一天，天寒地冻的日子里，寿光人的心里却像灶膛里塞了木头，热情的火苗直蹿。这一天，也是时任寿光师范学校校长的崔效杰终生难忘的日子，寿光市委、市政府决定，原潍坊化工学校、寿光成人中专等六校合一，创建一所县办大学，并把这副重担交给了崔效杰——由他担任齐鲁经济学院（筹）院长。

六校合一，"合"出了负债2600万，人员散乱，设备落后，还有一条横穿校园的社会道路……带人跑了一天的崔效杰，拖着疲惫的双腿进了家门。

"老崔啊，你也是50多岁的人了，大学你也没办过，别受那个累了，我长了病，还要靠你照顾。"长期卧床的妻子，刚做了一次大手术，可身体的痛不如心痛，看着崔效杰阴黑着脸，忙忙活活地做饭，伺候自己，她心里更难受了。她最知道老崔的脾气，他是个干起活来不要命的主儿，特别是教育的事儿，那就是他的命。

看着躺在床上、身体还未痊愈的妻子，崔效杰也犯了难。这些年想教育、爱教育、忙教育，把全部身心倾注在了学校和师生身上，独独忽略了自己的妻子和儿女，可妻子从未有过半句怨言，反而无条件地支持他的事业。眼看着快退休了，夫妻相伴、儿女相随的好日子就要成真，他却……夫妻俩，一个端着饭站着，一个在床上躺着，四目相对，思绪翻腾。

第二天早上5点多，崔效杰又出门了。需要干的事情挤成堆，恨不得一双手变成几双手、一张嘴变成几张嘴、一个人变成几个人去干，一天干十几个小时也不够用。

最愁的是两件事，一个是没钱，一个是缺地。

"崔院长，村民又堵了工地，停工了，您快去看看吧。"负责基建的干部跑来诉苦。

"走，走，快去！"崔效杰赶紧从学生食堂工地起身，去了校北面的工地。学校扩建征用周边村庄的土地，可规划区内的部分土地一直没有确权，今天有村民闹事停工了，明天有村干部来谈判停工了，干干停停，停停干干，严重影响着工程进度。崔效杰和在场的村民说："建大学是市里的决策，也是全市的大事，将来建好了学校，对你们只有好处没有坏处，再说土地归属问题，市里一定会给答复的。放心吧！"他叮嘱工地的学校干部："你们大胆去做工作，出了问题我来承担。"

不到一个月，他们解决了学校周边的所有土地纠纷，583亩土地经国土部门发文批准，全部确权为学院土地。他们还争取市里支持，办成了两件大事：一件事是修改了文庙街规划，使道路绕行学院外墙的后面，避免了将学院的西院一分为二的后果；另一件事是堵死了存在14年的穿校路，保证了学院东院的完整性。

回顾学院筹建的初期阶段，至今仍有一些老教师感慨不已："那些日子，真是用命在干事啊！"

2001年9月24日，经山东省人民政府批准，寿光历史上第一所独立颁发文凭的高等院校——潍坊科技职业学院正式成立。

寿光终于有了自己的大学。

为啥人们叫崔效杰"教育疯子"呢？他爱教育是其一，其二是他还敢把教育往大处办。有了大学不是目的，中国也不缺这么一个县城里的大学，关键是它得有特色、有名气，才能招来学生，才能持续办下去。

崔效杰一直琢磨国际化办学的事，提出要"内攀高亲"，外交远朋，借助外力，提高学院办学水平。这个想法刚提出时，有些人嘲讽说："你们学校有什么？有外国留学生还是有外籍老师？还说什么国际化！"崔效杰的想法很坚定，经省主管部门批准，学院取得了接收外国留学生、聘请外国文教专家的资格。

2002年春天，崔效杰到深圳参加全国高职校长会议，在火车上，一份报纸上的一篇文章引起了他的注意。文章说，美国有软件人才250万，印度有软件人才200万，中国的软件人才只有36万，还处于流动和不稳定状态，印度的软件出口额是中国的100倍。这篇文章启发了崔效杰，回到寿光后，他立即向市里做了汇报，很快通过寿光市人事局引智办聘请了两名印度外教普拉提克和普乃姆。

"君子生非异也，善假于物也"，2003年春天，崔效杰又从报纸上看到一则消息，36家印度软件公司集体登陆烟台，印度"大象"在中国跳舞，印度各大软件公司纷纷登陆东南亚市场。这条消息就像打开了学院的一扇门，一下子催生了一个梦想：与印度合办一个计算机软件学院，合办一个软件公司。

崔效杰立即约见了印度外教普拉提克，让他代表学院到印度联系大学，联系软件公司，开展合作办学及办软件公司。

2003年10月，经山东省人民政府批准，学院与印度加拉库尔大学联合创办了中印计算机软件学院。印方一次派来15名教师和管理人员、教辅人员，其中包括

3位博士、7名硕士、5名学士。学院当年招生1300多人,使用印度的教材、印度的软件、印度的教学方法进行教学,让学生实现了不出国门就能在寿光"留学"的梦想。

学院的国际合作不断向纵深发展,先后与十几个国家的20多所高校建立了良好的合作办学关系,形成了鲜明的国际化办学特色。

追梦者的路上没有终点站。2005年暑假,潍坊科技职业学院已经实现了崔效杰在建院之初承诺的"千亩校园、万人大学"的目标。

下一个梦想,又该从哪里启航呢?再拼三年,去掉"职业"二字!在寿光办一所真正的本科大学。

寿光市委、市政府将改建本科院校的报告递交到省委、省政府。寿光申办本科院校的坚实基础来自哪里?最基础的基础还是基本建设。占地2379亩、建筑面积100万平方米的学院总体规划经寿光市人民政府批准通过,学院周边小企业全部拆迁,一座方方正正的新学院准备迎接自己生命的蝶变。

2008年1月17日,全国高校设置评议委员会五届二次全体委员会在厦门举行,会议对全国申办本科的院校进行了投票表决,有50名专家参与投票,潍坊科技职业学院以48票通过,通过票数在全省改本院校中排名第一,在全国改本院校中排名第三。

2008年4月20日,山东省人民政府下发了《关于将潍坊科技职业学院改建为潍坊科技学院的通知》,学院以实施本科教育为主,同时可举办专科层次的高等职业教育。首批设置的本科专业为计算机科学与技术、化学工程与工艺、机械设计制造及其自动化、园艺、英语等5个。

学院正式成为全日制普通本科高等学校,这是一个值得铭刻在寿光历史上的新起点。

一个县域历史上的高光时刻到来了。

星河一瞬,弹指一挥。自21世纪之初确定"一大两高"战略,合校强基向县办大学的梦想启程,八年时间过去了。

八年,对一个孩童的成长是漫长的,而对从无到有、从小到大、从弱到强地创建一所本科大学来讲,八年又显得那么紧凑而充实。

2008年4月21日，这个日子应该被载入学院发展史，也应该被载入寿光发展史——这天上午，潍坊科技学院在体育馆举行盛大的揭牌庆典。

当时的学院发展，无论是从规模还是内涵，都已无愧于一所本科院校的称谓。2008年，学院占地已达2000亩，拥有11个院系、46个本专科专业，全日制在校生超过12000人，成为一所综合型院校。2008年学院毕业生参加全省专升本考试，被录取人数占全省总录取数的21.08%，录取率连续六年全省第一，毕业生质量得到社会的广泛认可，就业率一直保持在95%以上。

改本成功并没有让学院师生感到满足。在崔效杰的带领下，他们又着眼全球经济变局和地方发展所需，按照寿光市委、市政府"依托潍坊科技学院建设寿光市软件园"的意见，借鉴美国斯坦福大学在校园内建立工业园区的成功经验，在校园内建设了占地812亩、总建筑面积26万平方米、总投资8.9亿元的寿光市软件园。学院牵头建立山东省软件产业职业教育集团，真正成为技能型、应用型人才培养的基地；与山东省教育厅联合成立了山东教育软件研发推广中心，这是省教育厅与高校合作的第一个项目，为全省两万多所学校提供教育软件服务；依托软件园，学院与美国微软公司签订了合作办学协议，成为微软全球教育项目合作伙伴，获得美国微软IT学院授牌，成为山东省第一家微软IT学院……

经过连续的扩建、提升，学院总资产由0.89亿元增加到10亿元，占地面积由418亩增加到2400亩，全日制在校生由3000多人增加到24000多人。

当梦想照进现实，所有人都泪流满面。

梦想成真，这是我们每个人都愿意享受的幸福时刻，这也是我们所能看到的眼前场景，而我们看不到的，是为梦想日夜奔跑的人，是追逐着梦的星光耗尽最后一滴心血的人。2011年2月11日，农历春节的喜庆气氛还未消散，人们正在享受着美好悠闲的假期，时任潍坊科技学院党委书记的崔效杰突发心脏病，倒在了自己的办公桌前，时年63岁。

崔效杰，这是一个靠幻影般的梦想就能把自己的生命燃尽的人。

"我觉着人是要有一点精神的，无论在什么工作岗位上，我都想着干一流，都想着争第一。"这是支撑崔效杰几十年如一日坚守教育的精神支柱，他用生命践行了自己留给这座城市的誓言。

高水平 + 应用型

李昌武担任院长后，面临的是本科阶段的高质量发展和申请硕士点的冲刺。他上任后开的第一个全体大会，就提出建设"高素质应用型特色高校"的办学定位，2016年学校以高票通过教育部本科评估之后，更是提出了建设"应用型特色名校"的目标，以申报硕士点为契机，展开了"应用型"育人模式的新一轮实践。

"我们结合国家发布的规划纲要，进行了一些讨论，有了一些理解，近而明确了发展的目标定位。"回忆起学院发展目标定位的出炉，李昌武的记忆十分清晰："当时我就提出，围绕着学院发展的目标定位，'应用型'是一个关键词，这是我们崔书记生前所倡导的。在'应用型'之前，还必须有一个词，就是'高水平'，这是我们追求的目标。"

在高等人才培养方面，学院教职工也形成了高度共识："我们要培养的人才，也必须是立足于'应用型'，这个'应用型'前面呢，也要有一个词，叫'高素质'，我们培养的是高素质应用型专门人才。"

谈到人才培养的定位，他说："这个专门人才，是国家的一个定位，国家培养人才包括三个层面：数以亿计的高素质劳动者，数以千万计的专门人才，一大批拔尖创新人才。数以亿计的高素质劳动者，基本上是我们中专、技校、职业院校培养的人才。高校的三大职能是人才培养、科学研究、社会服务，为社会服务是办学的最终落脚点。我们学院要立足地方，为当地经济建设和社会发展服务。"

"我觉得，人就应该有点理想，我们干教育的，就应该有教育者的理想。"采访中，望着窗外校园里的一片葱茏绿意，李昌武道出了自己的肺腑之言。

"崔书记生前提出了建设综合性大学、打造东方斯坦福的长远目标。这个长远目标的实现，需要我们一步步扎实地工作，需要靠一个个小目标的实现的积累。"李昌武是一个怀着深厚文化传统的高等教育工作者。在他任职的十多年间，把这所县办大学的精神特质提炼、升华，农圣文化、适合的教育、大学与大师、产教融合……这些既有地方特色又富含高等教育之义的文化概念，被鲜明地标注在学院的发展历史上。

学院连续十年承办"中华农圣文化国际研讨会"，担当起地方文化研究与国际化研究的连接者的角色。特别是第十届研讨会上，中国农业历史学会副理事长、南京农业大学惠富平教授点评说：《齐民要术》的研究到了一个新的阶段，研究阵地和研究中心已经转移到了贾思勰的故乡，转到了潍坊科技学院。他在会上动情地讲："《齐民要术》像一棵常青藤，把中、日、韩农史研究结合在一起，把上世纪至今百年的农业史研究联系在一起，也把各位专家与寿光和农圣故里联系在一起，没有这本书，我们今天就走不到一起，也坐不到一起。在农业历史文化研究的机遇期，这一农史文化的常青藤更加繁盛，更加有生命力……对农史专家来说，《齐民要术》是我们的基因。"

正是传承着贾氏基因，园艺专业成为潍坊科技学院的特色专业。李昌武提出"高水平应用型特色高校"的办学定位后，农学特色被提升到更高层次，学院的贾思勰农学院园艺专业被教育部确定为地方高校第一批本科专业综合改革试点专业、国家第一批"卓越农林人才教育培养计划"改革试点项目。根据艾瑞深中国校友会网发布的 2019 中国大学一流专业排名榜单显示，潍坊科技学院园艺专业获评2019 全国同类高校第一名。截至 2019 年年底，在拥有核心竞争力的品种选育方面，学院的种业研发团队共研发出"玉玲珑"美味番茄、"墨宝"西瓜、"宝玉"甜瓜等具有自主产权的蔬菜品种 28 个。潍坊科技学院的蔬菜种子已被推广到山东各地市及全国19个省（自治区、直辖市），成为全国蔬菜种业的"一线品牌"。一群"脚上沾满泥土的教授"正在创造着新的科研奇迹。

寿光人经常说，潍坊科技学院是一所没有"围墙"的大学，这表达的是新建本科院校服务地方、与地方共融互通的特色，也是"应用型"的应有之义。

潍坊科技学院的产教融合经验引起各方的高度关注。2017年7月12日，山东省教育厅在《山东高等教育综合改革简报》第22期，专题刊发了《潍坊科技学院深化产教融合培养应用型人才》一文，指出："潍坊科技学院以建设应用型特色高校、培养应用型人才为目标，紧密结合地方发展需要，深化产教融合，努力提高应用型人才培养质量。"

学校以农学院为重点，辐射带动其他学院和专业，契合设施农业、电子信息、动力机械、海洋化工等支柱产业发展需求，有针对性地培育了以园艺、软件工程、车辆工程、化学工程与工艺为引领的优势特色专业群。

从中专到高职，到新建本科院校，一路扎根、发展、壮大的过程中，学院人从未忘记过自己作为一所地方学校的使命：扎根地方、服务地方、成就自己。升本成功十年来，学校本科专业由5个增至38个，本科生由330人增至9887人，在校生由2.1万人增至3.1万人，教职工由1300人增至1910人，建筑面积由49万平方米增至116万平方米，总资产由6.3亿元增至20.4亿元。

"地方性"里的胸襟

潍坊科技学院是一所由县级政府投资兴办的普通本科院校,为何有些信息会显示潍坊科技学院是民办大学呢,这段历史溯源起来还真有些时间跨度。2000年,寿光市委、市政府决定实施"一大两高"的教育发展战略,集全市的优势教育资源,创办一所高等院校,实现新世纪寿光百万人民心中的大学梦。当时为了解决政府投资的来源问题,提交给上级的申请报告写的是晨鸣纸业集团投资办学。

潍坊科技学院的"地方性"也使其在发展壮大过程中得尽了"地利"这一先天条件。用李昌武的话说:"学院发展这么多年来,市委、市政府一直坚持一个原则、坚守一个理念——学院的事情就是市委、市政府的事情,就是寿光人民的事情。"

学院"改本"以后,办学规模不断扩大,师资队伍扩张很快,每年仅工资一项,市财政就投入近2亿元;为了给学院引进高层次人才,每年批准引进硕士以上人才30—50人,只要是博士以上全部开通绿色通道,人事部门不遗余力地支持,寿光最早引进的海归博士薛彦斌,从青岛农大引进、成为学院科研顶梁柱的李美芹,都是市委、市政府绿色通道政策引进的高层次人才。

地方性大学还面临一大难题,他们要扩招、要发展,就要占用土地,这就上升到了要与地方经济发展争土地、争空间的矛盾层面。

土地问题就是财政问题，所以，地方性大学要占用土地，这不但是一个矛盾，而且还是不大容易调和的矛盾，但潍坊科技学院却从未遇到这种难题。学校的校园占地面积，从20世纪80年代的几十亩，到400亩，再到1000亩，一直到现在的2000多亩，这些占地都是寿光城区的黄金地段，如果作为房地产用地拍卖，每亩价值上百万甚至几百万，可谓寸土寸金，可只要是学院发展需要，市委、市政府从没有二话，"拆！""搬！""让！"为了给学院发展腾土地，寿光市委、市政府实施了"退城进园"项目，为学院扩建腾空、预留了上千亩土地。

农学是潍坊科技学院整个学科体系中的龙头。寿光市委、市政府全方位支持专业发展。因科研课题、种子研发和学生实习等项目的需要，农学院急于寻找一处教学基地，寿光市委、市府主要领导协调古城街道党工委，提供了120亩土地建设基地，并协调所在街道每年支持基地50万元。基地建成后，寿光市委主要领导到基地调研，得知基地离学院较远，育种等科研课题人员需要随时往来基地和学院之间，上级部门立即协调，给他们配备了两辆新能源电动轿车，教师们来回更加方便了。从宏观决策，到项目协调，再到细节关怀，学院农学专业的蓬勃生机里蕴含着寿光市各层面的心血和美好情感。

潍坊科技学院有在校生3万多人，办学类别多，教学用房严重不足，学生食宿等生活条件紧张，办学条件已远远不能满足办学需求。扩建报告打上去后，市委、市政府很快就批准了学院建设五专部校区的方案。五专部新建校区规划占地104亩，总建筑面积约9.5万平方米，投资2.5亿元，按照省级规范化中等职业学校标准规划建设，可容纳6000名学生就读、5000人食宿。作为一所独立的新建校区，五专部实行独立法人、独立校园、独立财务、独立管理，五专部领导班子由学院组建，师资由学院统筹安排。同时，寿光市编制办负责核定五专部教师编制，每年从本科及以上毕业生中为学院五专部择优招聘10名事业编制教师，工资由市财政承担。

交流中李昌武还告诉笔者，多年来寿光市委、市政府支持学院办产业、办园区、办公司，经过用心经营和发展壮大，学院建筑安装公司等校办企业都实现了很好的经营效益，缴纳税额年年增长，但寿光市委、市政府立足长远，从反哺学院和校办产业健康发展的角度出发，所有基本建设的收益全部返还给了学校。

第四章

"倒数第三"激出个全国百强县

2022年3月的最后一天，晨鸣集团发布的2021年年度报告显示，公司2021年实现营收330.2亿元，同比增长7.43%。

而在2月召开的寿光市三级干部会议上，公布了2021年寿光市规模以上工业总产值和营业收入，两项指标均突破了2000亿元。其中营业收入过亿元的工业企业175家，有5家企业突破200亿元，5家企业进入中国制造业企业500强，鲁清、联盟、晨鸣、鲁丽、巨能等27家企业纳税过亿元。

寿光的蔬菜太有名了，国内外的人都知道有个"中国蔬菜之乡"叫寿光，却不知道寿光是全国百强县（市），也是一个工业强市。

工业和农业的"最大公约数"

知情人都说,寿光工业能有今天的成就,还得感谢当年那个"倒数第三"。

1986年,潍坊市12个县(市、区)的工业总产值,寿光只比昌乐和临朐高,排在倒数第三位。更令人担忧的是,寿光的工业总产值一半来自资源性的原盐产品,这一点和其他县(市、区)比起来,实在没有竞争力。

面对这张"成绩单",县委书记王伯祥很不满意,他在县委常委会上说:"我们的农业搞上去了,全市拔尖,可工业明显是弱项。"

常委们也纷纷发言,表示:农业富民,但对地方财政的贡献不大。大家都意识到一点,工业再不迎头赶上,寿光经济会被其他县(市、区)越拉越远。

寿光召开了全县工业工作会议,王伯祥做了动员报告。他说:"从现在开始,全县从单纯抓农业转到工业、农业一起抓,重点抓工业上来。"他定的目标是1991年,工业总产值达到30亿元。他要求各部门单位和企业,千方百计,各显其能,把能力变成效益,把不可能变成现实。

那个年代,寿光大张旗鼓地提出"重点抓工业",这是"顶风作案",背负着巨大的压力和政治风险。有一次寿光在潍坊乡镇企业工作会议上介绍发展经验,被当场质疑"和中央唱对台戏",坐在台下的王伯祥脑袋"轰"的一下,"坏了,和中央对着干？这罪过，谁担得起！"

散了会，他赶紧向潍坊市委做了汇报，解释道：寿光农业基础稳固，已进入发展的快车道，这是寿光的实际情况；抓工业，也是为反哺农业创造条件，这也是寿光的实情；工业、农业两手抓，两手都硬，这是寿光县委、县政府从寿光县情出发做出的客观判断。

实事求是，不随大流，不搞一刀切。在许多重大的历史节点，寿光都是因为这一点，没有错过发展的机遇期、黄金期。

关于工业和农业的辩证关系，在寿光现代产业史上，这盘棋是下得最妙的。多年来，人们关注寿光农业，解剖寿光农业，学习寿光农业，但寿光工业和农业协调共进、互相哺育的做法，其作为中国县域产业案例的示范效应，迄今还远远没有被业内人士充分挖掘。

人们长期关注寿光蔬菜产业，剖析其经验模式。但谁都明白，农业是基础产业，是富民产业，它作为社会稳定的基石，作用不可辩驳。寿光适宜发展设施蔬菜的村镇，几乎家家种菜，家家有一个或三五个温室大棚，这些温室被称为一家一户的"绿色银行""绿色工厂"，这里的收入归农民个人所有，农民在这里实现"就业"，但这种模式实现的是一家一户封闭式单循环，所以，对财政的贡献小。

只有工业，才能打破这种界限，才能带来财政收入，增加城乡经济活跃度，安排农村剩余劳动力就业，提高城镇化率，缩小城乡差距，最终，就是城乡一体、均衡发展。寿光一直坚持走的，就是这条路。

当年，寿光农业曾经反哺过工业，这在中国的产业发展史上应该也算是一种独特现象。寿光农民卖菜的收入存入银行，国家按存款数折算成贷款比例，为寿光工业提供贷款资金，把初期的寿光工业扶上马、送一程。

从唇齿相依、抱团取暖，到水涨船高、工农一体，在寿光均衡发展的道路上，工业和农业互为分母，最终取得了最大公约数。

"挖"出一批能人

剖析一个企业特别是一个巨人企业的时候，我们无法回避"人"这个因素。就像说起晨鸣集团这艘中国造纸业的"旗舰"，我们回避不了陈永兴这个人。

王伯祥提出全县重点抓工业，可全县像样的工业企业没几家，数得着的，除了两家支农企业，就是濒临破产的县造纸厂了。

"造纸行业有前途，把这个厂救活了，给全县企业带个头。"王伯祥想给县造纸厂谋一位好当家人。求贤若渴的他把全县数得着的人物，像过电影一样，在脑子里过了一遍又一遍，最后定格在了时任台头镇副镇长陈永兴身上，一个精明、睿智的干部。王伯祥了解到，陈永兴同时还管理着台头镇一家造纸企业，有这方面的经验。

于是，王伯祥到了台头镇调研工作，主要是为和陈永兴谈一谈，征求一下意见。

"永兴，有没有想过去县里干，找个企业管管，发挥一下你的能力。"王伯祥试探着问。

"王书记，让俺去县里，有地方安排？"陈永兴略微沉思了一下，咽下正在咀嚼着的半口饭，抬头看着王伯祥问。

"我的想法是，让你去县造纸厂，你也有这方面的管理经验。"

陈永兴接受了王伯祥的提议。几天后，王伯祥亲自送陈永兴到县造纸厂上任。一时全厂轰动，继而全县震动。为支持企业发展，县里给了造纸厂三条政策，这是三条"救命"政策，也是寿光县委、县政府突破工业短板的"破冰"政策，它作为一张纸质文件留存在寿光档案里，也成为寿光工业发展史上的一段佳话。这三条政策，条条"实惠"，条条到位：三年之内免除造纸厂的税收，利润不上缴财政；放权给厂长，原来县委管的、组织部门管的，任免权全部下放，由厂里说了算；县委全力支持造纸厂工作，有困难直接向县委汇报。

这是 20 世纪 80 年代末的中国，一个小小的县城，能够拿出这三条政策给一家濒临破产的县属企业，需要何等的勇气和魄力。被债务和技术卡住脖子的造纸厂沸腾了，职工们都说："终于有盼头了！"

陈永兴没有辜负县委的厚望，第二年带领企业扭亏为盈，1990 年实现利税 1300 多万元，这一年还率先完成了股份制改造，给全县做了表率。1997 年晨鸣 B 股在深圳证券交易所成功上市，2000 年 A 股上市。新世纪来临之际，寿光市委、市政府发出了"远学海尔，近学晨鸣"的号召，晨鸣成了寿光企业的标杆，成为全国造纸行业的龙头老大。

选贤任能，成就了陈永兴；放手用能人，成就了寿光工业，成就了一个全国百强县。

在 20 世纪 80 年代的这次厂长、经理选拔中，一大批企业能人走上领导岗位，直到今天还是寿光工业战线的"领头羊"。

田其祥是当年最年轻的企业后备干部，24 岁就担任了县供电公司副总经理，后来带领巨能集团实现跨越式发展。如今，巨能集团已拥有 8000 多名员工，年营业收入 100 多亿元，税收位居寿光工业企业前五位。

鲁丽集团的薛茂林，1983 年办起家庭木匠作坊，又借款 3 万元办起镇木器厂，一路走来，培育了"金鲁丽"这个中国名牌，打造了"鲁丽""金鲁丽"两个中国驰名商标。如今，企业年营业收入超过了 200 亿元，已经实现了从"一棵树"到"一个家"的绿色家居全产业链。

……

从"能人"身上挖潜，这是寿光工业开拳就打、屡战屡胜的关键抓手。

国之"宝"：谷米与贤才

唐代诗人白居易曾有"古称国之宝，谷米与贤才"的诗句。谷米饱腹，贤才强国。临海而居、勤于垦种的寿光人是智慧的，又是宽厚和包容的。他们用智慧孕育和输送着仁人，也用包容的胸怀吸纳着贤士。

内部选能人。目光回视到20世纪80年代末，一群穿着臃肿棉袄、棉裤的人依次走上寿光县政府礼堂的主席台，坐在发言席上，逐个陈述自己的"施政理念"。

这是一场大张旗鼓的副科级干部的公开考选，8名副科级干部由此开启了自己人生的另一重境界。在国人理念刚刚开放、一切按计划、一切论资排辈的时候，寿光就把"能者上、平者让、庸者下"的用人之道发挥得淋漓尽致，全县30多个事业单位负责人、300多名合同制乡镇干部，全部通过公开招聘和考选确定。

外部挖能人。寿光引进的第一位博士人才薛彦斌，就是"抢"来的。

1999年，中国加入世界贸易组织的呼声日高，知识经济概念频飞，高层次人才成为众人瞩目的对象。这一年，全国设施蔬菜供过于求的现象日益严重，寿光正在筹建蔬菜高科技示范园，蔬菜产业面临新的转型升级，寿光下决心引进一名蔬菜产业方面的高层次人才。

一位叫薛彦斌的博士进入视野。薛彦斌在日本读的是蔬菜加工储运专业，他的导师想把这个优秀的学生留在日本，而薛博士怀着爱国情愫，加上牵挂国内的双亲，想回国发展。他选择了去北京交通大学蔬菜加工专业任教。

寿光求贤若渴，一直没有放弃引进薛博士的想法。而这时的北京交通大学正在进行教育学科改革，薛博士任教的蔬菜加工专业面临取消。得知消息后，寿光派人进京面谈，薛博士告知，他离开北京的第一选择是拥有环境优势的青岛。在听取了寿光的情况介绍后，他对寿光提供的专业发展平台很感兴趣，答应将寿光作为第二选择。

寿光是第二选择？"不管是第几选择，我们不放弃。"此情况汇报给寿光市委、市政府后，寿光人事局的相关人员再次进京面见薛博士，向其表达了寿光的诚意与蔬菜产业的发展需求。

这次，薛博士答复：优先考虑到寿光发展。

当年的北京交通大学有28位博士，薛彦斌是其中之一，学校领导介绍他时用了"治学严谨，为人正派，业务水平很高"的评语，寿光市领导要求要千方百计地将他引到寿光。

深夜一点多，从北京到潍坊的火车进站，薛彦斌和他的父母走出车站，坐上了寿光派来接站的专车。当他推开门，走进那套位于寿光房地产公司院内的房子时，看到寿光人事局的班子成员都在，他们一边打扫屋内卫生，一边迎接他的到来。薛彦斌终于"落户"寿光了。

"不拘一格降人才"，这是寿光经济社会始终保持发展优势的一块基石。寿光的眼光，不仅仅盯着寿光这"一亩三分地"上的人才，也不仅仅盯着国内的人才。早在20世纪80年代末，寿光的几名企业界人士去了一趟德国，参观了巴伐利亚州的一个人造板厂，就引回一个项目，投产建设了寿光县板材厂，还把德国专家一块儿引进了生产车间。

寿光，这个中国北方的小县城，它的理想就是像做农业一样，把工业做到国内顶尖、国际一流。要想立足世界，就得有世界眼光。

我每次去康跃科技，总喜欢在公司办公楼转转，再和董事长郭锡禄聊聊天。

这是一座西式风格的企业办公楼，整栋建筑外立面是玻璃，透明洁净。郭老说，这是他们学习欧美设计风格的结果。"学了，觉得对咱发展有利，就用上。"这是他的风格。

一位年近七旬的企业老总的办公室，应该是什么风格呢？全套红木家具，墙上挂着字画，弥漫着浓浓的中式气质？踩着办公楼的透明玻璃楼梯到二楼，东南角那间用透明玻璃隔出的房间，就是郭老的办公室。没有红木家具，没有中式气质，显眼的位置上有一套办公桌椅，更令人意外的是整个办公室里没有一套沙发，待客之处在哪里？靠南窗下，一张玻璃茶几，两个直径半米多的皮面圆墩，圆墩离地尺余，腿长的人坐在上面要半曲着腿，腰也要挺得直直的，后背没有依靠，如果坐的时间长了，身体会感觉不舒服——董事长是一个在待客之道上讲究"惜时如金"的人。

他的时间都去哪儿了？坐在圆墩上，沏一壶绿茶，聊起行程，才知道他从春节后就出差，跑了几个国家，在外考察学习了11周。

像绝大多数寿光企业家一样，郭老很低调，最不愿意聊个人的事，也就是所谓的个人"事迹"，但要解开康跃科技这个"隐形冠军"的谜底，绕不过这位领路人。

59岁时开始学习英语，出入十几个国家不用外语翻译；年近七旬考取国外驾照，在国外考察期间自己开车。面前这个和善得如邻家大叔般的老人，醉心于学习一切新事物，并付诸企业的经营管理实践。

他称这种学习心态与自己的经历有关。1970年进入康跃的前身——北洛铁木厂，直到今天没换过第二家工作单位。他还清楚地记得当年寿光县政府发过一份红头文件，内容是"任命郭锡禄等5人为乡镇企业技术员"，这是寿光任命的首批乡镇企业技术员，第二批的认定方式就变为考试了。在他的心目中，"技术员"这个称谓虽然不是行政职务，分量可不轻，代表的是企业的含金量。

他干技术、爱技术，更看重技术人才，可2000年以前，康跃科技公司连一个大专生也没有，只能生产低附加值的农业机械。2000年，我国颁布了《大气污染防治法》，对大气污染防治标准和限期达标规划等内容作出规定，拉动了增压器生产。中国加入世界贸易组织后，汽车行业快速发展，双力拉动产生的行业巨震，让康跃捕捉到了机遇。2002年1月2日，康跃完成改制，正式步入中国民营企业行列。当年的6月29日，这个日子郭锡禄记得很清楚，公司召开调整产品结构的专题会议，上午开完会，下午就停下了所有的原产品生产线，处理老设备，开始生产增压器。

人才的短板就是在这时候以矛盾性的姿态爆发了。2002年数字化已经在增压器行业推行，人家已经在用笔记本电脑画图了，可康跃的技术员还在用三角板、丁字尺画图、描图，差距显而易见。公司开始引进人才，最初进来几个本科生，能和主机厂对接基本业务，可专业的空气动力学等方面的知识匮乏，无法进行更深入的对接。公司下大力气引进了第一个硕士研究生，这个从研究所出来的研究人员长于基础知识，但对企业的工程应用没有太多经验，两年后选择去一家大学教书了。2004年，公司从湖南引进了副总经理王航，他的实战技术和高端层次，决定了这是一个对公司阶段性发展能起到重要作用的人才。王航参与了康跃47项国内专利的研发，主持了公司高端乘用车涡轮增压器等多种增压器的开发。后来，为了在更高技术层次占位，康跃与大连交通大学、广西玉林柴油机厂共同在大连成立了"依勒斯研究中心"，加快研究成果转化，王航再次担当重任，赴大连任职。

人才的布局，在一定程度上讲就是公司的发展战略布局，从康跃科技公司这些年引进人才的做法上可窥见一斑。为加快与国际市场的接轨，2009年，公司引进了阿诺德·史蒂夫，他曾担任过世界顶级增压器制造商霍尼韦尔公司的增压器技术开发经理。他来后，带领康跃团队开发的双层通道可变截面涡轮增压器等通过了山东省科技厅的技术鉴定，荣获山东省科技进步奖。

2014年8月1日，康跃科技在深交所挂牌上市，公司的国际化布局、企业管理等，都需要更高平台支撑。按照郭锡禄的用人理念，再用他那一口朴素的寿光方言表达出来，就是"做高层次的事，就用高层次的人，搭建高层次的平台"。

"三个高层次"的理念之下，康跃引入了美籍华人孙金辉博士，而且是全职引进。孙博士曾任美国阿贡国家实验室博士后，后任美国万国卡车和发动机公司高级开发工程师、美国卡特彼勒公司工程专家。全职进入康跃科技后，被聘为公司副总经理。

像孙金辉博士这样的国际化高端人才，能给康跃这样的高科技企业带来什么，真能达到各方所期？举一个例子，广西玉林柴油机厂以前一直不认可康跃的产品，认为其产品在可靠性方面不如国际大公司，而孙博士对增压器产品的可靠性研究居世界领先位置，他到康跃任职后，与玉林柴油机厂交流、对接多次，展现出他的专业能力，获得了玉林对康跃的高度认可，康跃产品开始大规模供应玉林，同时玉林方面邀请康跃共同参与未来高端产品的研发。一个增压器生产企业，能够参与到发动机整机的研发过程当中，不得不说，这是科技展现出的巨大魅力，也是孙博士这样的国际高端人才的专业魅力折服了玉林。

孙金辉选择从美国回来，到康跃科技公司全职发展，许多人并不理解他的这一举动。美国有他熟悉的生活环境，工作稳定有前景，女儿正在美国读书，他选择康跃的理由到底是什么呢？康跃科技的工作人员当初到美国与孙博士交流时，也十分坦诚地问过孙博士为何选择康跃，孙博士的回答是：想用自己的技术给中国的企业带来改变，这比给美国公司服务更有价值感。

郭锡禄说："把人家引来了，得有平台，用好人家，不能把人家埋没在这里。"

从人才的角度讲，"来了，是为了干好"；从管理者的角度讲，"引来，是为了用好"。无论"干好"还是"用好"，都离不开平台。这个平台，既包含工作平台，又包含管理者的以诚相待和远见包容。

从20世纪80年代起，聘请国内外高端人才担任寿光科技顾问、经济顾问，一届接一届，已经约定俗成。不管在工业还是在农业，视人才为"宝"，视人才为地方发展的灵魂，这是寿光的传统。

逆势而袭的两个关键词

千禧之年，寿光市曾邀请中央党校经济学教研部的专家到寿光"把脉问诊"，并推出了《和谐发展看寿光》一书。专家们对千禧年的寿光与几个经济发达县市作了一组比较，包括南方的顺德、张家港和山东省内的荣成。对比项目包括人口、人均GDP、人均地方财政收入、农民人均纯收入、一、二、三产业比重。

结果显示，寿光的农民人均纯收入与这几地相差不大，张家港最高，是5578元，顺德是5030元，荣成是4159元，寿光是4010元。农民人均纯收入最高与最低只差1500多元。差距最大的是人均地方财政收入，顺德是5803元，张家港是2480元，荣成是898元，寿光是442元，最高与最低相差5361多元。

这组数据说明什么呢？说明寿光农民富裕，而地方财政压力大，根本原因在于寿光农业发达，而农业富民，但对地方财政贡献小。如果第二、三产业特别是第二产业不发达，财政缺钱的怪圈就难以走出去。

审时度势的寿光提出了"工业立市"的口号，此时的目标也没敢定得太高，而是根据寿光工业基础和实情，提出了"全市学荣成，乡镇学大王，村级学西水"的口号。

到2007年，寿光全境基本形成了"四园三区"的工业布局。工业开始进入了园区化发展阶段，为集群化打下了基础。2009年，针对结构不够优、链条不够长、产业不够集中的问题，寿光市委、市政府提出了"工业强市"战略，由做大工业转到做强工业上来。

这一战略转型，也是在国家转方式、调结构的战略调整期做出的。寿光传统产业结构重，能耗高，这是无法回避的现实。按照国家战略要求，寿光确定了汽车制造、石油装备、海洋化工、轻工纺织、生物医药、新型材料、节能环保、新兴能源等八个骨干产业。

同时，创建了"中国石油装备（寿光）产业基地""中国海洋化工（寿光）产业基地""中国建筑防水产业基地"三个国家级产业基地。三个"国"字号产业基地的启动，为寿光工业集群式、全产业链、跨越式发展奠定了基础。

1986年寿光工业总产值只有2.19亿元，2021年工业总产值已超2000亿元。

寿光工业实现逆势而袭，两个关键词功不可没，一个是"产业集群"，一个是"全产业链"。

寿光市委书记赵绪春这样阐释："产业强，要强在链条的集群集聚上，产业只有集群集聚，才能形成竞争优势和规模效益。要深入实施产业基础再造工程，推进产业迭代升级，增强全产业链把控力和竞争力，全力构建高端、生态、闭环的产业链条。"

这些年，寿光人经常在自己身边的药店买到富康集团的成品药，包括奥美拉唑、二甲双胍等常用药，这是富康集团全产业链发展的结果。

一粒小小的二甲双胍，原材料是1400多千米外贺兰山的石头。盐酸二甲双胍是世界范围内使用最广泛的口服抗糖尿病药物。制约盐酸二甲双胍生产的瓶颈是主原料双氰胺，1吨二甲双胍原料药消耗750千克双氰胺，其成本占二甲双胍生产成本的60%以上，而且双氰胺的市场价格波动很大。为突破该"瓶颈"，进一步完善盐酸二甲双胍的产业链，本着"建链、延链、补链、强链"的原则，经多方调研和技术开发，富康集团开始将产业链延伸至上游。

双氰胺是由石灰石生产的。贺兰山的石灰石碳酸钙含量高、镁离子含量低，是全球生产双氰胺的最优质原料，世界上双氰胺大都来自宁夏。为了不受外界的制约和限制，富康集团于2021年3月在内蒙古阿拉善盟布局建立了全球最大的双氰胺生产基地，并于当年10月建成投产。原料部分运回寿光，用于集团二甲双胍的生产，部分用于出口，真正在上游确立了产业的主导优势。

富康集团的这条产业链，也是目前全球最完整的一套二甲双胍产业链。

富康集团研发的二甲双胍获得原料药上市批准，年产能由原来的5000吨增加到20000吨，占全国市场份额的85%、全球份额的近1/3，富康成为该产品国内外产销第一的供应商。

依靠科技创新和全产业链拓展，富康已经把3个原料药品种做到了全球第一。另外，除降糖药盐酸二甲双胍做到全国第一外，消炎杀菌药甲氧苄啶连续十多年占到全球市场份额75%以上，也是全国第一。

科技人员董良军博士对集团的创新体系很有信心，他说："我们还是要依靠自主创新，延伸产业链条，加速成果转化，加快基础产品向高端制剂转型，实现产品由'论吨卖'向'论粒卖'转变。"

集团董事长杨磊心里则有更大的谱气："目标是'1691'战略，即实现年销售收入过百亿元，重点打造口服制剂、原料药、热敏新材料、橡胶新材料、兽药、环保产业6个主业板块，旗下9家核心企业，培育1家上市公司。"富康集团已经是潍坊市规模最大的医药制造企业和财税贡献50强企业，进入了山东省"十强"产业集群领军企业储备库名单。

在寿光，除了实现"从一块石头到一粒药片"的富康集团外，鲁丽绿色高端家居一体化项目实现了"从一棵树到一个家"的目标，巨能金玉米生物基新材料项目实现了从"一棵玉米到一粒生物基可降解材料"的目标……全产业链布局在寿光初见成效。

第五章

青年回乡

早在十年前,寿光人突然发现,"菜二代"正远离蔬菜大棚,人们不禁发出了"寿光蔬菜如何持续"的焦虑之问。寿光日报社记者张波、王伟田曾经用3个月的时间,跑了寿光5个蔬菜主产区,做了四篇调查报道,寻找突围路径。

张波至今还记得那些在乡村进行调查采访的日子。他在纪台镇任家庄村拍下了这样一张照片:整整齐齐的竹拱子已经扎好,排成一列的王明义、李芹香等9个农民,胳膊下夹着卷成捆的塑料薄膜(只能看到他们的后背),一字排开的人们,要用集体的力量,给王钦义家的蔬菜大棚盖棚膜。这9位菜农,平均年龄近50岁。

李芹香胳膊上贴着膏药,说是种棚累的,疼痛让她每天早上穿衣服都吃力。她说一起上棚膜的这9户人家,大棚都在一个片儿,相互帮扶着干,这是多年的传统了。"这一片儿,没有35岁以下的。年轻人大多都出去了,很少有在家种棚的。"

两位记者还从纪台镇原孟家小学1995届抽取了一个班进行样本调查，40名受调查学生，11名回家种大棚，大部分在完成学业后，选择在城市就业。

"棚二代"为啥不愿再种棚？从调查结果来看，"累"是主要原因。大棚机械化程度不高，长年累月的体力劳动，再加上棚内温度高、湿度大，对菜农身体伤害很大。另外，面子也是一大因素，拿着大学文凭回家务农，这并不是种菜的父母所期望的。

自1990年蔬菜大棚在寿光大面积推广，到2010年整20年时间，大棚设施陈旧，保温性能下降，产量不能保证；再加上全国蔬菜供应量增大，蔬菜价格忽高忽低，收益不能保证，种棚成了有风险的事。

"棚二代"真的不愿回乡种菜了吗？寿光蔬菜的可持续性真的遇到挑战了吗？"2012之问"的确在寿光人的心里留下了重重一击。

折腾出来的"电商大王"

"棚二代"们考学离开家乡,在城市享受现代文明的时候,2013年,王建文却回乡了。

这一年他24岁,是个地地道道的洛城街道褚庄村的"棚二代"。

可他不是带着一颗"回家种棚"的心回来的。

王建文是一个计算机迷,一个互联网冲浪者。2009年暑假,参加完高考的王建文闲着没事,在家鼓捣了一个淘宝店卖女装。网店装修、宣传广告语等,都是他自己鼓捣的。触网初期,大家开的最多的就是女装店和工艺品店,王建文的小店开得很红火。

他考上了家乡的大学——潍坊科技学院。一个喜欢编程的大男孩,继续在他的淘宝女装店里"折腾",今天换换货架,明天换换色彩,做得随心所欲,自有一番乐趣。随着淘宝店生意好了,他租下了学院软件园下面的一个车库,面积有20多平方米,雇了几个人,打包,发货,干得不亦乐乎。他赶了一回大学生创业的潮流。

痴迷计算机的年轻人,没有不向往大城市的。王建文也是,他想去北京深造计算机专业,顺便闯一闯,"试试自己有几斤几两"。2011年暑假,他去了北京,一边学习，一边帮计算机公司做项目，一边继续做他的淘宝女装生意。

寿光"棚一代"估计很难想象自己的子女在外是怎样的生存状态，所以也很难理解，为啥自己出钱给孩子建大棚，他也不乐意回来种。有些苦，是自寻的，年轻人吃的苦，就属于这一种。

加班到凌晨1点算"正常下班"，到凌晨2点半也是常态。早上6点半起床，赶地铁到公司，继续一天的工作。连续三个月下来，王建文内分泌失衡，体重从80千克飙升到90千克，眼睛每天都是红肿的，头发掉得厉害，极度不健康的状态出现了。

2013年8月，炎热拥堵的城市街头，让王建文瞬间感到了压抑。站在过街天桥上，看着脚下车流人流，两年闯荡首都，没有实现初来时的梦想，他有些苦闷，也有些迷茫，未来该干什么呢？家里又来电话，亲戚给他介绍了一个女孩，催他回家相亲。都24岁了，是该找媳妇了。是啊，一个农村出身的男孩，在该找媳妇的年纪，找媳妇结婚生子，是最现实的。在互联网的虚拟世界里冲浪的王建文，骨子里是现实的他决定：回乡！

王建文是骑自行车从北京回来的，骑了六天半。他自己没想过，回乡的路这么难。骑了一整天，还没出北京城，怎么北京这么大啊？怎么办？在朋友圈都吹牛吹出去了，说骑自行车回寿光，总不能再坐车回去吧。骑，再累再难也骑回去！骑到半夜，找个小旅馆住下，第二天一早再上路。8月的华北平原，太阳毒辣，一个奋力前倾的身影，在千里回乡路上留下了一行行汗水。

到了家，两条腿不听使唤了，脸也晒黑了，怎么相亲？等等吧，脸变回"正色儿"再说。儿子回来了，父亲心里踏实了，和他商量："建个大棚玩玩？"王建文丝毫没犹豫，回了俩字："不玩。"

回乡，不是为种大棚回来的？"那你回来干啥？"王建文用实际行动给了父亲一个回答：从北京回来一个月后，他去潍坊市区找了一个编程的工作。

潍坊市区离家近，又是干的老本行，将来娶上媳妇，那也是一种安稳日子。父亲没反对。

可刚干了俩月，王建文又回乡了。咋？潍坊市区离家50千米，是不远，可工资哪比得上北京，赚的钱还不够汽油钱，他又辞职了。

眼看就是元旦，购物旺季到了，王建文拾掇起他的淘宝女装店，雇了俩人，组了团队。来年5月，他开了一家女装实体店，线上线下配齐了，想大干一番。可到年底，发现仓库里的库存越来越多。"眼光不够，审美不行，对时尚没感觉"，王建文找到了症结，干脆关店。

这一路折腾，谁受得了，可王建文越折腾越有劲头。2015年元旦，是王建文结婚大喜的日子，上午结婚仪式办完，下午他和妻子就开起了淘宝店，这回开的是零食店。

王建文的选择，慢慢和农业挂起钩来了。潍坊是农业大市，丰富农产品是这里独特的优势，再加上寿光作为"中国蔬菜之乡"的品牌资源，对消费者有天然的吸引力。

他没把眼睛只盯着寿光，淘宝售卖的产品要有特色，也就是要卖"独品"，才能形成独一无二的竞争力。寿光以生产鲜菜为主，这个在线上店不新奇，他选择在全潍坊地区选"品"，最后确定了销售青州山楂深加工零食。

王建文的淘宝店的山楂零食销量很快做到了全国第一。"火到什么程度？想想吧，一个很有名的零食品牌都把山楂制品撤了，不卖了。"

互联网就是这么一个无限空间，当然，"危"与"机"并存。下半年，三只松鼠、百草味进军零食市场，竞争加剧。王建文很清楚，自己就是在卖货，没有品牌，没有优势产品，当有好品牌出现、有实力的商家出现时，你的生存空间就没有了。

2015年年底，全国快递业提速，王建文在坚果、果脯之外，又加了萝卜、羊角蜜等鲜品，欲带动生意有所转机，但并未达到预期效果，到2016年，他干脆就把零食缩减到山楂制品一种了。

脑子闲下来的时候，他总在想，从淘宝女装到零食，自己为啥走到了这一步？为啥一直没闯出个名堂？互联网经济是虚拟消费，消费商品不如说是消费信任、消费品牌。你的单品再提高品质，附加值再高，只能算是带货、卖货，没有任何意义，"最后只能让品牌干掉。"

2017年，王建文开了天猫店，他用上了自己的注册品牌"鲜馥"。选品也锁定了板栗、地瓜、南瓜、萝卜、羊角蜜甜瓜5个"品",直接做成了天猫线上交易量第一。

这一时期,线上直播就兴起来了。这对他这个计算机高手来说不算个事儿,王建文自己选品,职工直播。

真正开始让王建文认识到电商魔力的是干"拼多多"。一天发3000单羊角蜜甜瓜,能装一辆半挂车。没地方装货,只好在公司前面的空地上,把货一字儿摆开,壮观的场面引来举报,说村里有"菜霸"。最初做淘宝女装店,在大学的车库里发货时,他曾经和小伙伴们"吹牛":"早晚有一天,咱一次发半挂车的货。"在"拼多多"卖羊角蜜甜瓜这一次,帮他实现了这个愿望。

后期王建文卖羊角蜜甜瓜有多火?"羊角蜜甜瓜每到5月就掉价,从8块钱一斤掉到1块钱一斤,我搞一场活动,6小时卖了25万单,62.25万千克。这些货需要5天发出去,寿光但凡种羊角蜜甜瓜的,那几天全在给我发货,从每千克2.4元涨到每千克4.4元,成了自己给自己涨价。"

一场线上活动,让全国同行知道了寿光有个王建文。

2019年底,公司车间从200平方米的门头房,换成了9000平方米的包装车间,50亩种植基地上,也建起一个半加工车间,当年,公司的营业额超过了4000万元。

耗费这么多笔墨记录王建文的回乡创业之路,其实是想说清楚两点:第一点,折腾是年轻人的资本,王建文的折腾,为他后期创业积累了资本和经营的案例,所以我们不用担心和猜忌年轻人的折腾;第二点,王建文用"鲜馥"品牌把寿光特产羊角蜜甜瓜与电商结合起来了,这给寿光蔬菜营销开了先河。

第二点给人们更多启示:回乡的王建文没有选择种菜,但他最终选择的依然是寿光最优势的资源——蔬菜。寿光蔬菜几十年的美誉度,寿光蔬菜的特色和品质,这是有根之木、有源之水,再加上王建文独特的选品标准,就成就了一个年轻电商。

到此,"鲜馥"与寿光蔬菜实现了优势对接,王建文的回乡也"圆满礼成"。

2020年正逢新冠肺炎疫情暴发,网红产品不好卖,蔬菜类却卖火了,一天有十几万斤的走单量。可王建文记挂着武汉疫情，他想捐菜，和阿里主管一聊，原来阿里也有组织捐菜的想法，双方一拍即合。通过阿里牵线，王建文和世界游泳冠军傅园慧联合，给湖北的医院捐了20吨蔬菜，"拉了整整一半挂车。"

新冠肺炎疫情期间，买菜难、卖菜难，更别说捐菜了。王建文一下子在阿里成了公众人物，阿里召开视频会议，经理们都想来寿光看看。王建文说："疫情时期的寿光太出名了，因为蔬菜的保供问题，让全国都认识到寿光'菜园子'名不虚传。我是沾了寿光蔬菜的光。"

2020年5月17日晚，王建文受邀走进湖南卫视演播厅，成了主持人汪涵直播间的客人，这是汪涵的首场淘宝直播，王建文感到自己是幸运儿。2000万人围观这场直播，几分钟就卖掉了7.5万千克羊角蜜甜瓜。

王建文的知名度在提升，身份也在变。他不仅仅是一个电商达人，也不仅仅是"鲜馥"公司的老总了。阿里与寿光市政府合作的寿光蔬菜天猫官方旗舰店交给了王建文运营。"一个是寿光的官方区域品牌，一个是阿里的官方店，两个官方平台，让我来做，很光荣，压力也很大。"他成了寿光和阿里的"形象代言人"。

2021年，许多人羡慕王建文把公司做到4亿的营业额，他却放缓了脚步。即使有了自己的品牌，有贝贝南瓜这样的网红产品，可在激烈竞争之下，利润越来越少，一单南瓜以前可赚10元，现在仅赚1元，说不准还赔钱。

他又在考虑转型了。这么多年了，这个理工男只要遇到问题，就像给程序打补丁一样，马上开始思考转型，转型—转型—转型……这就是他从2009年那个暑假开始一直在走的路。

他依然把目光放在了寿光的优势资源上。自从回乡创业，扎根在这块土地上，他的所有思考方向和选择，再也没离开过寿光和寿光蔬菜。

他找到了中国农科院在寿光挂职副市长的刘伟，又找到了寿光蔬菜种业集团的种博会展示基地。他的想法很"大"，既种植科研院所的新品种，又可以把电商销售的情况，通过链条反应，传达到育种家这里，在育种阶段的品种性状选择上有所借鉴和体现。

笔者真的想为王建文点赞，这是一个特别大特别大的"大想法"——电商经济，这样一种独特超常的方式，目前已进入了寿光蔬菜全产业链。

王建文已经在种寿光蔬菜种业集团的四色小番茄、小黄瓜，刘伟团队的小甜瓜也被他种植在基地里。去年年底，笔者吃到了王建文试种的甜瓜，外观像普通博洋甜瓜，口感却酸酸的、脆脆的，清凉爽口，名为"酸奶甜瓜"。"第一年试种，雨水大，口感没有达到最佳"，"鲜馥"很贴心地在每个酸奶甜瓜的小标牌上写了"告示"。最近，王建文又在朋友圈里发了一张图片，图中他手拿育苗托盘，往地里栽幼苗，文字说明是：今年四款酸奶甜瓜，全球首款，每款只有20只。

　　"今年还要调整发展方向，在品牌价值上挖一挖，可复制性小了，遇到的竞争就小。"怎么挖品牌价值？他亮出一张卡片，这叫"亲情卡"，全国选品48种，全部是各地国家地理标志保护产品或传统特色产品，采取社区配送模式。他说，这是"鲜馥"几年做电商生鲜积累的资源，是他们的心血凝结成的一张卡。"一单赚三毛钱，是赚的跑腿钱，'鲜馥'这俩字值钱，我们赚这个钱。"

　　刚回乡的王建文，只想找个门路，赚钱娶媳妇、养家糊口，现在的王建文，觉得自己身上有责任了。

　　"我身上有三个标签，一个是'新农人'，一个是联合国粮食英雄，一个是全国乡村振兴青年先锋，哪一个都让我感到有责任、有压力。"

　　聊到乡村振兴，他有些激动起来："你看沾化冬枣，一代品的收购方式是包园子，每千克3.4元，二代品的收购方式是单采，每千克80元，差距这么大。二代为啥贵？因为是4年结一茬。我做订单种植，按1万单去种，我对农民说，你管种，我管收，那些农民就能因为种好产品而获得大收益。优质优价，在我这里能实现。既能让好的农产品留下来，又能给农民好的收益，这不就是乡村产业振兴吗？"

　　电商王建文，想的是卖全国的菜，卖全国的好菜，给全国农民好收成。

　　需要添一笔的是，王建文目前正在清华大学EMBA班深造，以弥补自己上大学时半学半废迷淘宝的缺憾。另外，最近他在杭州设立了自己的直播公司，利用杭州网红资源，把直播公司做大做强，给未来的"鲜馥"赋能。曾经他和阿里唯一的联系是一家虚拟的淘宝店，现在他可以随时和阿里的经理坐在一起商讨业务，他的意见经常是经理们最希望听到的。

　　王建文就是这样一个寿光回乡青年，一个中国"新农人"。

子承父业的"新农人"

寿光市农业农村局做过一个调查，50岁以下（含）从事大棚蔬菜种植的人数占比为55%，其中1980年之后出生的种植者占比为19%。

东斟灌村的李万庆，1989年出生，和王建文同龄。在外干汽修行业多年，父亲李德福在家种着两个100米长的蔬菜大棚，希望他回来做帮手。就这样，李万庆回到了老家。从帮父亲管理两个大棚开始，一边学一边干，2015年，他贷款20万元，建起了属于自己的大棚，260米长，开始了自己"棚二代"的新农人生活。几年下来，他现在有两个260米长的大棚，一个370米长的大棚，一年收入过百万，纯利在50万左右。

李万庆回乡，除了在外工作收入不高的原因外，更重要的原因是现在种棚不像父辈那时那么劳累了。

寿光大棚已发展到了第七代，普遍使用了物联网、水肥一体化、温湿度及光照自动控制等技术，智能化的大棚很符合年轻人的"胃口"。

像东斟灌村，数字温控、智能雾化水肥一体等物联网技术，在新建大棚的应用率已经达到了90%。在农村种一个现代化大棚，和在工厂的智能车间上班没有了本质上的区别。

当"务农"的传统概念渐渐淡化,农民的职业角色也变得令人尊敬了。从土地而来的尊严感,像人们对土地的敬畏一样,有了比以往更重的分量。

更吸引李万庆的,是村头就有专业蔬菜市场,菜从大棚里拉出来,经过地磅,马上就可以装车、结算。有村"两委"领办的三个合作社,东斟灌村的五彩椒不愁销路,大多按订单种植,还有部分出口到了韩国、俄罗斯等国家。2019年,村里还申请办理了出口食品生产企业备案证明。2020年新冠肺炎疫情暴发之后,必须通过生产基地备案,产品才能出口到俄罗斯,东斟灌村的基地备案发挥了作用,通过合作社,产品出口俄罗斯畅通无阻,保证了菜农的高菜价、高收益。

"棚二代"们的种植理念、生活方式都与父辈有了很大不同。村里盖楼房,老一辈不愿住,年轻人却抢着报名。守着自己说了算的几座"绿色工厂",住着楼房,与城里人还有什么区别呢?

老一辈种菜靠经验,有句俗话说寿光菜农种植有经验:"光着膀子进大棚里晃晃,就知道多少度,上下不差0.2度。"可李万庆有自己的新路子,年轻人信科学,也爱学习新事物、新技术,他的大棚全部实行智能化,这种靠数据实现的精准管理,让种出来的蔬菜菜口感好、商品性高,客户都愿意收购他的蔬菜。现在父亲也服了他,开始跟着他学习新技术。李万庆的大棚多,一个人管不过来,他把粗放的活交给雇工干,自己做技术型工作,这种管理模式,也让村里的闲散劳动力有了收入。

李万庆的大疆无人机又飞起来了,在银色的大棚上盘旋,这是在给棚膜喷洒降温剂。年轻人的新玩法,吸引着老一辈农人不时抬头观望。

东斟灌村党支部书记李新生也是个老农人了,他从1990年起就种大棚,1998年引进五彩椒种植,把东斟灌引领成了五彩椒种植专业村,还培育了"斟灌彩椒"品牌。看着年轻人回乡创业,他心里高兴,说道:"我们村建的200米以上的大棚,大多数都是回乡的年轻人在管,有1000多亩地了。有些还合伙去外村、外县(市、区)包地建棚,年轻人有冲劲,越玩越大。"

年轻的新农人善于科学种棚,他们对蔬菜品质很看重,好土壤成为焦点。他们带动全村大棚采用秸秆直接还田方式,使用环保酵素。有了年轻人的带动,"棚一代"的李保先等人也成为环保酵素的热心推广示范者。在李保先的院子里,整整齐齐排列着蓝色的酵素桶,"水、红糖、蔬菜果皮,按一定比例混合,第一个月每天开桶放气,三个月后就成了酵素菌肥。"蔬菜"喝"酵素水,土壤用酵素渣,东斟灌已经在所有大棚全面使用酵素菌肥,不但改良了大棚土壤,还减少了大棚垃圾的处理量,连路边的野蒿也成了酵素菌肥推广者的抢手货。

一群回乡新农人,带动起了一个村庄蔬菜产业的高质量发展。

当全国各地出现"空心村""空壳村"的时候,寿光的土地却一天天被绿色照亮,这里没有剩余劳动力,七八十岁的老人,年纪大种不了大棚,但他们有种菜技术,就去别人家大棚打工,或者在村里合作社装菜箱,一天也有200元左右的收入。

寿光青年回乡潮的兴起,有产业的吸引力,也有现实的推动力。

寺里村的王鹏,1988年出生,山东信息技术学院毕业后,在歌尔集团干过,在凯利机械厂干过,还当过2年兵,用他自己的话说,"想干的都试了一遍"。2013年,他结婚了,这时的月工资是7000多元,在同龄人中算工资高的了,可比起父亲在家种4个大棚的收入,还是相差太远。马上就面临着养家、养孩子的压力,一份工资显得单薄,更别说过有质量的生活了。父亲劝他回来,媳妇也愿意他回来,他没太犹豫就回来了。

跟着父母学了一年种菜,第二年王鹏自己建了俩大棚,再转过年来,又买了人家2个高温大棚,然后再建2个,现在他种着6个大棚。

同村1987年出生的董磊磊,初中毕业就外出闯荡,玩吊车、翻斗车,挣得多,但花销也大,一年剩不了多少钱。2013年,他回村建棚。"村里比我年纪大点的,很多回来建棚种棚的。"这给了董磊磊信心,也给了他"面子",回村种棚,不是因为在外面混得不好,是为了更好才回来的。他现在种着5个高温棚、1个拱棚,本村没有土地了,他就去外村包地建棚。

我们一行人坐着董磊磊的越野车,去他的大棚转转。已经是12月底的寒冬天气,大棚里温度湿度适宜,让人体感很舒服。半米多高的辣椒棵绿油油的,刚开始挂果,满目翠绿。外人的眼里只有满棚的蔬菜,董磊磊的眼里全是活儿,他弯下腰,随手把一枝垂下的藤蔓挂到塑料绳上,小心翼翼的,生怕惊了谁的梦似的。一双曾经操纵过机械吊车的手,侍弄起自家的蔬菜来,变得像绣花姑娘的手一样灵活。

孙德泉的"寿光市浩宏果菜专业合作社"就开在村头,他见证了近10年来青年回乡给村里带来的变化。寺里村190多户人家,120多户种大棚,35岁以下回来种棚的有30多人,最小的才22岁。

"年轻人敢想敢干,智能设备他们带头用,老一辈的慢慢跟着学,现在是年轻人上得快,年老的不下岗,都干着有劲头。俺村的董佃义,84岁了,还在种棚。1991年俺建棚,他笑话俺说:'就你娘俩还玩棚,棚玩你俩差不多。'后来,他也建了棚,种起来就没停下,一直干到现在,84岁了还能上棚顶子呢。"

孙德泉的一番话真让人开了眼界。一个村,上至84岁,下至22岁,都种棚,真是个奇观。

"智能设备省工省力,解放了菜农的双手;年轻人回乡,解放了菜农的思想。"孙德泉的总结到位。

现在最让年轻人烦恼的是土地问题。寺里村这一片是老棚区,棚短小,没规划,东一个,西一个,浪费大量棚边地不说,还建不起现代化的高标准大棚。没有像东斟灌村那样三四百米的高标准大棚,就不能"尽情"使用智能化设备。年轻人觉得有劲没处使,只好联合起来去外村包地,成方连片地建棚。寺里村的种棚户,在本村种着1000亩地,实际上是种着2000亩,那1000亩是承包的外村地。"现在最盼的,就是村里搞土地流转,统一规划建高标准大棚,那干起来太爽啦!"这是王鹏、董磊磊们的心声。

不过,现状已经让他们很满意了,他们从不后悔回乡的决定。每家有三辆车是"标配":两辆轿车供休闲,一辆厢货车供卖菜。曾经在外村流传这么一个寺里村人买房的故事,说年轻人成群结队开着宝马车去城区选房。求证孙德泉,他笑了,"虽然不是都开着宝马车,但开20万以上的车是肯定的。"年轻人的房子,大多选在离村较近的清河垄源,这是一处高档花园社区,离一家寄宿制的学校很近,虽然学费贵,但教育质量高,有的村民也把孩子送进这所学校读书。

王鹏以前的工作单位的同事仍在奋斗,工资涨了,一个月1万多块,但依然不敢大手大脚地消费,风险压力无时不在。王鹏守着几个蔬菜大棚,菜价高低起伏影响不了他的"基本盘",他笑称自己部分实现了"财富自由"。

乡村好青年联盟

寿光蔬菜产业像一块磁铁，吸引着越来越多的年轻人回乡创业，他们都想换一种"活法"。他们的加入，也给乡村带来了另一种"活法"。

2009年，齐炳林放弃去国外读博士的机会，回乡创业。他的回乡，对乡村来说有双重意义：一个是他的高学历——西北农林科技大学植物学专业，研究生学历；一个是他的"凝结剂"作用，通过回乡创办农业公司，吸收了一批回乡的青年人，带动了一批老百姓致富。他创办了寿光旺林农业发展有限公司，公司最初做蔬菜种子种苗研发销售，十多年后，已经发展成一个集种子种苗、农业园区建设、农民技术培训、品牌运营为一体的综合性农业公司。

央视新闻频道做了一个互动节目，节目中，齐炳林去他的客户大棚里回访番茄种子"戴安娜"的种植情况，他举着自拍器说的一句话，或许代表了一群回乡创业青年的心里话："我和小伙伴们，要让老百姓赚更多的钱，让中国农业在我们80后、90后甚至00后的手中，变得更好更强！"这话听起来很令人自豪，也很给中国现代农业鼓劲。

年轻人回乡创业大多没经验、没资源，怎么让他们尽快安下心、扎下根，在新农村有新作为？寿光因势利导，给他们搭起了平台——成立"寿光市乡村好青年联盟",聚合优秀青年资源,搭建青年交流平台,把乡村好青年的典型带动作用发挥到极致。

在成立大会上,寿光市乡村好青年联盟会员代表、寿光文诚控股集团有限公司董事长王建文与寿光市耀东果蔬专业合作社经理苏耀东签订了合作框架协议。

"这就是平台的作用,把一切优势资源用最小的成本聚合起来,实现效益最大化。谁有这个能力?是组织部门,是政府。"给联盟授牌的寿光市委组织部桑德春觉得,成立乡村好青年联盟,除了对寿光蔬菜产业高质量发展起到典型带动作用外,还能发挥榜样作用,引导青年投身乡村振兴,为服务"三农"打造一支青年人才队伍。

政府的推动,吸引了更多的力量汇集到联盟平台上来。年轻人种菜喜欢"玩大的",一建棚就是四五个甚至五六个,还特别希望这些大棚能离家近,方便管理。但就像寺里村的王鹏、董磊磊一样,他们都曾为没有成方连片的地块而苦恼过。前疃村是个西红柿专业村,他们给年轻人创造的平台是,村集体统一流转了600亩成方连片的土地,成立了回乡青年创业园。村里有43户村民在青年创业园里新建大棚,其中41户是"80后""90后"青年人。

李新生介绍说,东斟灌村返乡从事农业生产的70后有300多人,"80后"有130多人,"90后"有20人,返乡大学生达到21人。这么多年轻人回乡创业,要想发挥好他们的作用,就需要年轻干部来管理和引领。村"两委""盯"上了回乡大学生尹成友,他以前在青岛一家大型企业集团工作,见过世面,有管理才能,经过几年培养,现在任村团支部书记。

看着身边年轻人的身影,父辈们往往发出惊叹:这不就是一直传承的艰苦奋斗精神嘛,咱没搞丢,寿光年轻人传承下来了。

还有一种青年回乡带来的现象值得关注。像王建文,从北京回乡创业,成了电商行业的领军人物。他的公司总部在寿光,但产品遍布全国,像寿光蔬菜批发市场一样,王建文的一个淘宝店实现了"买全国、卖全国"。他做得最成功的网红产品贝贝南瓜,一年四季销售,为了一年四季都能卖,近两年,他直接与甘肃国有农场建立起了联合种植基地。蓝天、白云、连绵的群山、肥沃的土地,王建文的甘肃基地入口处有一块巨幅喷绘广告牌，一行文字很醒目——"寿光鲜馥果蔬专业合作社贝贝南瓜种植基地"，一个标志也很醒目——"寿光蔬菜"。在祁连山下，纯净的雪水浇灌着万亩南瓜，好山好水，800万斤南瓜，这本身就是绝好的广告语。做农业"天大地大"，他的心早已不限于寿光了。

离乡，是为了还乡；还乡，是为了离乡。这一对看似悖论的概念，却被寿光年轻一代演绎得格外精彩。年轻的栾宏运回来了，子承父业，在寿光有公司，有基地，带队伍在全国建设施蔬菜园区、建温室，他是还乡，还是离乡？他的事业，已经遍及全国。

这样的双向还乡，依笔者的理解，它应该是乡村振兴中更高层次的趋势。它已经出现，并将成为普遍。

回乡，不只是身体的返回，更是一种精神的回归——对乡村职业的认同感，对乡村生活方式的归属感。

"新农人"这种身份，让年轻一代自豪。当一种身份能让人产生尊严感时，这就是一份有价值的事业，这就是值得付出时光追寻的人生。

在现代产业体系中，寿光农民，沿着一抹绿色行走，哪里有绿色，哪里就是故乡，哪里就有乡愁。

第六章

花都开好了

古村落的"新生"

寿光市洛城街道的东斟灌村位于寿光市的最东端,与潍坊市寒亭区接壤,距洛城街道驻地约20千米,距寿光市区约30千米,地理位置偏僻。全村共586户,2073口人,耕地面积4486亩,属于典型的农业村。据史料记载,"斟灌"的地名来自夏朝时的分封国之名,距今已有4000多年的历史。斟灌也为五千多年中华文明留下了"少康中兴"等重要篇章。

就是这么一个偏远的农业村,近年来却在生产发展方式和基层治理方式上探索出了一条特色之路、创新之路。

"东斟灌乡村治理模式"——基层党组织核心引领下的民主自治案例,入围

2015年度"全国创新社会治理典型案例"之"最佳案例",名列第三位。

东斟灌村成了全国基层社会民主治理的典型村,在村党支部的核心领导下,创新实践了"自主议事、自主管理、自主服务"的"三自"管理模式。东斟灌村的经验做法也引起多方关注,中央及省市领导多次到东斟灌村视察和调研,甚至潍坊市委所有常委来到了东斟灌村的村委大院,开起了现场版的市委常委会。新华社、经济日报社、农民日报社的记者专门到村里蹲点,深挖现代乡村治理的"宝"。这个带着泥土气息、鲜活生动的乡村治理样本,也很快在寿光全市进行了复制推广。

东斟灌村的"三自"模式之所以引起广泛关注,很重要的一个原因来自这是一个没有任何优势资源的纯农业村。有媒体在对这个全国创新社会治理典型案例进行解读时是这样描述的:"不毗邻城市镇区,享受不到城镇的辐射和带动;没有资源优势,缺乏依靠资源实现突破发展的条件;不靠近交通要道,无法借助物流集散和交通便利起步。"

新华社记者陈国军、张志龙在蹲点报道中写道:"记者在山东寿光市东斟灌村蹲点调研期间反复探究,发现这个村积极创新乡村治理方式,为我国无特殊优势的纯农业村实现治理现代化提供了有益的启示。"

东斟灌村的"三自"治理模式,到底是一种什么样的模式呢?《全国创新社会治理典型案例——2012—2015年全国社会治理创新典型案例选编》一书给予了比较全面客观的解读,下面摘录部分精华内容:

一、领办"三个合作社",以发展聚民心。探索推行"三位一体"的合作社联合模式,实施规模经营、发展高效农业,实现了基层民主建设与经济发展的融合、双赢。

二、落实"三项权利",让村民做主。群众的事情群众说了算,努力推动由干部当家做主转变成党支部引领群众当家做主,由干部说服群众转变成群众说服群众,由群众帮着干部做事转变成干部帮着群众做事,确保村民民主权利更有保障、民主氛围更加浓厚。

三、健全"三项制度",用制度管权、管事、管人。做到以长效机制规范基层民主、以长效机制规范无序诉求、以长效机制规范干部行为,不折不扣执行、扎扎实实落落,推动了村级组织科学、民主、高效运行。

这三个"三",实际是一套多元的系统,环环相扣,经过了多年沉淀、修正、提升,也就是"从实践中来,到实践中去",大浪淘沙始见金,最后归纳、落脚到"三自"模式上来。

近十年来,东斟灌村迎来大批考察者、调研者、参观学习者,大家学得认真上心,都想把"三自"管理的真经取回去;村党支部书记李新生讲得真心真意,把村里的探索实践倾囊倒出,想为兄弟村庄的乡村振兴出把力。但任何能称得上"模式"的实践,都不是一蹴而就的,除了时间长河里的实践探索和经验积累外,还有多种乡村要素的磨合,哪个要素是主导的?哪个要素是前提条件?这种乡村治理,虽然它产生于乡土,带着泥土气息,但它有自己严密而深刻的逻辑性。更重要的是,任何模式都要实事求是、符合村情、适合民情,只有这样,它才是一套行之有效的好模式。

就东斟灌村的"三自"模式而言,"三个合作社"是前提条件,即村党组织领办的土地合作社、资金互助合作社、果菜合作社。农村要永葆活力,就要发展,实现一切乡村振兴的首要之义也是发展。三个合作社解决的就是发展问题。

其中最重要的一个合作社是土地合作社。新华社记者王汝堂、寇瑞卿还专门写过一篇报道——《村民为何全部愿意把承包地交给"三社经营"——山东东斟灌村"新土改"样本调查》。

"新土改"这三个字,点出了东斟灌村成立土地合作社的样本意义。

改革开放后,农村组织关系发生彻底改变,在保证农村土地集体所有权的基础上,农民拥有了土地经营权,这是第一次农村生产力的大解放。但随着农村改革深化,农村土地经营权问题成为农村现代化发展的桎梏,实现土地经营权与承包权的分离,这是深化农村农业改革发展,带动农村生产力二次解放的重要课题。哪里有创新,哪里有好的实践,人们在偏远的东斟灌村找到了样本。

东斟灌村是个农业大村,有土地4000多亩,但却长期存在着人地矛盾突出的现象,也存在着像当前农村普遍存在的"增人不增地,减人不减地"现象,而这种土地矛盾很容易延伸到其他领域,成为民生纠纷、社会矛盾,引发乡村治理案件。

东斟灌村党支部领办土地合作社，用的是"动账不动地"的办法，全村土地都拿到"纸面上"，2073名村民每人1亩地，以土地承包权入股，1亩地1股，每年每股保底分红600元，其余2000多亩土地作为集体股，集体占大股。集体这部分股份的收益怎么分配呢？拿出40%给村民进行二次分配，剩余60%归村集体所有，用来作为村公益事业投入。

他们的做法还有一个很大的创新点，就是：这个土地合作社的股份是"动态"的，股份一年一调整，承包费三年一调整。随行就市，这就符合了资本的规律，因为土地入股本身就是把土地进行了"资本化"。

成立一个土地合作社，解决了历史上的人地矛盾问题。东斟灌村的土地效能被迅速释放，规模经营成为现实，村里出现了家庭农场和农业园区经营模式。村集体收入也增加到了70万元，有了更多财力投入农村公共事业，像每年村民的银龄保险费就全部由村集体缴纳。

土地合作社带来的另一个解放，就是农村生产力的解放。它让一个村庄的农业人口实现了自动分离和自然分工，达成了"各得其所"。想做规模农业的，就可以承包土地扩大种植；想从事三产的，就把土地交给合作社，由合作社承包给想扩大生产的农户。

土地合作社带来的变化，比村子里的人们想象的更多。随着规模经营的发展，高效农业模式在村内出现。蔬菜大棚越建越多、越建越大，年轻人回乡建棚的越来越多。当村里第一座370米长的特大型大棚建起来时，它带给人们的震撼是巨大的，如果没有土地合作社，想要在长年累月用来种植的小块土地上建起这样的庞然大物，是连想也不敢想的。现在，村内最长的大棚已超过400米。大棚主人操作着智能化系统，成了自动化生产线上的"绿领"工人。

村党组织领办了土地合作社，打开了农村生产力释放的"闸门"。在这个基础上，村"两委"又针对卖菜打白条的问题，领办了果菜专业合作社。村"两委"成员轮流在果菜合作社值班，要求来收菜的客商先交预付款，再收村民的菜，交易完成，村"两委"把预付款直接付给村民。

有了土地合作社，可以放开手脚种菜；有了果菜专业合作社，可以放开胆子卖菜。怪不得东斟灌村的彩椒产业这些年做得风生水起，成功注册了"斟都"商标，五彩椒品质达到绿色 A 级标准，通过了国家"绿色食品"认证，还拿到了出口食品生产企业备案证明，一个偏僻的村庄给国家赚起了外汇。新闻报道说，东斟灌村一年的彩椒交易额达到了 1.4 亿元。带动周边的 20 万亩彩椒产业，那又是一个巨大的数字。

东斟灌村"两委"又领办起资金互助合作社。村党支部书记李新生说："规模化经营后，村民建棚动不动就是几十万元的投入，资金成了大发展的瓶颈，我们就想着用一个办法，让村民手里的余钱动起来、活起来。"这就有了资金互助合作社这种互帮互助的办法。

"三个合作社"给东斟灌村的乡村改革发展提供了自动更新功能。就像时下流行的"城市更新"一样，合作社不仅是一个机构，更是一台运转的机器，运送着充足的氧气，让乡村时刻有流动的血液，时刻保持新鲜。

东斟灌村的"三自"模式，就是在这三个合作社的基础之上提炼升级而来的。

前文所提的落实"三项权利"，就是指村民享有知情权、参与权和决策权。

知情权，就是村"两委"干的每件事都让村民明明白白，无论你采取什么方式，开党员代表大会，还是开村民代表大会、全体村民大会，还是入户走访，对村级事务、村民需求，都要有清清楚楚的交代。

参与权，就是村民自己的事自己干。村级民主建设的核心，就是基层党组织引领，群众参与其中。东斟灌村成立土地合作社的时候，先后召开了 4 次全体村民大会，14 次党员和群众代表会议，广泛参与，讨论酝酿，光是在土地承包价的问题上，就难以达成一致。4000 多亩地，地块千差万别，几十种村民意见，有的人说 1 亩承包费 200 元，有的人说 1 亩地承包费 1200 元。经过半年多的讨论、讲解，最后根据村民意见定出了 700 元、600 元、500 元三个标准，全体村民一致通过。

决策权，就是村民的事自己定。行权于民，使村级事务变成了村民自己的事。村里有一条主干道，村"两委"提议进行改造，在路两侧铺彩砖硬化，可大多数村民认为，村庄将进行旧村改造，再投入资金搞硬化，是浪费。最后这项铺彩砖的动议就被否决了。

村民有"三权",是不是就是村"两委"靠边站?当然不是。连村里七八十岁的老人都知道:"谁说了算?规章制度说了算。"村民户户有一本《村级事务制度汇编》,村里有什么事,就翻翻这本小册子,看看上面是怎么说的,村里是怎么做的,村民应该怎么做,心里就有了一本"明白账",不需要村干部上门解释沟通。

这就是第三个"三",健全"三项制度",用制度管权、管事、管人。这三项制度,对应的是"三权",包括村级重大事项票决制、重点工程招标制、重要事务全程监督制。《村级事务制度汇编》分自主、自治和自我服务三大部分,每一项制度都有具体操作办法,像什么事上会、什么事在什么情况下不上会……规矩定得明明白白,是村民说话办事的尺子。

东斟灌村的"三自"治理模式,媒体解读很多,笔者对这个模式感触最深的有三点:

第一点,这套乡村治理模式的政治根基在于党的坚强领导。东斟灌村的这套模式并不是忽然"长"出来的,而是村"两委"一届接着一届干的结果,有一个好班子,就打下了好地基。

第二点,这套乡村治理模式的经济根基,在于有一个好产业。东斟灌村土地多,这是唯一的资源优势,可肥地不多,长年除了种粮食,就是种黄烟、高粱、黄麻、棉花、地瓜,全县大规模发展大棚蔬菜时,村里建了几个大棚种黄瓜,效益并不突出。1998年,村党支部书记李新生引进种植五彩椒,从此形成支柱产业,村子成了远近闻名的五彩椒种植专业村,这才为三个合作社的形成、"三自"模式的实践提供了经济基础。

第三点,"三自"管理模式是一套具有强大内生力的模式,它有自我创新能力,能够在动态运行中实现升级,或者简单描述,"三自"管理模式是一个"母本",因为这个"母本"的包容性,它在实践中会根据时代、产业、村情等变化,而产生新的实践形式,换言之,它的增生能力强。

屯田西模式

中国的城镇化道路上，催生了大量的城中村、城郊村。这些村庄与城相邻，或在城中，有一定区位优势，但没有了土地，人们习惯地称这些村庄的人为"新市民"，其实质上还是村民。他们以村为治，探寻着一条从未有过的乡村治理之路。

相比较东斟灌村，屯田西村算得上是城郊村。它与寿光主城区隔弥河相望，主城区在河西，它在河东。近些年，寿光建设东城新区，屯田西村实施城中村改造，算是和"城"搭上了边，可称为东城新区的城郊村。

一次城中村改造，把屯田西村的土地改"没"了。一个没有了土地的城郊村，怎么走好乡村振兴路？

如果去屯田西村待上一天，很容易发现这样一个场景：一拨又一拨的参观团、考察团从村前的党群服务中心下车，进村南门，穿行新村，从东门出，再进沿街的平安中心、老年活动中心，最后去仓颉汉字艺术馆参观。这拨刚走，那拨又接上了。村党支部书记葛茂学说："全年估计得接待400多个考察团吧，没详细统计过。"

送走最后一拨参观团，葛茂学稍稍有时间喘口气。他又招呼着村里的物业管理人员到仓颉汉字艺术馆开会。

这座占地4000多平方米的仓颉汉字艺术馆，由屯田西村投资4000多万元建成，它是寿光的文化地标，虽然因新冠肺炎疫情影响还没有正式开业，可随着新闻报道和多媒体的传播，俨然成了寿光和周边市民最"挂念"的网红打卡地，工作人员的电话经常被打爆，连葛茂学都时不时地接到青岛、江苏等省内外的电话，询问："什么时间开馆？门票怎么购买？需要预约吗？"更有潍坊等周边市民一家或几家直接开车来了，工作人员告诉他们还没开馆，他们却非要进去参观一圈才离开。

这样一个红火的文旅项目，怎么会诞生在一个村庄里呢？原来，2016年屯田西村改造完成后，葛茂学就谋划着怎么给村里"广开财源"，维持后续发展。这一时期，他关注到教育部等11部门下发了一个文件《关于推进中小学生研学旅行的意见》，研究性学习一度成了中小学生课外学习的一种新模式。2019年，据专家预测，未来5年，中国研学旅行市场规模将超过1000亿元。"寿光有10余万名中小学生，潍坊市有100多万名中小学生，而全省则有2000多万名中小学生，这是一个巨大的市场。"葛茂学看准了这块诱人的"大蛋糕"。经过村"两委"统一思想，党员大会、村民大会全体通过，屯田西村决定设计建设这处以汉字艺术为标志、以学生研学为目的的汉字艺术馆。可以想见，新冠肺炎疫情过后，随着研学市场逐步恢复，这里将出现川流不息的研学团队。

葛茂学介绍，仓颉汉字艺术馆是我国较大的以汉字演变为主题的艺术馆，集汉字发展史陈列展示、研究创作、交流传播、互动体验、教育普及于一体，是主题型、知识型、智慧型、科普型艺术馆。设赏、拼、拓、印、吟、刻、写、涂、捞、染十大主题汉字艺术体验空间，从中可以了解汉字艺术的起源、演变过程等历史知识，也可了解到汉字艺术的广泛应用、古老的传拓技术，以及现代科技在汉字艺术上的应用。艺术馆以推广汉字艺术为己任，以汉字起源与演变史为主题，将汉字的美妙之处，用甲骨、陶片、竹简、碑刻、书法与现代影像科技展现出来，使人们认识汉字、学习汉字、记忆汉字变得妙趣横生。

艺术馆按照功能划分，设立了展示区、讲解区、体验区、文创区、字典收藏区、临展区、小剧场等板块。展示区由多个陈列室组成，展示自甲骨文以来的文字演变过程中的相关知识与实物。讲解区通过教授汉字、互动学习、话剧排演等方式，把学习汉字变成了一件快乐的事。在这个艺术馆里，还有活字印刷、雕版印刷、制活泥字、丝网印刷、古法造纸、古法扎染、艺术纸品等多项体验项目，以及签到甩屏、虚拟翻书、未来之眼、AR互动成语墙、3D打印、全息影像、沉浸式弧形幕、全息水幕、光影长廊、动感粒子等多项文化与科技融合的体验项目。

葛茂学是一个有经济头脑的人，也是一个见过大世面的人。早在20世纪90年代初，他就在镇办企业上班，1995年担任镇胶合板厂的厂长。因为他的老家屯田西村一度出现涣散局面，村级外债98万元，村庄发展一直没起色，1998年10月，镇党委把他选派到屯田西村挂职村党支部书记，谁知这一"挂"，就"挂"住了，走不了啦。1999年村级换届，葛茂学正式担任了村党支部书记。

当初选定这个文化项目，葛茂学也遇到了不小的阻力。他也十分理解。屯田西村是一个世代临河而居、以农耕为生的农业村，虽然进行了城中村改造，日子富起来了，可"农人"的思想底色依然存在。但葛茂学为啥又力推这个项目？他就这么肯定村"两委"会支持、村民会同意？

他也有自己的道理。

担任村党支部书记这些年，他一直领着村"两委"践行一个理念：经营村庄。

什么叫经营村庄？一个农业大村，农户种粮食、种蔬菜大棚，再有个别农户种果树、搞养殖，还有的买辆车跑跑运输，都是一家一户的事，自己决定，自己干，哪一点用得着村集体来经营？

这个经营村庄的"经营"，不是为利来、为利往的经营，是对村级矛盾的"经营"，对村级经济这个"大盘子"的"经营"。

俗话说，"新官上任三把火"，葛茂学上任村党支部书记也烧了"三把火"，这"三把火"都是关于经营村庄的。

第一把火，就是针对村级主要矛盾——人地矛盾，他们进行了大规模的土地结构调整，平掉了全村所有的老旧蔬菜大棚，重新划分地块，根据全村群众意愿签订协议，愿意多种大棚的，向村里交小麦，不愿意多种大棚的，由村里补偿小麦平衡，每亩400千克。这一项，就为村集体增收76万元，更重要的是，村民们各得所愿，成功实现了劳动力的再分工。

第二把火"烧"的是村庄规划。屯田西村的村庄规划和别村不同，他们不是按原宅基地一块换一块，而是打破原宅基地的界限，重新划分宅基地，并进行招投标。老百姓分宅基地还要招投标，这在全寿光市也没有第二家。为啥要招投标？这里面有个原因。20世纪80年代末，寿光县完善九巷蔬菜批发市场的交通路网，专门修建了一条南环路，就是这条南环路，向东跨弥河，横穿过屯田西村。这就沿南环路两侧形成了经商的优势位置。有的村民愿意经商，就想把房子建在主干道边上，有的户不愿经商，就想避开喧闹，选个清静、不靠主干道的位置。各取所需，征得村民同意后，屯田西村分7批进行了招投标。这次"经营"，又为村集体增收386万元。

第三把火，在优势位置建设商住两用楼，村民可租用，一次性缴纳50年费用，这一招儿，又为村集体增收180多万元。

三把火"烧"完，屯田西村的外债还清了。他们又投入了700多万元资金，建设了社会主义新农村，这些钱都由村集体出，没向村民要一分钱。当年，《经济日报》专题报道屯田西村经验，称其"一步棋盘活村经济"。

葛茂学的理解很现实："要用一些实际的办法去经营村庄，这和经营企业一样，你经营不好村庄，老百姓就跟着你受穷。"

更大的一轮"经营村庄"行动实施，是屯田西村的城中村改造完成后。

2011年，寿光市委、市政府提出建设"东城新区"的战略规划，屯田西村正处在核心位置，自2012年启动了城中村改造。2015年年底，村民全部回迁新房，旧村926座老房子全部完成了拆除。

村庄改造完成了，村民搬到新房了，一算账，村里还剩下接近2亿元的改造资金，还有9万平方米的沿街商铺。有资金，有资产，有些村民开始议论了："这钱怎么个分法？""沿街商铺卖不卖？""把钱分了好，省得夜长梦多。"长年经商的屯田西村村民经济头脑发达，各家有各家的一本账。

村民惦记着吃光分净，可葛茂学和村班子也有一本账：村庄改造了，没有了土地，3000多口子老少爷们的日子怎么个过法，这是需要村干部打谱儿的事。

全国各地有很多前车之鉴：村庄改造后，把剩余资金平均分到户，集体没有了经济实力，村庄的运转也成了问题。"一部电梯，一年的保养费就好几万，村里没钱，还让群众拿吗？"

葛茂学表态很坚决："只要我干一天村支书，这钱就不能分。"

村班子统一了意见：成立公司，实行资本运作，让资产持续增值，持续给村庄"输血"，解决村庄运作、群众生活的后顾之忧。

村民王兰星记得很清楚，那天开党员和村民代表大会，决定成立公司的事。全村共有101名党员和村民参加，97人同意成立公司，4人反对。王兰星投了赞成票，他还在日记里写下这样几句话："众望所归，干群同心。有群众的支持，敢挪山、敢揽月、敢闯天下。"

以屯田西村集体经济为主体的"潍坊润丽实业有限公司"正式成立了。

资本运作砍下的第一板斧，就是个大动作。公司刚成立不久，市里发布了新年度的几大民生工程，其中一项就是建设屯田学校，选址就在屯田西村所在地。通过协调、争取，最后达成：学校由润丽实业投资2.2亿元建设，由寿光市教育局租赁使用，年租金1300万元。

只用一年时间，屯田西村就交付了这所九年一贯制高标准学校。学校成为寿光现代中学东城校区，后改为寿光明德学校，成为一所省内外有名的学校。

不能不说，第一次资本运作是成功的。教育事业，是百年树人的事业，投资教育，不但利国利民，而且是"稳健型"投资。村民们有了稳定的收益，还为村里的孩子们创造了最好的教育环境。

屯田西村尝到了投资教育的甜头。2020年，又投资1.3亿元，建设了屯田小学，交付使用后，由洛城街道办事处租赁，年租金700多万元。

两所学校先后投用，屯田西村的流动资金变成了能持续增值的固定资产，仅这一项，每年为村集体带来2000多万元的收入。

还有沿街9万平方米的商铺，怎么个经营法？村民们都盯着葛茂学和村"两委"。根据当初的改造意见，这9万平方米沿街商铺属于村集体资产，只租不卖。村民搬入新居后，沿街商铺有些租出去了，有些一直空着，人气不高。怎么盘活这块资产呢？村"两委"想出了办法：发福利票据。

旧村改造前，屯田西村的惯例是给村民发福利，以肉、奶、蛋、油、米、面等实物形式发放，物质极大丰富的时代，村民平常日子里有吃有喝，并不缺少物资，所以有的群众从春节吃出了正月也吃不完，愁得慌，心里就有些领了福利不领情的意思。

看着一直不景气的沿街商铺，葛茂学动起了脑子，他和村"两委"成员商议："能不能改一改发福利的办法，不发实物，发票据？"

"发票据？怎么个发法？怎么个用法？"没见过别地方有用的，大家心里没底。

"就是把实物折合价值，变成一张一张的购物票，在村沿街商铺消费时使用，能吃饭，能购物，也能理发，只要咱沿街商铺有的项目，都能用。"

听葛茂学一说，大家觉得这办法可行，又提了一些建议，拿出一个基本方案，开党员代表会和村民代表大会讨论，一次通过。

拿着福利票据，村民们消费起来太方便了，需要啥买啥，去哪个商铺也行，一手交票，一手拿货。为了防止福利票据长时间不流通，失去原有的作用，村里给福利票据消费定了"规矩"：发放的票据必须在规定时间内消费完，过期作废；商家每双月的23日这天，拿着票据到村里兑付现金。

脑子一换，福利形式一变，带来了双赢：福利票据流通了起来，满足了群众需求，又刺激了商铺消费，全村80%的沿街商铺被外来户租用。如今屯田西村的9万平方米商铺，成了东城新区的人气商气汇聚之地。人们都说："这个村风水好。"只有屯田西村民心里明白，是村"两委"领着大家伙儿"经营"村庄经营得好。

这又回到了一个命题：村级党组织的领导力。

这是一个时代的命题，更是一个十分现实的课题。在乡村振兴的战略推进中，有一个坚强有力的基层党组织是我们的事业取得成功的最大前提。

不得不说，屯田西村的村民是幸运的，也是幸福的。

寿光市委组织部在调研屯田西村事迹后指出，屯田西村"两委"是"以改革魄力治理村庄、以精准理念服务村民、以创新思维发展经济"的好班子。

好班子需要一只"领头雁"，葛茂学就是那只"领头雁"。葛茂学对村里的党员干部管得严，远近闻名。他刚上任就给村干部定了三条纪律：当村干部就是正儿八经的干部，不能有事才露面，无事不见人，要天天按时坐班，不能只干自家活，不能向村委借钱或预支钱，不能吃拿村民一分钱的东西。三条"铁律"执行了20多年，直到今天也没有哪个村干部破例过。这也锻造出了一支"铁班子"。屯田西村分新房，960多户，每户房款的明细、新房钥匙、车库、地下室……快60岁的村文书孔令群戴着眼镜在电脑上一张表一张表地做，一个数字一个数字地核实，一户一户地归档，别人想替替他，他说："我是从头跟下来的，熟悉，换了人，我不放心。分房是村民的头等大事，不能有一点差池。"根据他做的表格，工作人员按户分装，全村的新房钥匙没有一户出错。

屯田西村对党员的管理也有股子"狠劲"。全村104名党员，每人一个二维码，全部放在党员自律公约监督平台上，平台做成展板，竖在村中心位置，来来往往的村民，只要拿手机一扫二维码，党员的姓名、电话、参会学习、党费缴纳、公益活动等信息，全部一目了然，哪个党员干了什么，发挥了什么作用，村民看得见，也自有一番评价。这就达到了对党员精细化、科学化、规范化的管理，锻炼了党员干部队伍。

细数起来，这些年屯田西村"经营"村庄，还没有一件不成功的事。这里面除了村"两委"坚强有力的原因外，还有什么秘诀吗？葛茂学认为，是他们做事的出发点对了，就是"村民需要什么，我们就做什么"。

"村民需要什么，我们就做什么"，这不正是"民之所望，政之所向"吗。即使是一个中国最基层的村级政权，我们服务的标准依然是民心、民需，这是一条"金标准"。

听葛茂学一件一件说起来，笔者觉得这真是一篇大文章，难怪有许多参观团来学习后，又专门邀请葛茂学前去讲课，说还没有吃透屯田西村的"真经"，需要他再进一步去现场把脉，传授经验。

"像我们在村庄改造以前搞的土地流转、村庄二次规划、招投标商住两用楼，都是前所未有的做法，但老百姓很满意。从面上看，是各取所需，从深处讲，就是满足了群众的所有需求。"

葛茂学说，"经营"村庄，就是运用了"按需分配"机制，搞活了人们的各种需求。

屯田西村的很多经验都属首创，都值得关注、解剖、打磨和再实践。我们也知道，全国很多村级组织正在探索、寻找一种乡村振兴、全面小康大背景下的自我发展之路。

那么，屯田西村的经验做法能不能复制推广？前段日子，葛茂学受邀到东平县讲了一堂以城中村改造为主题的课。他说："各村虽然村情不一样，但改造的政策、方式差不多，屯田西村的经验是可以复制的。"

在城中村改造中，洛城街道派出工作组，一起和屯田西村想办法，他们首创的办法很多，其中最有名的是：盖房子"五方监督"，分房子"四次抓阄"，关键环节"公开票决"。这些办法在寿光从来没有人用过，所以也被街道和村里称为"土办法"。但"土办法"最接地气，最贴民心，正是这些"土办法"，"改"出了一个乡村振兴的样板村。

五方监督，是为了给老百姓盖质量最好的房子。这五方是村民代表、聘请的专业人员、开发商、包靠项目干部、质量监督站。其中屯田西村 48 名村民代表，是新村建设监督小组的成员。

5月6日　星期一

今天，×号楼扎底板钢筋，按图例要求钢筋间距应为28厘米，李工在检查时，单空量无误，10根钢筋总量，空距长出20厘米。细查，方知施工方将2厘米钢筋计算在图纸要求之外。仅2厘米之差，总算，一栋楼底板就少用将近3吨钢筋，价值1万多元。当场令其重新返工，整改。

评注：3吨钢筋，价值一万多元，但对楼房质量的影响，何止一万多元。此事汇报给村党支部书记葛茂学后，村'两委'立即召开开发商代表、全体施工方代表、全体监理人员大会，通报批评、警告了施工单位，表扬了李工认真负责的精神，并发资金1000元。从此，工地上再未出现此类现象。

这是五方监督之一、48名村民代表中的王兰星的一篇监理日志。五方监督作用大不大？作用真大，真管用！葛茂学说，王兰星的监理日志在媒体刊发后，有好多村党支部书记打电话，请教他工地是怎么管理的。

许多城中村改造的村庄面临一个难题：新房盖好了却分不下去，成了"难产儿"，群众长期住临时安置区，矛盾重重，纠纷不断，成了最大的社会稳定隐患。

这个难题，屯田西村用"四次抓阄"解决了。

抓阄，是老百姓最熟悉不过的分配方式。生产队时期，物资平均分配，折成东一堆、西一堆，再编上号，揉成团，抓阄！

老百姓认可的办法，实施起来就没有阻力。屯田西村用的就是这个来自民间的"土办法"。具体怎么个抓阄法？公寓楼有不同户型，村民先选户型，签订户型确认书，这是前期工作。同类户型的村民自由组合为若干单元小组，每组推选一名代表参与抓阄，未组合的户作为散户直接抓阄。四次抓阄是：先抓顺序阄，就是谁先谁后；再抓楼栋阄，就是哪栋楼；三抓单元阄，就是哪个单元；四抓户阄，就是这个组合内的每户抓阄选具体哪套房。

分房现场，做好的阄放在台上的透明箱里，街道干部、公证处人员等坐在台上，分房全程录像，公平公正、公开透明。代表们依次上台抓阄，台上的巨幅展板上标注着楼宇信息，细化到每一套房。每当代表抓到一栋楼，唱票后，工作人员马上在展板上标注。

曾经被认为是隐藏着巨大矛盾的分房程序，在井然有序中结束了。

这次抓阄分房，葛茂学家分到了3楼，总层高17层，底下两层还是商铺，3楼算是一栋楼里最差的一层了。家人情绪低落："你为村里操心受累这些年，盖了上千套房子，咱家就住这么一套？"葛茂学哑着嗓子在分房现场忙活，没顾上安慰家人。他说，当了二十多年村党支部书记，就哑过三次喉咙，一次是调地，一次是拆迁，一次是分房。从葛茂学身上，我们得出一个道理：再好的办法，再好的制度，没有坚强有力的执行者也是不行的。

只要心里想着老百姓，每件事就会干到尽善尽美。这句话在屯田西村很容易验证。当初新村设计地下车库时，坡道太陡，考虑到将来老年人推三轮车上下很吃力，村里协调设计方修改了方案，坡道缓和了11度，虽然增加了投资，延长了工期，但方便了老人。原计划方案中有一处活动广场，位于新村的中心位置，考虑到将来村民在广场跳舞、孩子们嬉闹，噪音太多，容易扰民，村里要求修改规划，改为地下广场，这一改，多投资600多万元。

城中村改造后，村里依然有部分村民想种蔬菜大棚，干自己的老本行。村里了解到他们的想法后，出面和有土地富余的化龙镇联系，由村党支部牵头，与化龙镇签订土地流转合同，流转土地400亩，规划了一处农业园区，建起了38个高标准大棚，分包给村里想种棚的32户村民。村里又出资给园区配套了道路、水、电、机井等基础设施。

这套"飞地经济"模式，也实现了屯田西村"两委"承诺的"致富路上，一个都不能少"的目标。

亦商亦农亦休闲，只要你能想到，村里帮你办到。他们成立了"六大中心"，精准服务村民。投资1500万元建设的党群服务中心，配套设置了"一厅、四区、十室"。服务大厅设村级服务、民政社保、物业服务、流动人口等10个服务窗口，让群众进一个门办所有事。青少年培训中心设立了青创空间、美术工坊、音乐之家等工作室，解决了年轻人网上创业的问题；成立了社区少年宫、四点半学校和志愿者服务站，由志愿者为附近5个村的300多名学生提供公益服务。占地2000平方米的地下文化活动中心，冬暖夏凉，有高清大屏，有舞台，有体育设施，有幼儿游乐场，还有厨房和成套的灶具、桌椅，能办文艺晚会，能办广场舞大赛，还能办村民婚宴，一年一度的重阳节敬老宴、时不时举办的敬老饺子宴也在这里举行，村干部亲自掌勺、上菜，老年人只管吃着，聊着，幸福着。

走进屯田西村，你会发现，这里的楼房没有一扇窗户加装了防盗网，原来村党支部牵头的综治物业服务中心，按照城市小区一流物业标准配备了队伍和设施，小区安装了386个摄像头、7个鹰眼摄像头，入口设置人脸识别系统，织密了电子防护网，利用大数据和高科技手段，建成了全市领先的智慧型社区。投资500万元建成了老年活动中心，它是村里老年人的专属"乐园"，有健身按摩、图书阅览、休闲餐饮、舞蹈瑜伽、书法影视、棋牌娱乐等11个功能区，还能提供午间照料服务……

现在，屯田西村集体年收入超过3000万元，村民人均福利7000元，超过60岁以上者为9000元。有了硬实力，他们又考虑提升软实力，创新了一套办法，通过"两个评选"，向乡村治理的高境界迈进。一个办法是评选"红旗楼道"。村党支部每季度从41个楼道中评选30个红旗楼道和"优秀楼道长"，每年递增1个。

由村干部、物业公司、群众代表等熟悉楼情民意的人员打分,将环境卫生、移风易俗、村民诚信等纳入"一票否决"事项。第二个评选,是美丽庭院评选。由第三方机构按照"居室美、庭院美、厨房美、厕所美"的标准要求,对每家每户进行打分评比,从900多户居民中评选出600个最美庭院,每年递增50户。村里拿出专项资金进行表彰奖励,通过"奖励多数、促进少数、引领全部"的思路,使屯田西村的邻里关系空前和睦,家庭环境得到了改善。

葛茂学说,这两项评选看似平常,实则有奥妙。有什么奥妙呢?他说,就在评选的数量上。一般评选是以少促多,但他们是用面上带动面上,很快就形成了你追我赶的氛围。"我们的目的,就是全村良治、善治。"

现在的屯田西村,真正实现了村集体和村民的共同富裕。他们曾经向全体村民描绘了一个愿景,就是"七有":幼有所育、学有所教、劳有所得、病有所医、老有所养、住有所居、弱有所扶。他们承诺要让自己的村民共享这"七有",如今目标已经实现了。

时至今日,屯田西村创造的盖房子"五方监督"、分房子"四次抓阄"等典型经验,还在寿光市普遍应用,发挥着乡村治理"压舱石"的作用。"屯田西模式"依然吸引着全国各地的考察团前来一探究竟,这个乡村振兴的样板村,始终彰显着基层创新的独特魅力和永久活力。

在寿光市的一个城郊村——屯田西村,人们找到了"以人民为中心"的鲜活的实践样本。

第三卷 「玩」一个绿满天涯

第一章

播"绿"五湖四海

每每坐高铁飞驰在祖国大地上,望着车窗外闪过的蔬菜大棚,时常陷入深思。一个蔬菜大棚能带给人们什么?能带给一个地区什么?能带给中国什么?

今年,央视曾播放过一部纪录片《蔬菜改变生活》,讲述"中国蔬菜之乡"寿光几十年向全国传播蔬菜技术,给数以亿计的中国农民,给覆盖大江南北的中国村庄带来了翻天覆地的改变。

32年前的那个寒冬,时任国家科委主任宋健来到三元朱村视察,他告诉三元朱村党支部书记王乐义,这么好的致富技术应该向全国推广普及。

32年后的这个春天,王乐义回忆起向省外派出第一个技术员王福民的事儿,那场景还历历在目。这个一心想让老百姓过上好日子的老共产党员,怎么也不会想到,只是派出了一个技术员,只是一粒火种,怎么就燃遍了全国,燃起了这么一场跨世纪的"绿色革命"呢?怎么就改变了中国农业的发展历史呢?那时的他当然也不会想到,在全国脱贫攻坚和奔向共同富裕的道路上,他点燃的这粒绿色火种,依然熊熊如初,为共同富裕路上的中国农民创造着财富和幸福。

第一站：河北

在三元朱村的技术员走出寿光向全国传授蔬菜大棚技术之前，淄博有一个村早早就沾光了。这个村的"艺"，不是三元朱村传来的，是他们自己骑自行车到三元朱村学来的。

临淄区南卧石村，处在临淄、青州、广饶、寿光交界地带，祖辈也曾经到处要饭、讨生活。改革开放后，村民种过一些露天蔬菜，收益甚微。南卧石村离寿光只有十几里路，打听着寿光发展冬暖式蔬菜大棚成功了，村里人骑上自行车到了三元朱村。"寿光人一点儿也不小气，问啥说啥，从不捂着盖着。"当年到三元朱村学技术的南卧石村村民李新生说，那几年，村里人就像上了什么瘾似的，没事就骑上自行车往三元朱村跑。"那条通寿光的路儿，都快被俺村的车轮子给磨亮了。"

近水楼台先得月。学了寿光的技术，自己又改进发展，南卧石村成了番茄种植专业村。很难想象，南卧石村人学种菜，是1990年发生的事。那时候的三元朱村只有17个党员成了万元户，大批村民刚开始建棚，寿光全县还在开动员大会推广大棚。外地的陌生人来了，三元朱人就"问啥说啥"，把致富"秘方"毫不保留地传给人家了。

"谁来学都教，要富大家一起富。"这是寿光人的胸怀。今天想来，是否还有寿光人的底气在里面？也正是凭着这样的底气，寿光人教会了全国农民，自己却始终站立在全国蔬菜产业的潮头。

河北省成了最初的"幸运儿"。1990年春天，三元朱村接待的第一个政府公派考察团就是河北省考察团。亲眼看到了黄瓜按一千克20元的批发价卖出去，他们钻进三元朱村的蔬菜大棚就不出来了，东瞅西看，这满棚绿油油的菜都是钱啊，都是农民的好日子啊。临走的时候，他们向王乐义提出了请求："王书记，您能不能从村里找几个种菜能手到河北去，帮着发展发展这种大棚？我们保证提供最好的条件，还要照顾好你们的技术员。"

王乐义回忆说，当时河北考察团提出的这个建议，让他很为难。冬暖式蔬菜大棚技术是全寿光县的"宝贝"，可不是他王乐义一个人的，他也不能自己说了算。送走了河北考察团，他向县委和镇上做了汇报。县镇两级答复一致：可以派技术员帮助兄弟地区发展大棚。

王乐义拿着这柄"尚方宝剑"去了河北。难不成他是亲自去传授大棚技术？面对笔者的疑问，他笑着解释："咱当时很小心，当地生产条件咋样？适合不适合建棚？都不知道。"从河北考察回来后，王乐义和村"两委"决定，向河北派出技术员帮助他们发展冬暖式大棚蔬菜。这个技术员就是三元朱村党支部委员、民兵连连长王福民。这也是寿光向全国派出的第一位技术员。

王福民在三元朱村历史上占了好几个第一：第一批建冬暖式蔬菜大棚的17名党员之一，17名党员里面最年轻的，寿光第一个派到省外传播大棚技术的技术员。今天的三元朱村史馆里，还张贴着他当年借款建棚的那张单据。

这是一个普通的农村党员，一个平凡的中国农民，却留在了中国农业的发展历史里。谁是历史的英雄？谁又能在历史的尘埃里发光绽放？三元朱村一个叫王福民的中国农民，给了我们诸多启示。

王福民一到河北，就变成了抢手的"香馍馍"，各地市都跑到省厅来要人，最后王福民被派到了获鹿县（今石家庄市鹿泉区）。这个县的农业局（今农业农村局）局长刘史柱，曾经跟随河北考察团到过三元朱村，被冬暖式大棚蔬菜的高效益折服,所以一听说三元朱村给河北派来了技术员,他就天天靠在省厅里,软磨硬泡,最后如愿以偿。"我这工夫可没白费,把'王财神'抢到了县里,当年福民就帮着建起了100多个大棚。卖完菜一算账,每个大棚收入3万多元,轰动了整个河北。"

在河北农户家采访,会在不经意间发现一张张他们当年去三元朱村接受培训的照片。刘史柱说,他们那儿的"棚一代"们,在王福民的组织下,大多到三元朱村接受过技术培训,他们很珍惜也很感恩三元朱人的无私帮助,所以许多人家都会把培训时照的大合影放在客厅最显眼的地方。

冬暖式大棚在河北省发展了不到十年,就已经遍地开花。当年的河北省为了更快推动设施蔬菜发展,还专门设立了省"农业白色革命"办公室。这也算中国农业机构中的一个特例了。

火焰山上也能种大棚

为见证寿光冬暖式蔬菜大棚技术在全国传播的历史,寿光市曾经策划过一场"绿播天下万里行"全国大型采访活动,主笔记者是王慧铭。当年他和《北方蔬菜报》技术记者黄传华两人,从王伯祥、王乐义手中接过"出征"的红色大旗,以三元朱村为起点,启程奔赴全国,历时两个月,沿着寿光"播绿"全国的路线,走过了11个省(区、市)、21个县(市、区),为这场中国农业历史上独有的产业现象留下了鲜活生动的时代记录。

笔者曾参与"绿播天下万里行"栏目的策划,并担任了该专栏稿件的编辑工作,从两位记者出发前,到整个采访过程中,与他们沟通交流得最多。我与他们就稿件的事实细节,采访路上的生活、安全等诸多事项,时时进行沟通。印象最深的是,每次电话连线,都听不到他们对路途奔波劳累的抱怨,听到最多的是他们内心的自豪和兴奋。直到今天,与已经退休的王慧铭谈起这段新闻采访经历,他依然抑制不住激动:"这段采访是很累很辛苦,别忘了我们可是跑了100多个采访点,钻了几千个全国的蔬菜大棚,那种状态可以用'一身泥水、马不停蹄'来形容。但往往是心头的兴奋消解了身体的疲惫,一看见那么多贫困地方的农民靠学寿光种菜技术发家致富了,还有那么多农民一听说我们是寿光来的,非要拉我们到家里坐坐、留我们吃饭，我们高兴啊！寿光人因为无私地向全国传播了绿色技术，成了被人需要的人，成了受人尊敬的人，这种感觉，无法用语言表达清楚。"

这段经历过去了十多年，王慧铭的脑海里还时不时显现一些场景和细节。本来没安排山西洪洞县这个采访点，可半路接到王乐义书记的电话："树高千尺不忘根，洪洞老槐树可是咱们的根啊。我挂念着洪洞的蔬菜大棚，小王，你们替我去看看。"原来，王乐义书记曾数次到洪洞推动冬暖式蔬菜大棚建设，可一直没有大的起色。这次听现场采访的王慧铭说，当地已经有100户报名，大棚已经开始建设了。王乐义高兴地说："100户也不少了，当年咱三元朱村也才有17户，不也带动了全国吗？"

洛阳媳妇潘静静，带着寿光纪台镇的丈夫孟江华回到老家，也带回了寿光大棚技术，两口子领着当地村民建起白马寺无公害蔬菜基地。她对王慧铭说："感谢寿光给了我江华和技术。"

在陈胜吴广起义发生地的安徽大泽乡，人们传颂着寿光人重情重义的故事。1990年9月，三元朱村技术员王继文来到这里，帮村民建起了400多个大棚。1991年腊月，临近春节了，很少下大雪的大泽乡突降暴雪，村民们一下子慌了神，不知道棚墙体能不能保住温，蔬菜会不会冻坏。大家一个晚上都疑虑重重，天刚亮走出大棚，突然看到了三元朱村党支部书记王乐义站在棚头上。在他和技术员的指挥下，人们开始稳住心神，清理积雪，在棚体上加盖草苫子。"下那么大雪，王书记一晚上是怎么从山东赶到这里的？"答案不重要，重要的是村民大棚里的黄瓜保住了。

在三江之源、青海湖畔，在祁连山下、塞上江南……脚下的绿色在盛放，笔下的故事在延伸。王慧铭说，很多故事令他难忘，但最令他难忘，甚至可以说是令他难以置信的，是寿光人竟然在火焰山上种出了大棚蔬菜。

寿光进新疆传授大棚技术的第一站是哈密。这里气候条件适宜，水果种植闻名全国。寿光人觉得，这样好的条件，应该很容易发展大棚蔬菜。可他们忘了，种菜技术是否难学先不管，最难的可是人的脑袋。在寿光人满腔热情想让新疆同胞富起来的时候，偏偏他们不领这个情。这里的群众说："你们种的菜，不就是草吗? 我们吃肉,我们的羊才吃草。"王乐义只好一户户做动员工作,他还在奥尔达坎儿孜村的王尚义家住了三个晚上,和王尚义在一个炕上睡,和他聊天,从他这里收集村民意见。有的村民也想建大棚,可家人强烈反对,王乐义就上门承诺——大胆种,要是不挣钱,我把自己押这里。

哈密的大棚种植终于成功了,富起来的少数民族兄弟说:哈密这座"甜城",多了一种千年不见的绿色,那是浓浓的"寿光绿"。

哈密推广建棚获得成功,这对广袤的新疆来说,仅仅是一个开始。天山南北,地貌多样,人们的生活习惯、生产方式各不相同,想让这里的农牧民都认准设施蔬菜这条致富路,难上加难啊。

你说寿光的温室大棚技术在哪里都能应用,那请问你,吐鲁番这座"火焰山",能不能种大棚蔬菜?

当王慧铭和黄传华来到吐鲁番时,他们知道了,电视连续剧《西游记》里的火焰山,并不是虚构,而是真真实实就在眼前。放眼四野,没有飞鸟,没有树木,甚至很难看到一棵草。只有头顶上的骄阳和四周褐红色的戈壁。王慧铭看了看那根"金箍棒"——温度计,显示当前温度是46摄氏度。可再往前走,眼前出现了成方连片的蔬菜大棚,他们不敢相信自己的眼睛。这一抹柔嫩的"寿光绿",到底是怎么在这像火一样的土地上出现的呢?王慧铭忍不住给王乐义书记打电话:"王书记,这到底是怎么回事?火焰山怎么没把菜烤熟啊?"电话那头的王乐义被逗笑了:"不是都说'没有过不去的火焰山'吗?咱有一招鲜啊。"

其实在吐鲁番发展蔬菜大棚,王乐义是慎重的。他每次去新疆考察,都要去吐鲁番实地论证种大棚蔬菜的可行性。十年后他向当地政府提出了自己的判断:吐鲁番能种大棚蔬菜。这个说法,真够大胆的,连种大棚菜最有经验的三元朱村技术员们,听了王乐义的"预言"也被"吓坏了",他们说:"寿光的大棚,夏天还得盖遮阳网降温,火焰山上建大棚,装上空调也不管用啊。"

为了给大家一些信心,王乐义拿出了他的"一招鲜":春提早,秋延晚,夏规避,冬生产。这是他根据长年在全国各地传授大棚蔬菜技术积累的经验,又结合吐鲁番的气候和环境条件给出的"解决方案"。

派哪个技术员去呢？王乐义在心里掂量起来。最后，他想到了王佃军。这可是他的"得力干将"，早在1999年，王乐义就派王佃军进了新疆，在和田传技，王佃军带着当地群众发展的大棚蔬菜已实现规模化生产。王佃军没有犹豫，搬着行李从和田去了吐鲁番鄯善县，准备和"火焰山"来一场天人之战。

按照王乐义的四季种植思路，蔬菜大棚在吐鲁番的成功并没有人们想象中那么难。人们避开了吐鲁番的最高温，其他季节反而因为昼夜温差大，加上天山雪水的浇灌，大棚蔬菜水果的口感特别美妙。这里的农民聪明智慧，去寿光参观学习回来，把自己多年的农业经验嫁接进来，改良了种植模式，他们发明的辣椒、哈密瓜、长豆角"果蔬立体种植"模式在吐鲁番实现了大面积推广。

离炙热的火焰山直线距离不到1千米的火焰山镇，有万亩蔬菜大棚、万亩葡萄园，还有2000多年历史的高昌故城，和谐一体，仿佛向人们诉说着一个古老而现代的故事。

延安的事就是咱的"家事"

"最大的心愿,是到寿光,到三元朱村,痛痛快快地为他们敲一次安塞腰鼓"。

安塞人民的心愿,在中国(寿光)国际蔬菜科技博览会的开幕式上实现了。一群陕北汉子,头扎白羊肚,腰系红飘带,身上透着一股威武气,站在了菜乡的舞台上,手抡带红缨子的鼓槌,腰间的鼓敲起来,身体和双脚随着节奏起舞。这是一群来自延安革命老区的农民,这是一曲来自延安革命老区的壮歌。寿光—安塞,安塞—寿光,用一座座蔬菜大棚,把感情维系得很紧很紧。

1995年夏天,延安政府部门邀请王乐义去讲课。当时他正在生病,高烧发到39度多,打针吃药也没见好转。他挂着吊瓶,讲了整整一上午的课,起身离开的时候,晕倒在了讲台上。王乐义这种"不要命"的劲头感动了延安人,而延安革命老区的发展现状却深深地刺痛了王乐义的心。他对三元朱村的党员们说:"革命年代老区人民奉献多,现在轮到我们去帮助他们了。派最好的技术员过去,工资和其他费用咱村出,尽快帮他们把大棚蔬菜发展起来。"

这一次,王乐义派出的依然是他的"得力干将"、村党支部成员王佃军。可他还是不放心,一次一次到延安去。后期听说延安大棚蔬菜发展快,对技术人员需求多,他二话不说又派出了几批。每当寿光蔬菜大棚升级到新一代,他总是叮嘱技术员，要让老区人民第一时间用上最新式的蔬菜大棚。在他心里，让老区人民富起来，这是头等要紧的事。

视革命精神为传世精神的寿光人，一直把延安的事当作自己的"家事"。寿光对革命老区延安蔬菜产业的援助，就这样成为传统，一直坚持了下来。

帮老区人民建起了蔬菜大棚，又想着利用寿光的资源优势，帮着老区人民建农业园区，让农业产业对老区群众的带动力更强一些，让他们富起来的步伐更快一些。寿光直接派去了一支"党政＋专业技术"的挂职队伍，目的地：安塞县（今安塞区）。

安塞县，早在1992年就利用鲁陕干部交流的机会，从寿光学到了蔬菜大棚种植技术，全县建了6个大棚，这6个大棚像三元朱村当年的17个大棚一样，成了星星之火。安塞县侯沟门村是三元朱村的友好村，这个村也和三元朱村一样种黄瓜，是当地有名的黄瓜种植专业村。

现任昌乐县委副书记、县长桑海强就是当时挂职安塞的寿光干部，同去挂职的还有孙吉海、步砚伟、张帅、张立华等几位，都是年轻人，充满干事创业的活力，在寿光都有基层工作经验。

桑海强回忆，他们去开展的主要工作，名称叫"寿光—安塞科学发展农业产业化五大合作示范工程"，"通俗地说，就是前期咱帮着建了蔬菜大棚，发展了蔬菜产业，现在再帮着深化、升级，把寿光经验复制过去，帮着搞农业示范园、建蔬菜批发市场，也就是完善产业链条，让当地蔬菜产业更长远、可持续"。桑海强用几句话，点明了这次寿光援建的主旨。

挂职，可不是随便一"挂"，只等归程。桑海强说，他们这帮寿光挂职干部真正把安塞的事当成了寿光的事。"说是玩命儿地干，也不为过。"他印象最深的是，为了保持最好的工作状态，这支队伍自己给自己定"铁律"，实行半军事化管理，仅管理制度就有关于学习、考勤等16项，人手一本，随时对照学习。"按规定每天早上6点半跑操，外出必须在晚上10点前回来；下乡进村不能吃人家的饭……还有很多条目，定得很详细。就是通过这种办法，保证最强战斗力。"

挂职结束，寿光给安塞留下了一个个现代化的农业示范项目、农产品物流园，也给安塞留下了具有钢铁作风的干部形象。

第二章

借"王婆"一双大脚

纪台镇赵家庄村位于寿光南部,是大棚长茄和辣椒的主要种植产区。刘国贤和新莲夫妻俩就在村前种着4个高温大棚、2个拱棚。偶尔忙不过来的时候,他们会找几个短工帮帮忙。可忽然有一天,俩人发现雇不到短工了,原来常来帮忙的两个短工,跟着寿光种菜、建温室的队伍去了外地,两口子只好自己顶着干。

寿光农村大棚里的"用工荒",让人们真真切切认清了一个现实:寿光人跟着产业走,已经走向了全国。

种到"天涯海角"去

田马原是一个独立乡镇，先后叫田马乡、田马镇，后撤并乡镇，归入稻田镇。田马位于寿光市的东南部，与昌乐县搭界，区位优势并不明显。这里也不像寿光大多数乡镇那样发展蔬菜大棚，而是种甜瓜。到底这种甜瓜是从哪村哪户开始种植的，谁也说不上了。据说是善于创新的南韩村人琢磨着在大棚里种植瓜果，1992年引进了伊丽莎白厚皮甜瓜，田马才开始种瓜，他们管这种甜瓜叫"洋香瓜"。

1998年，李华锋调到田马镇任党委书记。调研完全镇情况，他的心情有点沉重。田马自古就是商贸重地，土地不多，种蔬菜大棚的少，经商富的仅是冒尖户，田马的群众整体不算富裕。

这时候的周边乡镇都在发展大棚蔬菜，还形成了一镇一品、一村一品的产业格局。紧邻田马的纪台镇是长茄专业镇，孙家集镇（今孙家集街道）是黄瓜专业镇，古城街道被誉为"中国西红柿之乡"……"田马镇的发展方向也一定是设施栽培"，李华锋认准了这个方向。

全镇种"洋香瓜"已经有基础，那就推广种香瓜。为了激发群众的积极性，镇党委、政府拿出了优惠的政策：银行拿钱，群众建棚，政府付息。好政策一"促"，田马香瓜种植规模迅速形成了。

有了瓜，就得卖瓜。120亩的大市场建起来，规范了经营户。种的欢喜，卖的畅通，田马"洋香瓜"的名气大起来了。

早在1999年，农业领域还没有多少人注重品牌效益，李华锋就提出给田马香瓜打一套"组合拳"：注册一个品牌，在全国征集广告语，推一首歌颂香瓜的镇歌，写一个洋香瓜的故事。

"王婆"香瓜从此登上了寿光的历史舞台，"王婆卖瓜不用夸，田马甜瓜香万家"的广告语家喻户晓，《美丽的香瓜之乡》的旋律也飘进了千家万户。一套操作下来，田马香瓜有了种植规模、有了市场、有了品牌、有了文化，成了一个地方性龙头产业。田马镇被中国农学会特产经济专业委员会命名为"中国香瓜第一镇"，"王婆"商标也正式注册成功。

不断被赋予各种附加值，"王婆"香瓜就不仅仅是一颗颗甜美的水果了。2001年3月，上海新世纪投资服务有限公司对"王婆"牌香瓜进行了评估，确定其无形资产价值为3.3261亿元，并在当年的寿光蔬菜博览会期间举行了一场新闻发布会。

对无形资产进行评估，且达3亿多元，这在当年的县域可谓奇事、鲜事，今天的田马人还在受益于"王婆"品牌的影响力。

当年写这场新闻发布会报道的记者柴立平，如今已任中国蔬菜协会秘书长。这些年见过了全国那么多的蔬菜产业发展重要时刻，他仍然对家乡的"王婆"香瓜评估这件事印象很深。他回忆说，自己当时就认定这是一个价值无限外溢的事件，所以他在新闻稿的结尾写道："田马人有了身价过3亿元的'王婆'，滚滚财源已经向他们走来了。"

滚滚财源真的向田马人走来了。首先带动的是本地的特色产业发展，这片西有丹河、东有桂河、两河相环的肥沃土地上，甜瓜种植发展到了5万亩，还带动了周边昌乐县、青州市形成了20万亩的区域种植规模。田马香瓜批发市场成为全国香瓜的主要集散地。

第一批远赴海南"淘金"的田马瓜农，就是从这个全国最大的香瓜市场上发现了商机。

也许他们自己也没有想到，20年时间，他们把海南的一个县种成了另一个寿光。

当笔者为逐渐淡出风光时代的田马本土甜瓜有点伤感时，西里村党支部书记张德敏说："寿光人在千里之外种的瓜，还是拉到咱田马市场来卖，咱的市场可是比以前更红火了。"

2002年，到田马香瓜市场收瓜的浙江客户提供信息，海南种甜瓜前景很好，浙江已经有人去种了。于是，第一批尝鲜的田马瓜农去了海南。

开完广州种子交易会，张德敏买上车票就从广州去了海南乐东黎族自治县（以下简称"乐东县"）。望着这块异乡的土地，他感叹自己的老乡们来对了地方：这真是一处种甜瓜的宝地，靠海，阳光充足，更重要的是土地多，满足了田马人"种大地"的愿望。虽然每年有几个月刮台风，但秋天种下第一季瓜，等第三季收完，正好是来年5月，台风来袭时，田马瓜农就打道回府，回到寿光休整难得的四个多月时间，9月重回海南，开始新一季种植。

初期抱着试验的心态，大家只种了四五百亩地，设施也很简陋，用当地的竹竿撑起来，盖上薄膜，搭一个简易拱棚，种上瓜，剩下的管理工作就是他们的拿手好戏了。摘了瓜，再运输到田马市场来卖掉。

良好的自然条件，加上肯吃苦、技术好，田马瓜农的海南"淘金"路走得很顺。2009年，他们改造简易棚，将竹竿棚全部换成钢管棚，抗自然灾害能力更强了，种起来也更安心了。"一种建棚材料的更换，其实反映了大家心态的改变，认准了海南种瓜这事，想长期做下去。"

马丽群就是在这时候来到了海南。2008年时他只有25岁，可已经在田马老家种了五六年甜瓜了。

"俺和俺爸一齐干，家里有5个甜瓜棚，是马家庄最大的种棚户。"一年毛收入20万元，让村里人眼热，可马丽群不中意，想着趁年轻出去闯闯，做点大事。他和舅舅俩人搭伙去了缅甸考察，想着从缅甸贩水果到国内销售。从缅甸回来，正好有朋友在海南种甜瓜，马丽群约着舅舅顺道去了海南。

这一看，就住下了。他从田马信用社贷款25万元，在乐东县九所镇租了30亩地，收完三季瓜，还完贷款，纯收入15万元。

"俺是真真正正从零开始的，没有钱，启动资金是用的贷款，多亏信用社那个主任好，支持在外种瓜的。"

"为啥在老家干得很大，在这里贷款也要干？主要是俺看准了，就凭着俺会种瓜这一点，在海南这里有前景。"

"俺和俺家老爷子，2001年建新棚花了3万块钱，当年赚了2.8万，差几千块钱就够建棚的本钱了。那时候物价多低啊，2块钱就能买7个包子，吃得饱饱的，俺记得清清楚楚。当年俺家一年能收入20万，按说应该满足吧？可俺觉得，在家，发展空间还是小。"

一个25岁的寿光年轻瓜农，远走几千里，寻求人生突破和事业机遇，寻求发展的新路径。追求，不限于城市白领、企业蓝领，还有什么金领、红领，这些寿光"绿领"们，他们身上满载的豪情万丈、自信与勇气，同样有着巨大的震撼人心的精神力量。

拿着赚的15万块钱，马丽群在寿光买了一套房子，安排老人和妻儿住了进去。安顿好一家人，到了9月，他又回到了海南，这次换地方租了40亩地，又热情满怀地干了起来。从30亩、40亩，到140亩，到500亩……马丽群的"瓜园子"越来越大了。中间艰辛，一言难尽。最让人睡不着觉的，是资金。"钱这物，了不得。弄工地的时候，哪天不需要投钱？看看这500亩的大园子，都是一年一年攒起来的。"

马丽群说，这一路走来，身边许多人"扶"过他，最早闯海南贷款给他的那个老家信用社主任，那份情他一直记在心里；扩种到500亩时，缺资金，是好伙计们你十万、我二十万地给他凑钱……"走着走着，人就不完全为挣钱了，也不完全是为自己活了。"

近年海南的政策也在变化，退耕还林开始喊得响了。田马瓜农都在打自己的长远"谱儿"。有朋友在山西建棚种樱桃番茄，马丽群跟上了。他和表弟合伙，在山西、内蒙古交界处租下200亩地，不种甜瓜了，只种樱桃番茄。"这里温差大，樱桃番茄口感特别好，人们现在讲究生活品质，市场前景肯定差不了。"

这注定马丽群的"消夏时光"被取消了。以往5月从海南回寿光休整，可山西基地的种植从5月开始，他要马不停蹄从海南赶去山西。

多年行走寿光大地，在农民中间采风交流，笔者熟知的一点是：玩农业这么拼，是寿光菜农的传统，是根植在骨子里、融化在血脉里的东西，也许就是贾氏基因吧。但他们又不完全是为着追求赚多少钱。身子铺在土地上的他们明白，农业的弱质在于它永远无法改变的"靠天吃饭"的那部分因素，所以农业能赚钱，也会不赚钱。

像马丽群的农业观就很有代表性："做农业，就像做人，心态放平，不卑不亢，别自骄，也别气馁。"

这个土生土长、纯粹的寿光农民还有自己的一套"农业观察"理论："农业这行，五年总有两年好，最差也是五年得有一年好。只要抗折腾，总有出头日。所以，做农业最重要的就是坚持。"

这套"马丽群农经"来自他自己的农业实践，相比较那些印在纸上、从专家那里"分析"出来的农业趋势，这套土地里"长"出来的农业理论还是令人信服的。就像马丽群常说的："没有技术这底气，没有这些年的种瓜实践，谁敢在海南投这么大的本钱？"他还说："做农业，认准了，就得有狠劲。俺就有这狠劲，因为俺就好这个，好种地，敢豁上，大不了从头再来！"这寿光农人的自信，听了真令人热血沸腾。

受新冠肺炎疫情影响，原定的海南之行取消。微信联系马丽群，他说太忙了，晚上8点以后才能有空。晚上8点准时接通马丽群的电话。

"吃晚饭没？"

"吃晚饭？这活还没干完呢。"

"这么晚还在干啊？"

"嗯。白天太热，30多摄氏度了，傍晚凉快下来了，有20摄氏度左右了，才开始干。"

"你亲自干？"

"大姐，500亩地啊，我哪干得过来，得请专业的人干。"

他又打开了话匣子，聊起了这"专业"的事。原来这海南种瓜的产业链真够长的，专业化分工"专业"得让人心服口服——从建棚开始，甚至从买材料开始，就有专门人员组成的队伍来干，种植环节的嫁接、下苗、浇水、施肥、授粉、采摘、装运……各有分工，精准对接，全部一条龙服务。

"人家这产业链，简直完美。所以说在海南种瓜，比较省心。"

给马丽群的500亩地干活的，是乐东县当地的专业服务队伍。

"他们一天工资多少钱？"

"一天8小时的话，300元左右吧。"这个工资问题又让马丽群产生了感慨，"咱寿光人，真是给海南乡村振兴做贡献了。"

"怎么讲？"

"刚来乐东县，当地人种瓜的不多，咱租地一亩才1000块钱。现在呢，一亩4000元，最差的地也要3500元一亩。人家靠山吃山，靠海吃海，乐东人民呢，靠地吃地，就过上好日子了。"

马丽群还记得，2008年刚到乐东时，雇工一天8小时20块钱，后来年年涨，现在一天没有低于200块钱的。"套皮筋的一天都挣好几百，套袋的也一天能挣好几百。"

"在海南种菜的寿光人多，种的地多，当地卖快餐盒的都形成了产业链，发家致富了。"

20年时间，从第一批寿光瓜农到相距约2500千米的海南"淘金"，现在已经有3000多人常年在当地从事相关产业，种植面积从最初的四五百亩，发展到现在的4万多亩，年销售额突破16亿元，并带动了海南本地甜瓜种植，其面积目前已达25万亩。

海南种瓜，寿光卖瓜，田马香瓜批发市场没有因为瓜农的"出走"而衰落，反而越来越红火。2015年扩建，形成了多功能、全链条的格局，成为全国最大的香瓜集散中心、价格形成中心和信息交流中心。这是又一"版本"的寿光蔬菜批发市场。

"飞"到海南种瓜，种好的瓜又"飞"回寿光。人们把这种现代农业经济模式形象地称为"飞地经济"。"飞地经济"富了寿光瓜农，红火了田马果菜批发市场，也带动了海南的乡村振兴。这是一件利国利民利长远的新经济模式。

2020年夏天，寿光市委、市政府出面搭桥，挂职副市长刘伟带队，10余人的考察调研小组来到海南乐东县，研究帮扶政策，为"飞地经济"模式的创新提升出谋划策。

根据调研分析，大家认为，经过20年的发展，"寿光模式"带动乐东县甜瓜产业发展效果明显。为进一步发挥"飞地经济"模式的作用，2020年6月，在寿光市委、市政府的主导下，"飞地经济"种植户在家乡寿光成立了"稻田镇蔬菜合作社联合会海南果蔬分会"，并成立了"稻田镇（海南）果蔬产业流动党员党支部"，实现了产业链上建支部。

2020年12月2日，乐东县瓜菜协会在县乡村振兴综合服务中心揭牌。110位首批会员，绝大部分是寿光瓜农，融合了一定比例的乐东县当地农户。瓜农们有了组织，有了"家"，单打独斗的时代过去了。乐东县领导评价说，这是"寿光模式"花开海南。

"蓝眼泪"的神奇南国

只要有梦，哪里都是天下。寿光的人们，循着土地的芬芳出走，怀着满腔的绿意出走。

从"此地本无竹"的寿光，到了"此地本无棚"的福建，一对普通的寿光农民夫妇，在那里写就了一段乡村振兴的传奇故事。这场持续二十年的"出走"，当然也是奔着那浓浓的绿意去的。

壬寅年正月初五，入夜的寿光城区霓虹闪烁，游走在大街小巷的风依然有些寒意。中南世纪城小区一套楼房内，温暖的灯光下，韩希霞一边在卧室收拾行李，一边侧耳听着丈夫和婆婆在客厅的对话。

"不再多待两天了？"

"嗯，娘。园子那边的地瓜要收了，花生按时节也得下种了。"

"唉，那就走，农时可误不起。"

婆婆已经88岁了。她的身子越来越瘦小，腰也开始弯了，她坐着马扎，后背靠在沙发上，好节省一些力气。

希霞给婆婆端过一杯茶，看着老人喝下一口，这才望向丈夫刘守成，用商量的口气说："要不，咱拖两天再走？"

丈夫看了媳妇一眼，没回应。

韩希霞知道自己给丈夫出了道难题。自从2003年丈夫离开寿光到福建平潭种地，这道难题，年年都会摆上她家的桌面。刘守成的心里，更舍不得自己的亲娘。刚到福建那几年，忙种地、忙管理，每到春节，也就是菜价最好的时候，回寿光过个春节，老婆孩子热炕头，守着亲娘心里倒是踏实，可地里的管理、物流发货跟不上，过节几天就白白少赚十几万。后来，他咬牙忍着思家之苦，连续七个春节不回家，娘盼儿盼得心疼，却一言不语，在儿子的事业上，她从不"使绊腿儿"。苦的不止娘一个，还有媳妇韩希霞，2003年刘守成离家创业时，儿子还小，韩希霞自己带着孩子在寿光，一家三口远隔千里，一年见不上一次面。

一晃就是20年。刘守成看看眼前的娘，看看眼前的媳妇。希霞也年过半百了，老了；娘呢，更老了。

回想起这20年的创业路，刘守成还有些恍惚：自己是怎么从寿光竹竿竹器市场一个卖竹竿的个体户，成了福建平潭一个农业园区的老总，还成了福建省有名的乡村振兴带头人？

这一段相距1500多千米的鲁闽农业情缘，还得从刘守成当初卖的那根竹竿说起。

1993年结婚后，分家单过的刘守成两口子，没分到什么家当，却分上了一身债务。听说离家不远的竹竿竹器市场生意好，能赚钱，俩人一商量，穷日子不能穷过，咬牙贷款在竹器市场租下门面，做起了竹竿竹器批发生意。

守着大市场，既不愁货源，又不愁销路，刘守成家的生意越做越顺手，2002年的时候，两口子把债务还完了，手里还有了些余钱，合作竹竿生意的福建客户头脑活泛，拉刘守成一起入股，利用闲余资金，从福建收白萝卜，发到寿光蔬菜批发市场卖，就这样，刘守成这个"竹贩子"转行成了"菜贩子"。

2003年，尝到甜头的刘守成干脆把竹器店交给媳妇打理，自己只身跑去了福建，又拉上9位志同道合的朋友，凑起了10股资金，在福建平潭县租下1000亩地，种土豆和白萝卜。

平整土地的时候，刘守成傻眼了，刚到平潭看到满眼都是撂荒的田地，也没打听打听人家为啥撂荒，还觉得租金这么便宜，一下子租了1000亩。平潭土地为啥撂荒？当地人平时种点玉米、红薯，亩收入抵不过打工收入，有些就撂荒土地出去打工了。

刘守成赶紧从寿光老家招呼了几个种植能手南下"救急"，手把手教当地的雇工怎么起垄、怎么播种、怎么浇水，喊哑了喉咙，溜断了腿，好歹赶着农时，种下了400亩，剩下的600亩无力再种。

平潭的气候、土壤特别适合土豆、白萝卜生长，眼看着是一季好收成啊，刘守成心里高兴。可真到了收获的那一天，刘守成又傻眼了，到处跑也找不着那么多雇工，青壮村民都出去打工了，留守村民不是老的就是小的，出一天工，干不了多少活儿，收的土豆、萝卜还不够支工钱的呢。最后，400亩只收了200亩剩下的200亩，撂地里了，不收了。

这次南下尝鲜，亏了20万元，10个股东，分摊到每人头上，各亏2万。这怎么向家里交代呢？刘守成不甘心。在哪里亏了，就在哪里赚回来。

他决定自己种，租了100亩地，当年赚了10多万元。这回该走了吧？可他又不舍得走了，因为平潭真是个发展农业的好地方，既然选了种地这一行，不如就在平潭留下吧。

如今，刘守成在平潭拥有一家省级合作社、一家农业公司、一家配送公司，运营着一家占地1800亩的现代化农业园区。从寿光的"竹贩子"刘守成，到寿光的"菜贩子"刘守成，再到平潭的乡村振兴带头人刘守成，一个寿光人用了30年时间，诠释了他和中国农业的一份情。

终于还是放不下老娘，刘守成两口子又在家住了两天，正月初七回到了福建。

地瓜收得差不多了，紫红色、顺溜溜、大小个儿均匀的地瓜，离开了藤蔓，整齐地躺在那儿，等待装箱，发运给客户。

"看这地瓜的品相，这真是块好土地啊！"刘守成戴着草帽，边走边发出感叹。一块好土地，这是对农人最大的吸引力，也是最大的慰藉。

一排排大型机械正在地里轰隆隆来回跑，翻地、起垄、平整，准备种花生了。远望去，一排浓密深沉的绿意护佑着这片土地，那是海边的防护林。

西瓜也种上了。覆好的薄膜在阳光下闪闪发亮。

这是一片萝卜地。水果萝卜正在做着最后的"努力",鼓着劲地让自己伸展腰身,等待着即将到来的采收。

进了温室大棚,又是另一种景色。番茄苗正在育苗钵里生长,很快就移栽下地。另一个大棚内,工人们正在种下草莓苗,幼苗看起来格外健壮。

"这段时间,每天要用几十个工人,都是周围村子里的村民。"

番茄温室内,几个人提着塑料提篮,正在采樱桃番茄。刘守成说,这是来基地采摘游玩的游客,他们管这种樱桃番茄叫"小可爱",它是最受游客欢迎的产品。

"游客?"

"平潭可是个旅游岛啊!过几天,人还多呢。"

这个中国大陆离台湾最近的地方,被称为"福建的马尔代夫",拥有着千年海浪冲刷出的碧海银滩、每一颗石头都会唱歌的石头厝、梦幻神奇的"蓝眼泪",还有无人小岛上的星辰大海……这些自然与人文相互辉映的人间奇迹,吸引着大批游客上岛参观旅游。

旅游岛的天然优势,也为刘守成的农业园区带来了机遇。在央广网福建频道推出的"乡村振兴看福建——特色小镇的产业富民故事"里,刘守成的创业故事被融入了福建乡村振兴的大战略。在记者采集的镜头里,刘守成拿着手机,向人们介绍园区的智能化:"我手机上的这个 App 就可以操作大棚内的设备,就算我在山东也能远程操作。"笔者在寿光采访刘守成时,就看到他不时拿出手机,查看福建园区的实时情况。"接下来,我们还会继续开发完善,让客户可以看到他们所购买蔬菜的所有生长流程,实现每一棵菜都能溯源。"

刘守成创立的平潭润丰园生态农业发展有限公司,已经成为平潭及福建各级领导考察调研的"必看点",也成为福建农林大学、平潭农科所、泉州农科所等各大高校和科研院所的实验基地,实验室育出的新品种,都想拿到他的基地试验。

"今天,泉州农科所陈老师又给我们送来了抓虫能手"。原来,这是陈老师新研发的捕虫器,拿到基地试试效果。

"花生新品种培育上市,水培的,产量还不错。"这又是给农科所的花生新品种做试验推广。

"红薯脱毒原原种开始播种。""原原种"是繁殖良种的基础种子，放到刘守成的基地播种，这是看中了刘守成的人品。

"教授们的研究成果放到这里，一是信得过咱，二是呢，咱是寿光人，种菜出身，管理有经验，能保证数据更真实。"

刘守成公司的基地上，种植的农产品种类很多，有水果萝卜、马铃薯、西瓜、花生等。他和当地农户最大的不同，是把一部分果菜放到了温室大棚里。

刘守成在平潭发展几年后，建起了温室大棚，当地村民很奇怪："这边温度高高的，还用这东西保温吗？"刘守成自有他的"秘诀"：平潭气温适宜，从保温角度讲，建温室作用还真没有北方那么大，但保护地栽培的优势是可以挡风遮雨，能防病虫害。

他结合寿光的温室大棚模式，进行了改良，大棚盖膜，但常年不封风眼，前后通风，保持温室内外的温度一致，"既能阻隔风雨带来的污染，又能防病虫害，果菜口感和寿光本地的一样"。

这种"南＋北"模式种出的樱桃番茄、草莓，成了游客们的抢手货。

本地村民吃过刘守成种的草莓后说："嗯，是老味道。"他们信服了刘守成，也跟着他种起了温室大棚。

平潭的农业种植模式就这样慢慢发生着改变。刘守成又成立了"好收成农民专业合作社"，吸收了100多户当地村民成为社员。合作社通过土地流转，把周边的闲置土地都盘活了。

作为福建省乡村振兴的带头人，刘守成觉得自己担子重了。"不能只顾自己发展了，还得带人、帮人。"农忙的时候，周边村民在合作社里务工；农闲的时候，刘守成就借合作社这个平台，对农户进行技术培训，把公司的种植技术都毫不保留地教给他们，有了新品种，试种效果好的，也马上推荐给合作社的社员，带动他们共同致富。

刘守成追求的"全产业链绿色产品"已经实现了。他的创业故事也在平潭岛成为一段佳话。他有点不好意思地告诉笔者，当地的村民感谢他的带动和付出，送他一个外号，叫"小山东"。这是一份感恩和赞誉。

看吧，"寿光模式"也在福建开花结果了。

第三章

花繁叶茂

杨维田是全国蔬菜质量标准中心的党组副书记、副主任,他曾挂职任江西赣州市政府副秘书长,虽然两年挂职期已满,但现在仍是赣州市政府蔬菜产业技术顾问。挂职期间,他为包括赣州在内的江西革命老区引进现代农业发展模式,把自己也当成了"寿光技术员"。后来到全国蔬菜质量标准中心任职,他有了更多条件实地考察全国贫困地区和革命老区的农业产业发展情况,为当地出谋划策。他说:"其实我一直在输出'寿光经验'和'寿光模式'。"

"寿光在外种菜和从事相关产业的,有多少人?"对笔者的这个问题,他的答案是:寿光常年在外的技术员有8000多人,常年在外建设园区的公司有2000多家,其中有400多家具备专业综合能力,也就是能建、能种、能管的全产业链企业。这就是官方报道中经常提到的"全国新建蔬菜大棚中一半以上有寿光元素"的原因。

至于寿光参与的全国各地的蔬菜种植总面积,他说还真不好统计,但有几个地区的种植面积比较大:"一个是海南,20多万亩,是寿光参与种植面积较大的。

再就是云南的红河、大理、蒙自等地，寿光在做服务，有3万亩左右吧。江西赣州有10万亩以上，包括十几个县，面积也比较大。新疆这里呢，寿光服务范围为3万亩左右，集中在喀什、和田等地，还是乐义书记当初传艺时留下的老'根据地'。嗯，不能忘了内蒙古。寿光人很早就在那里发展，巴彦淖尔一地就有1.3万亩左右，乌兰察布也不少。"

杨维田去过全国多地进行调研，发现这些年寿光不只是在输出技术服务，而正在向着寿光定位的输出体系、标准、全产业链的方向发展。

"特别是近几年，寿光选取一些气候条件好，冬暖夏凉的地区，围绕高品质蔬菜做文章，像环京津冀地区带、甘肃酒泉、武威等，宁夏的贺兰县、固原市原州区等。这些地方，我们都在做高品质蔬菜，未来这些地区，也将成为寿光高品质蔬菜转型的第二阵地，通过这些点，向全国推广我们的标准体系和产业模式，那将会继续引领全国蔬菜产业的发展水平。"

"寿光人从让全国人民吃上菜，到让全国人民吃上好菜。我们还在努力。"

江西、贵州、宁夏、甘肃、西藏……全国一些贫困地区，杨维田都踏足过。实地考察调研让他更深地认识到了产业扶贫的重大意义。"无论是西藏这样的蔬菜生长困难区，江西、贵州的一些革命老区，还是甘肃、宁夏一些相对贫弱的地区，我们都去到了，都有寿光人的身影和贡献。"

"这几年，我们不但扶贫援建，还利用我们的资源，帮助他们打造市场，建立销售渠道，特别是对接高端销售渠道，像卜蜂莲花、永辉等大型超市，百果园等生鲜连锁。这种服务，让初生的产业与高端市场无缝连接，真正优质优价，让群众脱贫致富更快了。"

他的心里装着许多寿光带动某地乡村振兴的故事。他曾经挂职的江西赣州有个宁都县，寿光企业服务着当地11个乡镇，3年时间发展设施蔬菜2.7万亩，其中黄石镇大岭镇村，三年帮助它发展到2300亩，村民来自蔬菜的年均纯收入达1.5万元。这家寿光企业仅仅给村内到基地帮工的村民发工资，一年就发放了560万元。

虽然初心是来扶贫的，可万事开头难。很多的苦累和艰辛都被寿光人吞进肚里，他们不大爱说出来。由全国蔬菜标准质量中心牵线搭桥，寿光人林玉华带着公司来到宁都县，在青塘镇湖丘村建棚时，政府免费建，企业出苗子钱，村民免费种，可谁也不报名，"世代种稻谷，种大棚哪有饭吃？不种！"最后拿出5个大棚进行示范，选5位村民来种，结果只有4个报名的，只好再回村里发动。

林玉华带着技术员全程跟上，手把手教村民按"寿光标准"来种蔬菜，苗子多远一棵，盖土多厚，什么时间浇水，什么时间保温……三个月后收获第一茬豆角，示范棚的村民卖了2万块钱，贫困户一下子成了脱贫户。全村人都来示范棚里挤着看，主动要求种棚。林玉华结对子的一位残疾村民，他家是建档立卡的贫困户，林玉华按寿光的模式帮着他种丝瓜，夫妻俩有14亩地，年收入20多万元，彻底脱贫了。

信丰县大塘埠镇六星村的农民胡志忠，原来怎么也不相信寿光技术员的话，"辣椒产量最高就是一亩地产1000斤，怎么能产出1万斤？这不是骗人吗？"可种上大棚辣椒，他发现真有这么高的产量。他种了5亩辣椒，从2019年9月至今，总收入35万元，纯收入20万元。他家不但脱贫了，还成了远近闻名的富裕户。

如今，六星村全村的蔬菜年产值3000多万元，种植户种一亩地纯收入2万元，村里成立了合作社，不能出去打工的老人、妇女都能在大棚干活，一天工资120元，老人一天80元。村党支部书记说："自从有了蔬菜基地，村里不孝顺老人的没有了，村民脸上有笑容了。圩场上的人多了，商品高档了，丰富了。"

"这几年，我们寿光队伍出去之后，有几个贡献，一是传播新技术，二是推动产业扶贫，三是推行标准化、品质化、品牌化的农业产业之路。"杨维田感受特别深的一点是，走出去的大多是寿光专业化公司为主体的龙头企业，他们与当地的力量结合，形成了"龙头企业＋家庭农场＋合作社＋农户"的模式，最终实现了"扶贫促产业振兴，产业振兴促乡村振兴"的质变。"这种模式的一个更直接、更深远的影响是，当地贫困农民不但脱贫了，而且转成了专业化的产业工人。"

"咱寿光人刚去，当地不认可，认为咱是去赚人家钱的，他们最担心的就是拿了钱走人。也认为当地政府是为了政绩。现在不行了，都抢着让咱们去。"

抢寿光人，抢的是一把致富的"金钥匙"。2022年中央一号文件提出，要坚决守住两条底线，其中一条就是坚决守住不发生规模性返贫底线。有了"寿光模式"的支撑，期待全国农民在满棚绿意中尽享幸福。

世界屋脊上的"寿光绿"

西藏,一块神秘而纯洁的土地,它令人神往,又令人畏惧。雪域和冰原孕育了洁白的雪莲花,孕育了大河之源,可高海拔、缺氧、风沙、贫瘠的土地,这些恶劣的自然条件,又让人们望而却步。

第一批走进西藏的设施蔬菜推广者,是济南援藏干部聘请的技术员张际明。他从2000年进藏,一直坚守在白朗县。这个叫张际明的济南人,是个种菜的老把式,当年他到寿光学习温室大棚种植技术,回去就改良了自己的拱棚种植法,成了当地小有名气的种菜能手。进藏后,他在白朗带起了一批徒弟,把设施蔬菜的根扎在了雪域高原。张际明任职的白朗县绿色蔬菜发展有限公司后面,就是蔬菜大棚种植园区,大门顶上,有一副浅绿色字体的对联,用藏汉双语书写,联语为"果蔬香沁幸福白朗,鲁藏共建五彩天域"。玻璃大门两侧,是竖写的一副大红字体对联,联语为"全国蔬菜看寿光,西藏蔬菜看白朗"。遥远雪域的"寿光绿",给西藏人民带去了新生活的绿意。

2016年年底,白朗县公开招标,要建300米超长蔬菜大棚,寿光人孟德利来了。现在的他已经是中农圣域农牧科技有限公司总经理,管理着1800亩园区,

150多名藏区同胞在这里务工，年分红达300多万元。

2017年，寿光蔬菜产业集团来了。这年7月10日，寿光蔬菜产业集团投资成立了白朗七彩庄园生态农业有限公司，建设了白朗产业园区。

如果说，前期十几年的发展是为西藏设施蔬菜产业奠定了基础，扎下了根，那么七彩庄园是为雪域蔬菜产业打开了一片新天地，就像园区的名字一样，打出了一片七彩天地。

七彩庄园的主要目标，就是打造一条现代农业的全产业链，包括设施蔬菜育种研发、蔬菜新品种示范展示和推广、工厂化育苗、基地标准化生产、冷链物流、净菜加工配送、科技人才培训和休闲观光采摘等。

这样的全产业链对白朗县现代农业的带动力是强大的。它能够充分展示科技生产的示范效应，引领当地农业的发展方向，实现从传统农业向现代农业的转型。更直观地讲，这是"寿光模式"向西藏输出的样本，按"寿光标准"种菜，走"寿光蔬菜"的路子。

寿光人想做到的是，通过采用寿光的先进技术，在白朗县打造我国高原有机蔬菜特色生产基地和代表品牌。好资源不断向西藏汇聚。白朗七彩庄园依托全国蔬菜质量标准中心，在白朗县建立了全国蔬菜质量标准中心试验示范基地。

七彩庄园坚持按绿色食品种植要求种植，已通过供港澳蔬菜基地备案，全面融入粤港澳大湾区"菜篮子"基地建设，借助寿光蔬菜产业集团外贸销售平台，已完成对外经营贸易、出口食品生产企业备案等相关蔬菜出口的手续，成为西藏唯一的一家具有出口蔬菜资质的企业，为实现将西藏高原蔬菜推向世界迈出了坚实的一步。

扎根白朗短短几年，七彩庄园拥有了不少的荣誉，像西藏自治区"组织创先先进单位""突出带动奖"等，但他们最珍视的是"白朗县脱贫攻坚产业扶贫明星企业"这个荣誉称号。作为日喀则市的农业龙头企业，园区每年能带动固定岗位就业39个，年人均工资6万多元，带动季节临时性用工5000多人次，年人均工资2万多元。

既要"输血",还要造血,这是扶贫的使命之一。依托寿光蔬菜产业集团的研发平台,白朗园区先后承担了"适于西藏高海拔地区设施蔬菜品种筛选""西藏高海拔地区设施蔬菜高效沙培种植模式研究与示范"等科技项目。他们与日喀则市第二中等职业学校进行校企合作,接纳相关专业学生到基地实习,学生们说:"学到了书本上学不到的专业技术。"这些既有专业知识又有实战经验的学生,毕业后好就业,也为当地充实了专业技术力量。

七彩庄园最初就注重品牌的力量,定位蔬菜销售的目标是立足白朗,面向全国,推向世界。他们全力推广打造了"高原特色蔬菜""艾玛土豆"等西藏高原特色蔬菜,入驻北京、上海、成都等地的大型商超,实现了西藏果蔬产地直发、供应全国各地。不到6年时间,创造了一个高原绿色奇迹。

白朗县平均海拔4000米,平原地区去的人,不用说种菜,就是走几步路,大声说话,也会喘粗气。连线正在白朗产业园区的郝俊光,他正在园区巡查,果然没说几句话,就听到他有些喘粗气。

2019年6月,郝俊光从寿光蔬菜产业集团调任白朗产业园区。从西藏回来的同事告诉他这么几个感受:"空气稀薄,气压低,太阳辐射强,气候干燥,昼夜温差大。"

人没上高原,无论如何都不能感同身受。可郝俊光一进藏,马上就感到了不适应。一段时间的高原反应,生活习俗的不适应,再加上和藏族群众的语言不通,他进藏不到一个月,瘦了40斤。第一次回寿光探家,同事和家人快不认识他了:"临走时165斤的帅小伙,回来时体重成了125斤,方脸成了瘦长脸,晒黑了,像换了个人。"

恶劣的自然条件,没有吓到郝俊光,他倒被高原的风吓了一大跳。

刚到园区不久,他就遇上个"下马威",大风把卷帘机杆直接刮到了棚后边。怎么办?傍晚降温快,耽误了盖棚时间,降温过快,棚内作物就受影响。只能人工拉棉被。因为缺氧,大声说话都使不上劲,更别说在棚上拖棉被,那简直是挑战。更让郝俊光意料不到的是,拉棉被这活,内地的人懂技术但缺氧使不上劲,藏族的工人有力气但是不会，好歹一家人咬牙鼓劲把棉被盖到棚上。

郝俊光也开始了思考："在藏区发展蔬菜产业这个事，你不从娃娃抓起，是不行的。要让他们从小就接触、认识，在成长、求学过程中学到技能，将来对本地的蔬菜产业是有好处的。"郝俊光找到山东援藏领导，说了自己的想法："培养人才，这是个长远事，但应该从现在开始抓。"

于是就有了与日喀则第二职业学校的校企合作，联合培养科技人才。

西藏给郝俊光留下了难忘的印象。这里的自然条件恶劣，可这里的人民善良友好，吃苦能干。第一次去藏族同事家里做客，主人给他戴上洁白的哈达，拿出藏式的银碗倒青稞酒，一碗接着一碗，扎木年（藏族六弦琴）弹起来，迎宾的歌儿唱起来，欢快的锅庄跳起来。在这间普通的藏式民居里，郝俊光感受到了藏族人民的热情好客，藏族文化的乐观博达。他更加觉得自己来到这里，是有使命的，通过一个产业，为这些坚强却依然有些贫穷的人们带来新的希望，给这片曾经的生命禁区带来更多人类生存的尊严。

电话里听到从遥远的雪域高原传来的风声。"是呢，这地方2点以后就起风，而且特别大。"郝俊光一边走，一边用电话进行着"实时播报"，一边拍现场照片，发过来。听着他的"现场报道"，看着实景照片，就像随着他行走在产业园里。

大风中，7个男女工人正在棚顶上盖棉被，戴着帽子的，戴着墨镜的，穿白色外套、玫红色卫衣的，风太大了，他们一齐坐在棉被一端，集体用力，动作一致地用双腿蹬着棉被向下滑动，风吹动厚厚的棉被四下撕扯，他们的脸上却露出欢快的表情。

镜头转入一个温室大棚，工人忙活着收割西兰花，穿藏服的女工正走向温室门口，另一位女工在给西兰花过秤。

"这里是板房区，是我刚来西藏建园区时办公的地方。我来以后，陆续建了新的砖混办公区，还有加工冷库。"照片中，简陋的板房区就是创业时期的历史见证，另一张是碧蓝的天空下，白色的建筑院落，这是现在的办公区。现在有7名寿光员工与郝俊光一起坚守在这里。

查阅新闻得知，早在2020年，白朗县就宣布"五彩天域·有机白朗"的地域公共品牌全面打响，"全国蔬菜看寿光，西藏蔬菜看白朗"已经成为现实。目前，白朗已成为国家首批、西藏首个农业现代化示范区创建县，被认定为全国果蔬全产业链典型县，创建了国家现代化农业产业园。

最直接的受益者是西藏人民。通过"扶贫产业园区＋龙头企业＋合作社＋农户"的模式，白朗全县7000多农户中，有3000多户参与到了蔬菜产业发展中，年户均增收3万元以上。近几年，绿色蔬菜产业成为当地农牧民群众特别是贫困群众就近就便务工增收的主要平台。

通过发展蔬菜等重点产业，白朗县如期实现全面脱贫摘帽任务。

白朗县正在做脱贫成果巩固与乡村振兴的衔接文章。他们把产业振兴作为突破口，把白朗打造成为西藏重要的绿色农产品供应基地、日喀则的"粮袋子""菜篮子""后花园"，让群众过上更加富足美好的生活。"寿光绿"依然大有可为。

坐标：北川

从2008年汶川特大地震之后的1个月第一次进北川，笔者在三年间四次到北川，亲历了山东、潍坊、寿光援建的关键历史时刻。行走在这块承受过巨大创伤的土地上，脚下的泥泞时常让人寸步难行，写下的一行行文字都是浸泡在泪水里的。曾经的记忆像泉水般汩汩不绝。在这些关于援建的记忆里，一直难忘的是一个援建项目——北川维斯特。

山东对口援建北川工作包括产业援建，其中的农业援建项目就交给了最有资源优势的寿光，由国家级农业产业化重点龙头企业——寿光蔬菜产业集团实施。这个援建项目就是北川维斯特农业科技示范园。每次赴北川采访时，我都要到这里看一看。当时并不知道，这样一个援建的农业项目会给新北川带来什么，只知道这是山东援建北川产业园的一部分，与工业产业园隔县城相望。

2010年9月再赴北川，挂念着这个农业项目，早早安排了采访行程。维斯特已建设完成。这仿佛是一个从寿光"搬"过来的现代农业项目，浓缩了寿光蔬菜产业几十年的精华。高标准的荷兰式连栋温室，智能化管理设施，无土栽培、水培、蔬菜树式栽培等世界最先进的栽培模式，蔬菜景观展示……全部在维斯特得以呈现。

2012年深冬，因公出差去成都，挂念着北川维斯特，抽空再赴北川，发现这个最初因援建而诞生的农业项目已深深扎根北川，迸发出新的生命力，走出了一条"农旅融合"的观光农业路子。

原来,北川维斯特依托智能温室建设了现代生态观光农业产业园。在这里,有寿光智能化精准栽培模式,还有300余个果菜新品种落地生根。日常管理中,完全运用"寿光模式"。重达300千克的巨人南瓜、单株产量达3000千克的番茄树,以及辣椒树、茄子树,2米多长的蛇瓜……这些以往只能在寿光蔬菜博览会上才能看到的"稀罕物",人们在北川就可以随时欣赏。园区还发挥地处高原的优势,把红豆杉、兰花、珙桐等高山特色珍稀植物引了进来。

这些年,陆续听到维斯特的好消息,打造的五星级旅游度假式温泉酒店营业了,配套的休闲中心也启动运营,旅游区内还建起了3万多平方米的羌城温泉区,给游客们提供了享受精致"慢生活"的好去处。

最近一次去维斯特是2019年夏天。从北川地震纪念馆出来,沉重的心情一时难以缓解。笔者提议晚上就住在维斯特,这次直观感受了维斯特的全貌,再次为这个援建项目生发出的无限生命力而感动。

优美的园区环境,精致的酒店服务,舒适的温泉体验,当地特色的餐饮,无不给人留下独特印象。清晨起床,在酒店的木质连廊上做几个深呼吸,沿台阶来到院里,隔着玻璃温室看着生机勃勃的各种果蔬,竟仿佛穿越回了寿光的蔬菜产业园区。

前来接笔者的北川县委宣传部邓军说,作为山东援建北川的国家重点农业项目,北川维斯特的名气越来越大,荣誉也很多,如四川省农业龙头企业、全国休闲农业示范基地、国家4A级旅游景区、四川省科普基地、四川省民族地区旅游人才培养开发示范基地、四川省科技旅游示范基地、绵阳市中小学环境教育实践基地……"可以说,它已经成为山东产业援建北川的标杆项目和助力北川脱贫攻坚、乡村振兴的样板基地。"

从一个援建的农业产业项目,到脱贫攻坚和乡村振兴的样板基地,这是援建者最希望看到的结局。

"又见北川美,北川的山水美;又见北川美,北川的人儿美……"北川县委副书记、县长周福兰在朋友圈里发出一首《又见北川美》的歌曲,沉浸在优美的旋律中,思绪又回到了魂牵梦绕的北川。

花茂村飘出蔬果香

"看过电视剧《花繁叶茂》吗,写的就是我们扶贫的这个花茂村。"见到九丰集团总裁助理闫京罡,他先问笔者有没有追这部名叫《花繁叶茂》的电视剧。

"这些年花茂村变化太大,好故事太多了,你真应该去看看,采采风。"花茂村原是一个贫穷落后的村子,曾用村名"荒茅田"。后来按照"看得见山、望得见水、记得住乡愁"的要求打造,通过改善基础设施,实施结构调整、产业植入,这里已经成了富裕的社会主义新农村。其中产业调整的重点项目,就是枫香蔬菜现代高效农业园区,一个九丰农业集团在当地建设的扶贫项目。

从2012年开始,九丰农业集团董事长王宗清带领集团走出寿光,到贵州建起第一个扶贫项目,10年间,他们再也没有停下全国扶贫的脚步。在贵州遵义、湖南吉首、江西井冈山等革命老区都建起扶贫基地,目前集团有16家大型的现代农业园区、博览园和销售中心,总占地和辐射面积达到30多万亩。

"黔北的毕节、遵义、铜仁都建了园区,我们就是要扶贫到底。"

"来遵义2个月了,只有一天见到太阳。九、十月份正是连阴天,种温室不容易。再加上当地百姓最初并不认可,只好慢慢做工作。"闫京罡说,正是从花茂村这个园区开始,九丰农业集团从种植管理转型农文旅产业。"后期在井冈山,在瑞金，在吉首……红色地区的扶贫，我们基本复制的是遵义模式。"

"全国各地联系我们前去建园区的很多，但公司的原则是踏踏实实做，少而精，做一家就带动一方。还是把更多精力放到了转型上。"九丰这些年一直在坚持转型，走农旅文一体化、一、二、三产业融合发展，产品线包括蔬菜、优质种苗、农产品深加工及销售、农业技术培训服务、旅游观光等。

这种多产业整合、延伸产业链服务，创造了更多的就业岗位。"现在九丰有2600多人，其中200人为技术员，其他全部是当地群众。"闫京罡说。

九丰还精准分析当地实际，实施精准扶贫。在九丰的带动下，当地大批农民返乡就业，实现增收，脱贫致富。九丰在各地的园区都开设了农业技术培训班，与当地政府联合举行蔬菜种植技术培训。公司在各省市的16个园区、农博园和销售中心，直接提供就业岗位3000多个，培训本地蔬菜种植技术员万余人，带动蔬菜种植30万余亩，实现人均年收入2.6万至8万元，直接安排贫困户就业，间接带动3000多贫困人口脱贫致富。

九丰农业集团正在打造上海九丰蔬菜体验店，施行大型冷链配送，完善终端之后，形成九丰绿色果蔬全产业链，全国各地扶贫项目的产品全部进入这条产业链，让老百姓种植的优质果蔬卖到大城市，卖出好价钱。

扶贫，是九丰到贵州发展的初衷。带动，是九丰走向全国扶贫大天地的引力。九丰与脱贫地区、脱贫群众实现了双赢。

第四卷 寿光模式

第一章

走出中国乡村

聊城市茌平区贾寨镇耿店村,靠发展蔬菜大棚推动了乡村振兴,被称为"鲁西小寿光"。这个村,从育苗场到生态园,从蔬菜批发市场到包装车间,从专业合作社到资金互助会,形成了蔬菜种植产供销"一条龙"。耿店村的高标准大棚升级换代和寿光同步而行,注册了"茌星"牌绿色食品商标,带动着周边村庄几千户发家致富,在外打工青年选择回村创业,"棚二代"引领着故乡的产业发展……

我们从茌平区耿店村的蔬菜全产业链,看到了寿光东斟灌村的影子。"鲁西小寿光",这不就是"寿光东斟灌"吗?耿店村的这套发展模式,正是在寿光试验、复制、成熟、推广后,逐渐向外传播,在全国农村生根发芽。从"鲁西小寿光",到"苏北小寿光",再到"贵州小寿光""宁夏小寿光""西藏小寿光"……哪里有需要,哪里就出现寿光身影、寿光模式,哪里就诞生"小寿光",哪里就能致富群众。

这种强大的复制能力,这种无限的生长速度,源于"寿光模式"的内源性。"寿光模式"的内源特质,决定了它的稳定的可复制性,以及充满增生因子的强大更新能力。也可以这样表述，它自带循环系统和净化功能，只要扎下根，建立起初始的循环系统，就能够不过多依赖母体而实现健康、良好的自我成长，甚至创新、超越母体功能。

这样我们就能更好地理解耿店村这个"鲁西小寿光"，就能理解全国那么多"小寿光"，不仅从寿光学到了设施蔬菜种植技术，而且"入乡随俗"扎下了根，有了自己的创新发展，有了自己的模式。

正是这种内源特质，让"寿光模式"能够花开中国乡野，能够造福全国人民，这是"寿光模式"独特的魅力所在，也是它对中国农业产业发展进程独有的贡献。

当"寿光模式"的这种贡献，以一棵菜、一个园区、一种产业姿态呈现出来的时候，往往会产生一种震撼人心的强大冲击力。

我国三沙市的南海岛礁常年是 32 摄氏度以上高温，加上高湿、高盐、台风多发、路途遥远，历史上除土豆、洋葱、南瓜外，叶菜等新鲜蔬菜几乎不可能运至，就地进行蔬菜种植是解决供给困难的唯一途径。在今天的岛礁上，寿光团队克服高温强碱、缺土壤、少淡水、大风大雨等恶劣环境因素，成功种植了 29 个蔬菜品种并取得认证。三沙市的南海岛礁上有了现代化蔬菜大棚，授粉的蜜蜂在绿意间飞舞，岛礁军民的蔬菜供应实现了"秒采秒供"。这是枕着南海波涛的"寿光绿"。

在西藏白朗县，当站上平均海拔 4000 米的群山，一条蜿蜒的水泥路，把散布的藏族民居与现代化农业园区紧紧相连。走进一座蔬菜大棚，除了工作的工人是藏族脸孔，恍然就是走进了寿光的蔬菜大棚。这片被神山环绕的"寿光绿"，令人感到稀奇。

在离新疆火焰山不到一千米的小村庄，在黄河的第一个水文站——青海玛多水文站的院落里，在延安那片红色的革命圣地……"寿光绿"落地发芽，生根开花，长成了"寿光林"。

"寿光绿"是一棵大树，它的根从未停止过往深处、往远处延伸。

南非，一个遥远的国度，在许多国人的印象中是因为麦哲伦航线和好望角而记住这个异乡的所在。"寿光绿"已在这里播撒了十几年。

俄罗斯，邻近北极圈的冰寒，也阻挡不了"寿光绿"，寿光人把设施蔬菜种进了俄罗斯，还把寿光菜卖到了俄罗斯。

寿光市稻田镇崔岭西村以种植番茄为主，他们最早是与满洲里、绥芬河口岸的出口公司建立合作关系，后来村"两委"领办了众旺专业合作社，新开辟了莫斯科、伊尔库茨克、新西伯利亚、叶卡捷琳堡等市场销售渠道，直接将蔬菜配送到了俄罗斯各地的大超市。现在这个村子的年出口量近2万吨，年交易额1亿多元。

"寿光绿"走出中国乡村，走向国际舞台的事例越来越多。早在2012年，寿光在荷兰设立了首家农业中资公司——寿光蔬菜产业控股集团荷兰有限公司，主要从事种子研发、蔬菜工厂化种植、农业专业人才培训。与荷兰瓦赫宁根大学、荷兰丰收联盟、韦斯特兰种子公司、AXIA蔬菜种子公司等知名高校、科研院所、农业企业开展广泛合作，加快在设施蔬菜新品种、高效栽培技术、新型农业装备等领域的研发创新和商业化市场开发国际合作。荷兰是全球最重要的农业大国之一，也是世界农业科技最发达的国家之一。寿光选择与荷兰最优势的蔬菜产业领域进行合作，形成了产业上的优势互补，融入国际模式，又被国际模式反哺，这对"寿光模式"是另一种提升。

唐永生的山东省绿泉专业合作社是做韭菜出口生意的，合作社社址就在寿光历史上有名的"独根红"韭菜的大本营——文家街道的一个叫南官桥的村庄。村子西南角有一排平房，房前是一座塑料大棚，这是一个简易加工车间。每年进入11月，这个半开放式的院落就会忙碌热闹起来，合作社的社员送来的韭菜，被工人们麻利地分拣、包装。白色的泡沫箱整齐地排列在另一间仓库里，堆得老高。每个星期，会有一个集装箱的韭菜从这里出发，经过海关发往韩国市场。

唐永生做的这种出口韩国的韭黄，一年只收割一次，白根高茎，味道鲜甜，营养丰富。他的合作社自己有出口备案基地，加上韭菜的优良品质，一直受韩国客户的青睐。但众所周知的是，韩国对农产品的要求十分严苛，标准很高。仅对出口到韩国的韭黄这一项，韩国就有204项农残检测标准指标。为了达到韩国的出口标准，唐永生的合作社采用了"合作社+基地+品牌+社员"的生产管理模式，注册了"农益福"品牌，社员生产出来的韭黄，合作社以每斤高于市场价一元左右的价格进行收购。

时近暮秋，接到唐永生的电话，说韩国客户姜学盛夫妇要到寿光来，笔者赶紧去了南官桥村唐永生的基地。姜先生夫妇很年轻，家族世代做果菜生意，已经有近百年历史。唐永生说，做出口韩国的生意很省心，前提是抓好品质。这次姜先生夫妇过来，重点察看了基地的产品追溯系统。绿泉合作社从最初期给社员的产品编号编批次、在出口包装上喷码号，到后来加入了国家追溯平台，有了完整的追溯链条，产品贴上二维码，一扫码所有信息全部呈现，真正实现了韭黄从产地到餐桌的可溯可控。

用韭黄赚外汇，让寿光历经几千年的最传统的蔬菜品种在异国他乡大放异彩，让"寿光绿"在国家战略中焕发新颜，我们不由为越来越多的唐永生们喝彩。

第二章

一个复合体

寿光因菜而兴,因菜而名。蔬菜,成了寿光的文化符号。所以,人们理解的"寿光模式"往往就是蔬菜产业发展模式。

的确,初期的"寿光模式"其主要特征就是农业产业化。可深研寿光发展历程,我们不得不再次替寿光"表白":寿光,创造的不仅仅是一个蔬菜产业模式,向全国输出的,也不仅仅是一个蔬菜产业模式,"寿光模式"是一个复合体。

40岁出头的张树芝,浓眉大眼,言语利索,开着一辆五菱面包车,每天不间断巡查着她的"地盘"——寿光环卫南片区。

说起自己干环卫这二十多年,她很动情:"记得那是2006年,寿光刚创建成'国家卫生城市',城区的环境卫生很好,可乡村的环境不怎么样。我们开着车去调研,村外的路边是大棚秸蔓,村内的大街小巷里满是柴草,三步一堆,五步一垛,别说过去一辆车,就是步行也得绕着走。"

2010年，赵爱之调任寿光市环卫处主任，他对寿光乡村这种"街不能行车，巷不能走人"的尴尬现象感到心急，于是领着人把全市975个行政村全部转了一遍，经过反复论证，向市里提出了城乡环卫一体化的建议。"可贵的是，市领导十分肯定我们的想法，要求我们立即起草《寿光市城乡环卫一体化实施办法》。"

接到任务后，他们组织人员对农村人口、户数、街巷、生活垃圾点、"三大堆"等进行了详细统计，形成了5万多个数据。2010年8月29日，寿光市政府办公室正式印发了《寿光市人民政府关于〈寿光市城乡环卫一体化实施办法〉的通知》（寿政发〔2010〕46号）（以下简称《办法》）。《办法》实施后，所有农村生活垃圾清运工作统一由市环卫处负责，全市生活垃圾从此实现了统一清运，保洁工作仍由各镇（街）自行负责。

张树芝说，寿光的环卫一体化是"车轮上转出来的"——当年为了保证农村清运效果，分管环卫的副市长亲自带队，市环卫处、各镇（街）党政负责人全部上阵，每个镇（街）必到，一查就是两三天，中午都不休息，就近吃完饭接着查，对发现的问题，边查边督促整改。

"经过一年的努力，乡村环境卫生状况逐步改善，但问题也暴露出来了，各镇（街）各自为战，标准不一，要求各异，资金不到位，管理不专业，《办法》的实行并没有达到预期效果。"赵爱之说，根据市里的安排，他们又起草了《寿光市城乡环卫一体化实施办法补充规定》，2011年底由市政府办公室印发全市执行。

这个补充规定的要点只有一个：全市村庄保洁工作由各镇（街）移交给市环卫处。

寿光的做法在全国首开先河。当年即使东南沿海经济发达地区，镇村的保洁也仍然由乡镇一级自行负责。寿光由此成为全国第一个村村由环卫处统一进行城乡垃圾清运和保洁的县级市，实现了全市975个村城乡环卫一体化全覆盖。

30岁出头的张树芝，当时正在寿光城区最繁华的步行街——渤海路上负责环卫管理工作，城乡环卫一体化全覆盖的时候，她被派到了离城区15千米的上口镇。"按照每名保洁员负责75户的标准，全市975个村配备了3350名村庄保洁员，每

30 名保洁员配备 1 名管理员。管理员由环卫处统一调配。"年轻女子张树芝领着一帮保洁员，把上口镇所有村庄内部清理得干干净净。

为了这 975 个村庄达到和城里一样的洁净，寿光市每年投入农村保洁费用 2300 多万元，整个城乡环卫一体化费用 4000 多万元。

家门口有人给打扫卫生，大街上的垃圾有人给清运，村民却不用拿一分钱。张树芝说，当时村里的人们都不相信，有的村干部开玩笑说："是不是秋后算账啊？"张树芝赶紧解释："不是，不是！政府出钱，你们只管放心享受环卫服务就行了。"

农村人的习惯积年累月形成了巨大的惯性，要改变现状，需要持续强大的扭力才行。刚开始实行集中清运，放到村里的垃圾桶很快就被人偷走了，有的村民把煤灰、建筑垃圾、水倒进垃圾桶，有的村民不愿意垃圾桶放在离自家近的地方……"我们前后印了 80 多万份宣传材料，录了 3000 多份广播材料，上墙宣传标语做了几千条，说是磨破嘴皮也差不多，后来村民的环卫意识慢慢变化了。"张树芝说，环境变化带来了村民生活方式的变化，农村人变得爱干净了、讲究卫生了，可他们的要求也更高了："咋村里这么干净了，村外还这么脏？不相称啊！应该把村外也整治整治。"这样的要求越来越集中，市环卫处又与各镇（街）开展了农村环境卫生综合整治行动，很多沟塘湾池、边边角角的陈年垃圾、"三大堆"被清理了出来。有的村民说："自记事以来村子没这么干净过。"有的村民甚至发出了"自古以来村子没这么干净过"的感叹。寿光每年在农村环卫事业上投入巨大，仅大棚秸蔓清运处理费这一项，每年投入就近 2000 万元。

世界上没有垃圾，只有放错了地方的资源。寿光信奉这句话，引进了生活垃圾焚烧项目。到 2015 年，全市城乡生活垃圾已全部运到生活垃圾焚烧发电厂处理，实现了"生活垃圾不落地"，城乡生活垃圾无害化处理率始终保持在 100%。现在，寿光有 19 家大棚秸蔓资源化利用企业落户，大棚秸蔓处理方式由早期的"卫生填埋"实现了"资源化利用"。

2016 年 10 月 12 日，寿光市渤海路 1047 号院内，掌声中，大红"盖头"揭开，露出金色牌子上的六个大字——"寿光环卫集团"。由此,"干管分离"的寿光环卫集团正式成立,这也成了山东省率先改革成立的县级国有环卫集团。

经过多年的城乡环卫一体化,寿光环卫形成了品牌,外溢效应的优势十分明显,成立集团后,他们觉得应该眼光向外,输出"寿光环卫模式",最大限度减轻财政负担。"根植寿光、辐射山东、拓展全国"的战略布局就这样形成了。

目前,"寿光环卫模式"已经复制到了安徽、河南、湖北、江西、福建、贵州及云南的多个地区,省内外项目部达到了50多个。寿光环卫集团的员工,由原来的7800多人增长至近两万人,四轮以上环卫机械车辆由原来的900多部增加到1300多部。

"让寿光农村和城里一样洁净"的梦想已经照进现实,"让寿光环卫模式惠及全国城乡"的梦想,也已经照进现实。

中国城市环境卫生协会理事长肖家保到寿光观摩城乡环卫一体化工作现场。参观前,赵爱之信心满满地给肖理事长打包票:"我们寿光的环境卫生绝不是搞一两个样板村给上级看的,村村标准都一样,975个村您随便看。"肖家保看了看赵爱之,脸上的表情说明,他并不十分相信赵爱之的话。

"走,咱们先去看现场吧。"

那天,他们一共转了23个村,看完离寿光城区近40千米的营里社村时,赵爱之邀请肖家保继续看下去。肖家保说:"我到全国各地看了很多县,他们最多让我看3个村,你们已经让我随机看了20多个了,我不用再看了。到现在为止,在全国范围内,我还没有发现城乡环卫一体化工作比寿光做得更好的县。"

寿光是"全国村庄清洁行动先进县",2018—2021年,寿光的城乡环卫一体化工作连续四年被评为全国典型案例。随着同行慕名前来参观、全国会议介绍经验、新闻媒体报道,"寿光环卫模式"像寿光的蔬菜产业模式一样,传遍了中国城乡。

相比社保、医保这样的全国性"规定动作",环卫、园林等社会事业就是"自选动作"。寿光在这些"自选动作"上也毫不含糊,他们的自我要求永远都是"闯出路子、做出模式"。"奋力攀登、勇争一流"这八个字,每天出现在当地报纸封面位置，也流淌在每个寿光人的血脉里，在这块土地上，凡事不争第一，好像就是一种耻辱。

去年寒冬，正值大雪，笔者在济南开会期间，接到寿光园林集团董事长杨大伟的电话："刚去农圣公园转了转，已经很有一番气象了，有空给它写点东西吧。"在这位"老园林"的心里，这世间再美的景，都美不过他亲自规划的一个园，亲手栽下的一棵树。

寿光是典型的北方县级市，干旱、少雨、多风。现在，外地人看到这座城市的第一眼，都会感叹："树真密，公园真多，绿化真好，像江南小城。"

寿光人是出了名的爱种树、爱绿化。寿北寸草不生的盐碱地，被他们种成了莽莽林海；城区几百万一亩的土地，在南北纵贯城区、寸土寸金的黄金位置，他们拿出几百亩土地打造"城市绿肺"；人家的行道树种一排，他们种两排；停车场地面是草坪，顶棚再架一层绿荫；道路两旁绿化就绿化吧，他们却搞出一套名叫"带状游园"的道路绿化模式，既承担通行功能，又成了休闲游园……天天建，年年建，寿光实现了"出门500米见公园"的目标。截至2020年年底，建成区绿化覆盖率达到43.19%，绿地率38.74%，人均公共绿地面积18.66平方米。

也许是格外感恩阳光和大地带给他们的绿色蔬菜产业，在这座北方小城，人们敬畏自然，尊重生态，在园林绿化上也是如此。他们摸索出具有北方特色的复层混交绿化模式，用300种以上的常用乔灌木品种，总量达1000种以上的园林植物，来保持植物群落的稳定性，维持最佳园林生态。

他们数得清自己的生态"家底"：陆生脊椎动物363种、鸟类298种、鱼类75种……于是保护与修复并重，按"滨河游园"定位保护生态，境内河流全流域绿化，500多万棵大树护佑着万物生灵。这里有总面积4万多公顷的湿地，他们投资10多亿元进行了保护。特别是对境内"母亲河"弥河的开发，从1998年至今累计投资20多亿元，对河道进行了高标准治理。

这里的人们，把绿化当作自己的事情。曾经寿光有一项"绿化捐款"，即从工资中捐出一定数额，用作全市绿化。单位捐建林荫停车场成为一件值得骄傲的事儿。绿色的三月，仿佛每个寿光人的精神都被染上了绿意，政府每年向社会单位免费发放10万多株蔷薇，市区95%的单位、小区实现了沿透视墙立体栽植。

如果到寿光城区转一转，会看到贯穿的慢行绿道系统，全部开放的绿化资源，即使身边车水马龙，也能让身心瞬时入静。或者走一走全长114千米的弥河生态廊道，体验自行车道、人行道、带状公园漫步道、各类各式的公园、多姿多彩的湿地，飞禽时而相伴，时而独行，这串联起来的景观，这一条完整的绿色廊道，就像这座城市呈现给人们的生活态度。

很难让人相信，一个不占天时地利的北方小城，却创建成为"国家环保模范城市""国家卫生城市""全国文明城市""国家生态园林城市"，荣获"中国人居环境奖""联合国人居奖"。这是不是可以叫作"寿光园林模式"。

这是一块盛产奇迹的土地，走到哪里，都能发现生动的经验模板，都能发现鲜活的创新事例。当铺下身子，双脚踏进基层的门槛，很容易被自己的发现感动、感怀。正因如此，我们才会说，一个极具生长性的复合体，是"寿光模式"的重要内核。

第三章

几种精神

笔者在长期的基层采风和对这个地域发展经验的观察思考中，觉得"寿光模式"并不是一种工具、一个方法，归根结底，它应该归属于精神层面的存在。

当然，"寿光模式"蕴含的精神层面也是多个精神元素、多重精神内涵的组合体。结合笔者对寿光改革开放以来发展历程的剖析，以及对大量来自基层鲜活案例的细致采访和深入提炼，笔者感觉这个精神组合体里面，应该包含这么几个特定词汇：首创、勤劳、传承、共享、信义。

最主要的，是寿光人的首创精神。创新，仿佛存在于寿光人的骨子里。与其说这是一种特质，不如说这是一种干事创业的劲头，一种为人处事的精气神。

当年大张旗鼓建蔬菜批发市场，姓"社"还是姓"资"没有定论，"计划"还是"市场"更没有明晰，寿光担着政治风险在干事业，县委书记王伯祥提出的"宁要百姓致富，不要头上乌纱"的口号，成为后来任何发展时期寿光决策者们的衡量"标准"。干前所未有的事，干从"零"到"一"的事。这才有了中国江北最大的农产品物流园，有了影响全国甚至世界的"寿光蔬菜价格指数"，有了稳定全国城市"菜篮子"的实力和能力。

1989年，王乐义带领三元朱村17名党员试验冬暖式蔬菜大棚，当年的参与者都说："讲实话，真的是只有1%的希望，有99%的可能性会失败。"但不试怎么能成，即使只有1%的希望，也要将它变成100%的成功。这才有了绿遍全国的产业革命，有了亿万农民的致富路。

更为珍视的，是这块土地上的首创精神无处不在，像洒遍人间的阳光，让每个角落都亮起来，让每个细节都在创新精神的沐浴之下，让每个人的精神基因里，都守着那个叫"首创"的词儿，就像四季守着的庄稼，在合适的时节，它就萌芽了，扎根了，开花了，结果了。

随便走进寿光乡村的哪个农民家的哪个蔬菜大棚，都能看到一辆名叫"地老虎"的电动三轮车。外表看起来，这就是一辆普通的电动三轮车，可仔细观察会发现，它有两个"车头"，即前面是车头，后面也是车头，一辆车两套操作系统。为何设计出这样的三轮车？原来，建设蔬菜大棚的时候，农民为尽量减少对土地的浪费，会把棚内的道路留得很窄，仅供一辆三轮车开进去，摘完蔬菜想运出来，但车子在大棚内无法调头，怎么办？这就诞生了两个车头的电动三轮车。一头开进去，装满一车蔬菜，再驾驶另一头开出来。因为方便好用，又动力充足，农民们将它称作"地老虎"。

如果肯拿出时间、拿出耐心去寿光的乡间走走，去农民的蔬菜大棚里转转，就会发现，这样的"土发明"比比皆是，不仅有机械设施的，还有种植管理技术的，有大改大革的，也有小改小革的，简直就像工厂里的车间改革。还记得种植五彩椒的高手李保先吗，他摸索出来的五彩椒落蔓技术，南北两边倒，既满足了五彩椒无限生长的要求，又增加了阳光照射，提升了果实的品质，周边农户都用上了他发明的"两边倒"技术。虽然这些农家的发明都没有专利证书，可是它能给农民带来实实在在的收益，还有哪一种发明专利能有这样快的转化效果？

首创，就像寿光人的"条件反射"，遇到难题了，遇到需求了，自然就会想办法去解决。没有现成的办法和模板，他们就自己创一套。一个地区的首创精神，就像一台拥有澎湃动能的发动机，它让人们充满前行的动力和希望。它也让这块土地，成为一块永远让人们有所期待的土地，无限的可能性等待着在这里变为现实。

张文南，寿光市教育局原局长，退休后拿起相机，走遍寿光南北，10多年专门拍摄寿光菜农，后来出版了一本摄影专著《菜农》，他的照片还获得过泰山文艺奖摄影类一等奖。张文南说，每次回忆自己持续十几年的拍摄主题，第一个闪现在眼前的镜头，就是一双双寿光菜农的手。这也是他在摄影作品中篇幅最多的部分。

他跟踪拍摄王口村的冯沼元老人10年，每次都见他两手沾满菜汁，经年累月的渗透，这汁液已经无法洗净，从菜叶般的绿色，到透过双手的皮肤肌理，变成浓重的黑色，这是时间的渗入，也是劳作的证明，更是一个寿光菜农对"勤劳"二字最贴切的诠释。"其实我开始拍冯老时，他已经70多岁了，在本村种大棚，后来本村没有地了，他就到邻村承包了一个大棚，现在是84岁了，在儿女们的劝说下，正式'退休'了，不干了。"有一年寿光蔬菜博览会期间，组委会给张文南办了一个《菜农》摄影作品展，正在现场的张文南看到了冯沼元夫妇，两位老人挎着胳膊，一张照片一张照片细细地看过去，在一张照片前，两人站住了，盯着看了很久，张文南看到冯老的妻子擦起了眼睛。他没有打扰两位老人，等他们离开了，他才走到这张照片前——这是一双菜农的手，这双手，正是张文南拍摄的冯沼元在大棚摘菜的手。老两口一定认出了这双手。老人的眼泪，深深刺痛了张文南的心。他觉得，自己用十几年拍摄寿光菜农这件事，是对的。

初冬的乡村之夜，晚上7点，笔者和好友韩明云开车去了纪台镇赵家庄新莲的大棚。明云说，入冬正是大棚管理最忙、最累的时候，菜农一般要到晚上9点以后才回家吃饭，咱们给新莲两口子带点吃的吧。于是买了包子、米粥、小菜，带着去了赵家庄。穿过村子时，感觉到冬夜的寂静，柏油马路上停着归家的车，极少有人走动。到了村外的大棚区，走在棚间的生产路上，依然见不到人影，夜晚的蔬菜大棚被厚厚的棉被覆盖，看不到里面的一切，只隐隐听得到大棚内偶尔传出的一点声响。新莲家的大棚内一片漆黑，唯一闪动的一点光亮，是她戴在头顶的那盏灯，像矿工们头上戴的灯，只不过更简陋一些，一条松紧带把灯穿起来，箍在头上，头灯发出的光，如果是在室外，不怎么显眼，可在这漆黑的大棚里，这光就像能照亮一个世界。新莲的腰上，还用松紧带系着一个塑料小凳子，像幼儿园孩子们坐的凳子。戴着头灯、腰上系着小凳子的新莲，正在给大棚里的辣椒吊蔓。她的双手灵巧地在枝叶间翻飞，旁观者还没看清什么，她已经起身，头灯和腰间的小凳子，随着她向下一棵辣椒去了。这一点微光，就在蔬菜大棚里跳动。她的神情专注，仿佛这世界只剩下眼前的一点光和手下的这绿色植株。当心静下来的时候，忽然感觉世界也静下来，眼前也像新莲一样只剩下漆黑中的一点光，又忽然感觉这大棚里的世界活起来了，那土壤里的生命，那植株的呼吸，甚至从大棚缝隙穿越而来的几丝几缕的风，都能听得到。

新莲的丈夫刘国贤在另一个大棚采摘茄子，准备第二天早上卖到合作社去。夫妻俩种着4个高温大棚、2个拱棚，很多时间都需要分工劳作。大棚外有三轮车响，新莲放下手里的活儿，走出大棚。刘国贤拉了两个泡沫箱过来，箱子里是给我们捎回城里的菜。邻居听说有城里的朋友过来，赶紧跑回自家大棚，挖了一大捆芹菜抱来，说："都是自家种的，不是稀罕物，别嫌弃。"还有在棚顶整理棉被的邻居，叫着新莲的名字，打着招呼，问着："还要别的菜不？"新莲赶紧笑着回答："够了，够了，棚里都有。"

月光时隐时现，乡间的星星格外明亮。人们收拾停当，从各自大棚出来，陆续回归安静的村庄。这乡村的夜，多么像一幅画，又多么像一首歌。这不是一幅色彩单一的画，这不是一首旋律单一的歌，它有人生的五味杂陈，也有时代的铿锵足音。村庄的轮廓渐远，城市的灯火渐近，心里升起满满的祝福。

凌晨2点钟，张文南准时出现在菜农的棚头，小狗一叫，正在摘菜的菜农从大棚里钻出来："这么早就来了？""嗯，说来就来啊。你们不是更早？"这样的场景，这样的对话，在张文南10多年的拍摄经历中成为日常。"寿光菜农每天只睡几个小时，劳动量却那么大，另外，并不是所有付出都有收获，还有数不尽的挫折在等着。"有一年，他去金马寨村拍摄，碰到一个姓梁的农民蹲在路边哭，问后得知，他新建了一个大棚，种上了茄子，人家的茄子都卖了一茬了，他的不行，猛浇水,结果又涝了,一个大男人,蹲着哭,让人看着心疼又心酸。一个月后,张文南专门去这个梁姓农民的大棚看了看,发现茄子长势很好,梁姓农民说,村里的种棚能手帮着他管理了一个月,手把手地教,他这个新手终于入门了。

"如果中国农民都像寿光农民一样,用这样的态度、这样的感情和土地打交道的话,那就了不起了。"张文南的这句话,深深刻在了笔者的脑海里。

寿光人做事很坚持,这种坚持,就像他们侍弄的土地一样踏实、厚重。这种坚持,又可视为一种传承。像三元朱村自1989年在全国首试成功冬暖式蔬菜大棚,他们种的是黄瓜,一直到今天,他们依然在种黄瓜,只不过品种更新换代了,种植的大棚从第一代升级到智能化的第七代,种植模式上从单种黄瓜升级到了黄瓜与苦瓜间作。在寿光,"一镇一品、一村一品"是最大的产业特色,而且几十年不变,这样的传承,换来的是产业优势和市场认可度的厚重积淀。

寿光人视传承为传统。这种"认准了不回头"的劲头,成就了一个"中国蔬菜之乡",成就了一所县办大学,成就了走向海南、大放异彩的甜瓜产业,成就了中国江北最大的蔬菜批发市场,成就了一个从产业到事业、从个体到全域、从特色到均衡的全国百强县。

产业讲究产业链,精神也有精神链。潍坊科技学院这所县办大学,从朴里洼那个破烂的养殖场院落起步,走到了今天占地近两千多亩、在校生3万多人的本科院校。从王焕新、崔效杰、李昌武,到现在继任者魏华中,魏华中说:"尽快实现申报硕士点这个目标,让县办大学更上一层楼。"

甜瓜种植产业号称寿光的"甜蜜事业",一大批寿光菜农香飘天涯海角,在海南扎根开花。而这项"甜蜜事业"的起点,能追溯到20世纪90年代初的田马小镇,一棵甜瓜苗栽下了,结出了一个名叫伊丽莎白的甜瓜,从此揭开了中国甜瓜产业新的一页。

跟着寿光人学种菜,这是改革开放几十年来中国设施蔬菜产业发展中一个不可忽略的历史现象,由此,成就了"共享"这个关键词。

从三元朱村向河北派出第一个技术员,到遍布全国的寿光技术员,这是寿光的格局、寿光人的胸襟。即使在中国最偏远的新疆、西藏地区,走进一个搞设施蔬菜种植的村子，都会在一户人家的客厅里见到一张合影，那是他们到寿光、到三元朱村学习蔬菜种植技术的留念，也是寿光无私扶助全国农民致富的佐证。特别是在全国脱贫攻坚和全面建成小康社会的关键历史节点，寿光的大爱无疆、寿光的鼎力扶助，难以用数字衡量。

共享精神来自这是一块有扶弱济贫传统的土地。张文南在拍摄寿光菜农的过程中，发现了一个新鲜事物：很多村庄的大棚区里，都有一个自发形成的互助通道，这个通道里，有种植能手，有一般种植户，也有家庭特殊需要帮助的种植户，大家的大棚都在生产路的两侧，种植能手带一般户，正常户带特殊户，于是这个种植区域就形成了共进共富，谁也不掉队。张文南给这个新鲜事物起名叫"棚道"。

棚道，不是靠政府规划或推动而产生，它是农民自发形成的。张文南的定位是："棚道，这是一种源自农民智慧的创新，是一种现代生产互助组织形式、一种新时代的生产关系，同时又是一种新型的乡村治理秩序，是现代化乡村治理的有益补充。"

如果我们把触角伸得足够远、足够深，会发现新时代的中国乡村有越来越多这样的共享创新、共享时刻。到底是寿光的哪个村先开始举办"饺子宴"，已经不好考证了。如今这场"饺子宴"已遍及寿光城乡，社区办，村村办；重阳节办，春节办，周末也办。"饺子宴"已不仅仅是一场"饺子宴"，而是借"饺子宴"之名，演化为一场城乡孝老敬亲行动。寿光从"饺子宴"这个民间的共享行为出发，适应老龄社会的乡村新需求，顺时而为，创新了一套新型的农村养老模式，也就是"1+N"养老，依托一场"饺子宴"，设立N种服务形式，包括志愿服务、幸福食堂、孝老敬老基金等。截至2021年，圣城街道有70个村举办"饺子宴"，开办了38个"幸福食堂"，每天一元钱让老人吃好喝好，筹集400万元资金成立孝老敬老基金，这400万元全部来自捐款。这样的养老模式，十分精准地满足了老人需求，替政府分了忧，还凝聚起了全社会的敬老爱老力量，一举三得。

2021年寿光市作家协会举办采风活动，来到了寿北的寇家坞六村，临近午饭时间，村里的老人们三三两两出了门，有的推着三轮车，有的腿脚不便拄着拐棍，他们慢慢聚集到了村里的"幸福食堂"。作协会员们专门跑进这座宽大的幸福食堂参观，这是一套平房，有100多平方米，放置着10多套餐桌椅，村党支部书记于建忠说，老人们可以领饭回家吃，也可以在食堂吃。那顿午餐的菜谱是：炸鲜海鱼、煮鸡蛋、炒豆腐、小米粥、西红柿蛋花汤、馒头。大部分老人愿意领饭回家吃，望着他们回家的背影，难以相信当年寸草难生、食不果腹的寿北，把淡水叫"甜水"、挑一担淡水跑出十几里地的寿北，竟然有了这样幸福的甜日子。这些老人都经历过喝苦碱水的岁月，都曾经在荒凉的田野里寻觅生存的希望。今天，他们回家的脚步慢悠悠的，脚下的路平整整的，手里的饭菜飘着淡淡的香气。

一百万群众都想"把能扛的事，扛在自己肩上"，这是不是一个富裕之后的城乡做出的自然选择？不知道该用哪条理论验证，也不知道专家学者是否有这样一套理论出炉。在寿光，饱暖之后的人们，想的是付出自己的一份爱心。在寿光，这样的事比比皆是，大事小事，人人献出一份力，"群众参与"成了顺其自然的事。

十年前，寿光进行美丽乡村建设，洛城街道干部群众捐款1359.9万元，占全街道建设资金的近一半。郎家村的农家妇女李爱荣看到环村路修到自家门口，连夜写出一首长诗："没想到街道来把美丽乡村建／没想到干部群众把钱捐／没想到爱心的人们捐钱捐料做贡献／没想到这么大的工程老少爷们自己干……"李爱荣所写的"没想到"，在郎家村都变为现实。村里群众把捐款修路视为一种荣耀，全体村民捐了90多万元。这个街道经济最薄弱的惠民村，村民捐了近20万块钱，70多岁的低保老人朱维义常年捡破烂，听说村里要修路，送来了1500元，村干部不忍心收他的捐款，他不乐意了："俺也是村里人，不出份力哪行。"

"村民捐款、自己进料、自己施工、自己监督"，这条路子让洛城街道118个村在2016年底就全部达到了美丽乡村标准，11万人共同创造了一个个美丽故事，又共同受惠于美丽乡村建设成果。

小李家村党支部书记李昌全说："真正的干净是心里干净。"为什么能做到"心里干净"？不仅仅是因为这里的人们富起来了，有了好的经济基础。更重要的是，他们懂得感恩，懂得回报是一份天然的义务，是一份人之为人的责任。

背负着义务和责任前行，很多时候是沉重，是压力，但寿光一直没有放下过。

在创建全国文明城市的过程中，寿光提出的宣传主题是"文明寿光，信义菜乡"，显然是把"信"和"义"当作自己的立身之本。

20世纪90年代，北京菜价不稳，北京记者一路追踪采访到寿光，一篇报道引发了寿光菜直供北京市场，"蔬菜保供"由此登上了历史舞台。1995年，寿光—北京无公害蔬菜直供直销"绿色通道"开通，20万箱精品无公害蔬菜出现在北京市场，这是寿光蔬菜市场的拓展，更是寿光"政治菜"的启航。"政治菜"是什么菜？如果沿着寿光菜几十年所"走"的路回望，我们会得出这样的结论："政治菜"是保供菜，是民生菜，是寿光这座中国"菜篮子"的应有之义。

几十年来，寿光到底捐出过多少菜？到底保供过多少菜？没有人能计算出一个准确的数字。但那些关键时刻、出现在关键场景下的"寿光绿"，抚慰了多少颗焦虑不安的心。一抹"寿光绿"，就是生机和希望。

1998年，中国一南一北两地——武汉和黑龙江，同时出现特大洪灾。8月，在最紧要的关头，寿光派出两支装载着捐赠蔬菜的救灾车队驶向祖国南北。

当年的随队记者朱在军还记得："武汉是长江洪灾的重灾区，当我们到达中央领导视察过的龙王庙段时，许多地方都在向外、向上渗水。就是在这样最危险的时候，寿光人来了。"

一个县级市，1000多千米的路途相隔，行程17个小时，带着5万千克救灾蔬菜，带着危难时刻的真诚和热情来了。当张贴着"中国蔬菜之乡，情系灾区人民""血浓于水骨肉亲，中华儿女心连心"标语的车队，驶进武汉的蔬菜批发市场，沿途群众驻足、注目，表达着敬意。当人们正在撤离最危险的地方，一群异乡人却挺身而出，站在了抗洪的最前线。

前往武汉的运菜车队出发6天后，寿光决定向哈尔滨灾区捐赠10万千克蔬菜。29个寿光人，10辆大货车，满载救灾蔬菜，经过陆、海，跨越三省，行程1800千米，经过45个小时的风雨兼程，抵达了松花江南岸的哈尔滨市防洪指挥部。

"到达那天正是松花江的历史最高水位，防洪一线的全国记者看到我们寿光跨越山海送来物资，纷纷采访，抗洪一线的干部群众也给我们竖大拇指。这短短几天的经历让我感到，当国家或个人面临危险时，那种扶人于困境的真情，是多么可贵。"随队记者邱家兴忘不了自己人生中这段珍贵记忆。

2003年春天，注定是一个不平静、不平凡的春天。北京"非典"肆虐。作为北京市场重要的蔬菜供应基地，寿光又一次挺身而出，向北京捐助150多万千克优质蔬菜。在那个病毒无情、人心惶惶的时刻，多少人选择远离"非典"，寿光人和寿光车队驶进了北京，把最新鲜的蔬菜送进了北京蔬菜批发市场、机关单位，甚至在2003年5月23日凌晨，专门把一批捐赠蔬菜运进了北京抗击"非典"的最前线——小汤山。"有的北京市民已经吃了一星期火腿肠，收到寿光的新鲜蔬菜，太高兴了。""寿光倾其所有援助北京，令人十分感动。"这是一位北京官员当时在接受捐赠时表达的心情。寿光市的领导明确表态："首都人民和全国各大城市需要什么，我们就提供什么。"

蔬菜，是危难之时的人们特别需要的东西，也成为寿光表达情意的媒介。2020年新冠肺炎疫情暴发，武汉蔬菜供应紧张。2020年1月27日晚，国家发改委下发紧急通知，要求寿光每天保供武汉600吨新鲜蔬菜。接到指令的当天晚上，寿光组织蔬菜核心产区的合作社、基地、农户连夜采摘、包装，首批350吨新鲜蔬菜在28日早上已全部集结待发。寿光浩宏果蔬专业合作社的孙德泉也参与了这次捐菜行动，合作社所在的寺里村的王鹏、董磊磊等菜农，听说这批蔬菜是捐给武汉的，连夜组织亲戚朋友一齐进棚采摘，王鹏还不时提醒帮工的人们："咱摘品相最好的，让武汉人民吃上最好的寿光菜。"合作社接到的任务数已经完成，可孙德泉再怎么劝，人们还是开着车往合作社运菜，不让卸车就不回去。28日中午，15辆满载新鲜蔬菜和寿光人民情意的大货车出发了，17个小时，1000多千米的路程，寿光的蔬菜抵达武汉。

这是多么相似的场景。1998年长江洪灾，也是一列长长的满载新鲜蔬菜的货车队伍，也是10多个小时，也是1000多千米的风雨路。同样的出发，同样的抵达，同样的情怀。

第四章

"接力棒"的温度

2009年12月31日,北京人民大会堂,王伯祥先进事迹报告会在这里举行。

700多人的报告厅里,掌声雷动,滑下脸庞的泪水伴随着澎湃的心绪,让人们在倾听中感怀一位共产党员的高尚情操,感怀一个在中国地图上像针尖一样大的县级市,竟然培养出这样一位以"人民至上"为终身追求的共产党干部。

"对老百姓有好处的事儿,干就干好!""大胆试,天塌了,我顶着!""乌纱帽算什么,百姓最重要。""万丈高楼平地起,总得有人打地基。""给多数人干的,不是给少数人看的。"

……

王伯祥的这些朴实话语,深深留在了听众的心里。

2018年12月18日,北京人民大会堂,庆祝改革开放40周年大会在这里举行。党中央、国务院对100名为改革开放做出杰出贡献的人员进行了表彰,王伯祥作为其中一员,被授予"改革先锋"称号。

"我干县委书记，就得撑起这个家。"从撑起一个"家"，到繁荣富裕一个"家"，这个"百姓书记"领着百万寿光人民，创造了改革开放以来中国大地上的一个奇迹。"寿光模式"就诞生于这个奇迹的起点之处，也借此，"伯祥精神""寿光模式"与"寿光精神"完美地融合在一起。

从推着独轮车在寿北荒凉的盐碱地上谋生计的王伯祥，到走进北京人民大会堂的王伯祥，到被授予全国"改革先锋"的王伯祥。这是一个基层共产党人的成长历程，也是中国共产党领导下中国乡村事业和个体命运巨变的一个缩影。

时间值得铭记，时间也同时给了我们更多叙述的理由。2021年4月18日，中国农业科学院和潍坊市人民政府共同在北京举办了《潍坊市创新提升"三个模式"打造乡村振兴齐鲁样板先行区实践报告》发布会。

令人印象最深刻的是人民网的大标题——"三个模式"从关注产业走向"一体设计"。其中对"寿光模式"的阐释用了一个关键词，叫作"三全三融"，也就是：乡村的经济结构、人口结构、空间结构全域同步优化；乡村生产方式、生活方式和治理方式全域同步推进；乡村收入水平、文明水平、生态水平全域同步提升；推动"产业全链条融合""城乡全要素融合""治理全领域融合"。

魏玉栋，美丽乡村建设评价国家标准专家审查组组长、原农业部美丽乡村创建办公室主任。他每年大量调研全国美丽乡村建设，对乡村振兴有独特的体会。笔者向他请教有关"寿光模式"的新时代内涵时，他说：

"几年未去寿光学习了，但是对寿光的发展一直很关注。其中一个原因是我老家青州与寿光相邻，这种心理上的亲切是什么也没法替代的。在全国各地走的时候，每每谈到寿光，都有种谈我老家的感觉。而更重要的原因，则是'寿光模式'的新探索、新发展及其对全国当前乡村振兴的意义对我的吸引。我是研究美丽乡村和乡村振兴的，为了寻求有些实际问题的更好解决，我们去全国各地去求解而不得，回过头来才发现，寿光就有很好的解决之道。进一步研究后就会发现，如今的'寿光模式'跟当年初提时的'寿光模式'已不是一回事了，当年的'寿光模式'是对寿光过去式的浓缩，而现在的'寿光模式'则是全国乡村振兴的新样本。"

全国乡村振兴的"新样本"，魏玉栋主任的这个定语，不知会不会让寿光人更觉任重道远?

2021年春节前,山东卫视播放的一部四集纪录片《蔬菜改变中国》引起了人们的关注。这是一部以改革开放以来寿光蔬菜产业发展为主题的纪录片。许多寿光人透过镜头回味自己走过的路,体尝产业与人生的种种关联和映照,并透过寿光所走的路,定位和展望着中国蔬菜产业的未来。

2021年4月16日,北京,一场《蔬菜改变中国》研讨会正在举行。寿光市委书记赵绪春开宗明义:"寿光确立了打造全国设施蔬菜产业硅谷的新定位,蔬菜产业正在由输出产品、人才、技术向输出标准、体制机制转变,寿光正从传统的蔬菜生产基地向蔬菜产业综合服务基地转型。"

他认为,近几年"寿光模式"得到了创新提升,打造出的"升级版"回答了4个问题:蔬菜产业现代化发展靠什么——以科技创新再掀绿色革命新浪潮;发展动力在哪里——聚焦供给侧改革新方向;发展方向在哪里——把握全产业链拓展新形势;根本目的是什么——把准富民增收新要求。

"寿光模式"已经站上了新的历史高度。它起始于解决中国改革开放以来的"三农"问题,又创新提升到新时代中国城乡均衡发展的更高境界。寿光在这个过程中,由农业起步,以农业培养工业,靠工业提升城市品质,实现了工农互助、三产互融,城市与农村均衡协调发展,各项事业全面进步。

"寿光模式"这条道路,寿光走了近半个世纪,其底色是"寿光绿",其内涵是精神的复合体——这是一部中国农民的奋斗史,这是一部中国乡村的改革发展史,这更是共产党人铸就在中国大地上的一座精神灯塔。

后　记

用一本书记录寿光改革开放以来的发展历程，为中国城乡提供一份共富样本，是我由来已久的心愿。

绿色是希望，是和谐，正如这块土地的精神特质。这些精神符号，就像路标，吸引着我，也指引着我，不知疲倦地行走，充满喜乐地追寻。

大地上的一切是如此鲜活。那些人、那些事、那些地方，甚至一句话、一个眼神、一个动作，都是生命的完美折射。共同经历的日夜，令人心动的一刻，都值得铭记。这些来自多彩生命的回响，给我无限启示。

写作的恒久之力，源于此。于是就有了这本书。

感恩那么多同行者。他们怀着深情，以笔为犁，用史志、传记、新闻报道等各种形式，留下在这块土地耕耘的足迹。我也从他们的记录中获得了一些数据和史实的支撑。感谢并向他们致敬！

伴行时代，看云起时。